James Patterson nasce nel 1949 a Newburgh (New York). Dopo gli studi, nel 1971 si trasferisce a New York, dove comincia a lavorare per l'agenzia pubblicitaria J. Walter Thompson. In breve diventa il più giovane direttore creativo nella storia della società e successivamente conclude la sua carriera in quel campo, nel 1996, come presidente della filiale nord americana. Nel frattempo inizia a scrivere e nel 1976 pubblica il suo primo thriller, *The Thomas Berryman Number*, cui viene attribuito il prestigioso premio Edgar per il miglior romanzo d'esordio. Dopo oltre quarant'anni di carriera è ormai l'autore di thriller più venduto al mondo. La sua fama è legata soprattutto al personaggio di Alex Cross, il *profiler* cacciatore di serial killer protagonista di numerosi romanzi (sul grande schermo Alex Cross ha avuto il volto intenso di Morgan Freeman in due fortunate trasposizioni, *Il collezionista* e *Nella morsa del ragno*), alle quattro protagoniste dei romanzi delle « Donne del Club Omicidi », ai casi di Michael Bennett e a quelli dell'agenzia Private Investigation. La sua vasta produzione si estende oltre il campo del thriller spaziando verso altri generi narrativi, come la narrativa per ragazzi. Vive attualmente nella Palm Beach County, in Florida, con la famiglia. I suoi romanzi hanno venduto oltre 400 milioni di copie in tutto il mondo, in Italia hanno superato i 4 milioni e mezzo.

www.jamespatterson.com
www.jamespatterson.it

James Patterson
e Marshall Karp

New York Allarme rosso

Romanzo

Traduzione di
Annamaria Biavasco e Valentina Guani

TEA

IL LIBRAIO.IT
il sito di chi ama leggere

Visita www.tealibri.it
per scoprire anteprime,
novità e promozioni

TEA - Tascabili degli Editori Associati S.r.l., Milano
Gruppo editoriale Mauri Spagnol

Titolo originale
NYPD Red

Prima edizione SuperTEA luglio 2024

NEW YORK
ALLARME ROSSO

A Charlene Black, Donna Cucchiara, Joan Fitzgerald,
Lea Marie Ripa, Mary Lou Venuto e Priscilla Weed. – JP

A Howard Schiffer e Vitamin Angels, un uomo
e una ONG che mi hanno cambiato la vita. – MK

PROLOGO

IL CAMALEONTE

1

DISSOLVENZA IN APERTURA:
INT. CUCINE DEL REGENCY HOTEL, NEW YORK CITY – GIORNO
Nella sala da pranzo del Regency Hotel, un posto talmente esclusivo che non puoi nemmeno avvicinarti se non sei ricco e potente, stanno servendo la colazione. IL CAMALEONTE si introduce furtivamente nelle cucine, dove l'attività è frenetica. Si è scurito i capelli e la pelle per passare inosservato, uno dei tanti portoricani anonimi in divisa da cameriere.

E infatti nessuno lo nota.

Il Camaleonte aveva letto quella parte della sceneggiatura centinaia di volte. Quella mattina avrebbero girato la scena. Il suo film era finalmente in produzione. « Azione! » sussurrò entrando nelle cucine del Regency dalla porta di servizio.

Lo notarono subito.

« Tu! » gridò uno dei camerieri in giacca bianca e cravatta nera. « Va' a servire il caffè al tavolo dodici. »

Questo nella sceneggiatura non c'era, ma era un imprevisto fortunoso. Come la maggior parte degli attori di New York, il Camaleonte era perfettamente a suo agio nelle cucine dei ristoranti. Prese due caraffe, ne riempì una di caffè e un'altra di decaffeinato, e aprì con una spinta la porta a vento della sala.

Il cast era superiore alle aspettative. Quel giorno aveva inizio la Hollywood on the Hudson Week: una settimana di manifestazioni ed eventi volti a promuovere le produzioni cinematografiche di New York a discapito di quelle di Los Angeles e quindi, oltre ai soliti noti potenti della East Coast, nella sala da pranzo del Regency c'erano un sacco di stronzi arrivati da Hollywood per concludere affari multimilionari e consumare colazioni da cento dollari. E al tavolo dodici era seduto nientemeno che Sid Roth.

Se distruggere carriere, famiglie e anime fosse stato un reato punibile con il carcere, Sid Roth avrebbe dovuto scontare una marea di ergastoli. Nel mondo del cinema, però, essere uno stronzo senza cuore era addirittura una qualità, se portava profitti. E negli ultimi trent'anni Roth aveva trasformato la Mesa Films da impresa famigliare a megastudio. Era considerato un dio, e i quattro al tavolo con lui erano fieri di essere lì a splendere di luce riflessa.

Il Camaleonte si apprestò a servire il caffè, ma Roth, che stava allietando i commensali con il racconto di una faida fra star, poggiò la mano sulla tazza e disse: « Portami un altro succo di pomodoro, okay? »

« Subito, signore » rispose il Camaleonte. *Un succo di pomodoro e un bel cameo per il signor Roth.*

Tornò meno di tre minuti dopo con il succo. « *Muchas gracias, amigo* » gli disse Roth, e vuotò il bicchiere in pochi sorsi, senza degnarlo di uno sguardo.

Prego, non c'è di che. Vaya con Dios.

Il Camaleonte tornò in cucina e uscì dalla porta di servizio. Aveva dieci minuti per il cambio di costume.

La toilette degli uomini nella hall del Regency era elegante e raffinata, con asciugamani di stoffa, porte dei gabinetti in noce e, ovviamente, zero videocamere di sorveglianza.

Cinque o sei salviette struccanti dopo, il Camaleonte smise

di essere un latinoamericano dalla pelle scura e si trasformò in un bianco con la faccia da bambino. Si tolse la divisa da cameriere e indossò un paio di pantaloni beige e una polo azzurra.

Tornò nella hall e si appostò vicino ai telefoni per assistere al resto della scena. A quel punto il suo lavoro era finito: poteva solo sperare che risultasse emozionante e piena di pathos come da copione.

INT. SALA DA PRANZO DEL REGENCY HOTEL – GIORNO

Primissimo piano della VITTIMA che inizia a sentire gli effetti del fluoroacetato di sodio. Si aggrappa al bordo del tavolo, oppone resistenza al malessere, ma le gambe non lo reggono più e, rendendosi conto che il corpo lo sta tradendo, viene preso dal panico. I nervi vanno in tilt. Ha un attacco convulsivo, vomita violentemente, annaspa e infine crolla con la faccia sprofondata nella frittata di pomodori e funghi.

« Come fai a sapere che ordinerà la frittata? » gli aveva chiesto Lexi, quando le aveva fatto leggere la sceneggiatura.

« Non importa cosa ordina » aveva risposto lui. « Ho scritto una cosa qualunque. È irrilevante. »

« Secondo me è meglio il porridge » gli aveva fatto notare lei. « Magari con i frutti di bosco. Farebbe più scena. E tutto il resto? I nervi che vanno in tilt, le convulsioni... Come fai a sapere che andrà proprio così? »

« È un'indicazione generale. Non so neppure chi sarà la vittima. Lo scoprirò all'ultimo momento. C'è molta improvvisazione. L'importante è che si tratti di una morte violenta e dolorosa. »

*

Sid Roth si rivelò all'altezza. Vomito, panico, convulsioni... tutto come da copione. Invece di cadere con la faccia nel piatto, mosse qualche passo alla cieca, brancolando, urtò contro un altro tavolo, cadde, batté la testa sul piedistallo di marmo di una colonna e si fratturò il cranio. Perse molto sangue, e questo fu un valore aggiunto.

« Chiamate il 911! » gridò una donna.

« Stop! » sussurrò il Camaleonte.

Nel complesso, era stata un'ottima performance.

Mentre andava verso la stazione della metropolitana scrisse un messaggio a Lexi. *Scena perfetta. Buona la prima.*

Un quarto d'ora dopo era sul treno della linea F a leggere *Variety*, biondo e con gli occhi azzurri, uno dei tanti attori di New York che aspiravano a diventare famosi. Aveva una convocazione e doveva trovarsi alle nove ai Silvercup Studios.

2

L'industria cinematografica newyorkese ha bisogno di camaleonti, e lui era uno dei migliori. Il suo curriculum lo dimostrava: i film di Woody Allen, *Law & Order*, le soap, almeno cento lungometraggi e duecento show televisivi. Sempre sullo sfondo. Senza mai dire una battuta. Mai in primo piano. In mezzo alla folla, uno dei tanti.

Ma quel giorno no. Era stufo di fare la comparsa. Quel giorno sarebbe stato il protagonista. E anche il produttore, il regista e lo sceneggiatore. Era il suo film, la macchina da presa era nella sua testa. Tirò fuori dalla tasca alcune pagine della sceneggiatura.

INT. TEATRO DI POSA – SILVERCUP STUDIOS – GIORNO
Siamo sul set dell'ennesimo film di merda con IAN STEWART. Una festa di nozze negli anni Quaranta. Ian è LO SPOSO. LA SPOSA è DEVON WHITAKER, tutta tette e zero talento, che ha la metà degli anni di Ian. La coppia raggiante entra nella pista da ballo sotto lo sguardo di un centinaio di OSPITI che si fingono felici. Entra EDIE COBURN, nel ruolo della EX MOGLIE gelosa, furibonda. Gli ospiti restano sbalorditi. Primo piano di uno di loro, il vero protagonista della scena, il Camaleonte.

Sentì vibrare il telefono e rispose. Lexi. Di nuovo?

«Indovina» gli disse.

« Lexi, non mi puoi chiamare ogni cinque minuti » replicò lui. « Sul set è vietato parlare al cellulare e l'aiuto regista se ti becca ti fa il mazzo. »

« Lo so, lo so, ma non potevo non chiamarti » disse Lexi. « Su Internet non si parla d'altro: Sid Roth è morto. »

« Amore mio, è successo tre ore fa » rispose il Camaleonte. « Quelli al tavolo con lui erano su Twitter prima ancora che finisse lungo disteso per terra. »

« Parlano tutti di 'probabile attacco di cuore', ma TMZ sostiene che sia stato avvelenato. »

« TMZ è spazzatura. Le sparano grosse perché altrimenti nessuno li leggerebbe. Non c'è niente di vero in quello che dicono. »

« È vero, però. »

« Ma loro non lo sanno » replicò sottovoce, brusco. « Non possono saperlo finché non sarà stata fatta l'autopsia. Ma se ne sbattono altamente. Scrivono qualsiasi stronzata gli venga in mente, purché attiri l'attenzione. »

« Non volevo farti arrabbiare. »

« Non è colpa tua. Non era nella sceneggiatura, però. Io avevo scritto che l'ipotesi dell'avvelenamento veniva fuori soltanto il giorno dopo. Meglio così: lo step Ian Stewart-Edie Coburn farà ancora più scalpore. »

« Come procede? »

« Non posso stare al telefono, Lexi. Sono sul set. »

« Non è giusto » protestò lei facendo la voce da bambina. « Già non vuoi che ti accompagni, almeno tienimi informata! »

« Lo sto facendo! Ti ho mandato la foto di me nel guardaroba. »

« Grande. La metto come screensaver, così ogni volta che accendo lo smartphone ti vedo vestito come uno dei mafiosi del *Padrino*. Però continui a non dirmi come sta andando.»

«Non sta andando, Lexi. È questo il problema. Non succede niente. *Nada*. Saremo in cento qui ad aspettare dalle nove di stamattina, e non abbiamo girato un singolo frame.»

«Come mai? Ve l'hanno detto?»

«No, non ci hanno detto proprio niente. Però ho sentito Muhlenberg, il regista, che litigava con qualcuno al telefono. Edie si rifiuta di uscire dal camerino.»

«Sarà arrabbiata con Ian. TMZ scrive che ha un'altra.»

Il Camaleonte fece un bel respiro. Lexi era una donna intelligente, era stata per quattro anni di fila nella lista degli studenti più meritevoli della University of Southern California, ma nutriva un'insana passione per robaccia come oroscopi, siti trash e di gossip.

«Che Ian abbia un'altra o meno, il problema è che, se non esce dal camerino Edie, non esce nemmeno lui.»

«Non possono fare così» protestò Lexi. «La nostra sceneggiatura lo dice chiaramente.»

Il Camaleonte scoppiò a ridere. «Penso che Muhlenberg sia in camerino con Edie in questo stesso momento a ricordarle la *sua* sceneggiatura.»

«Ehi, tu! Tu, con il telefono in mano.»

Il Camaleonte alzò gli occhi. Era quel rompipalle dell'aiuto regista.

«Niente telefoni sul set.»

«Mi scusi. Sono qui seduto ad aspettare da una vita. Mi annoio.»

«Sei una comparsa» rispose l'aiuto regista. «Sei pagato per annoiarti. Metti via lo smartphone o te ne vai.»

«Sì, mi scusi.» Si coprì la bocca con la mano e bisbigliò: «Ti devo salutare, Lex. Non mi richiamare, okay?»

« Che palle! » esclamò Lexi. « Come faccio a sapere quando finisce la scena? »

« Guarda su TMZ » rispose il Camaleonte. « Vedrai che daranno la notizia. »

LIBRO PRIMO

THERE'S NO PEOPLE LIKE SHOW PEOPLE

1

Mi svegliai arrabbiatissimo. Era ancora buio pesto, a parte la sveglia digitale che segnava le 3.14. Avrei voluto dormire per altre tre ore, ma l'unica cosa che avevo in casa che avrebbe potuto farmi riaddormentare era la pistola carica che tenevo sul comodino e che avrei usato più volentieri per sparare all'imbecille che aveva mandato all'ospedale il mio compagno di squadra.

Accesi la luce. Presi il tappetino da yoga viola da sotto il comò e lo srotolai pensando che una mezz'oretta di *Sukhasana* e Delfino mi avrebbe aiutato ad allungare i muscoli e a liberarmi dello stress.

Funzionò.

Alle 4.15 mi ero lavato e vestito e stavo bevendo un tè verde. Non è la mia droga preferita, ma Erika, la mia maestra di yoga, sostiene faccia bene ai chakra e aiuti ad allentare la tensione psicofisica, e le ho promesso di fare una prova per un mese. Confesso di berlo soltanto fra le pareti domestiche. Se al lavoro sentissero che ho l'alito profumato di tè verde, mi prenderebbero in giro fino a costringermi alle dimissioni.

Mi chiamo Zach Jordan e sono ispettore di primo livello al Dipartimento di polizia di New York.

L'NYPD conta trentacinquemila poliziotti e io sono uno dei settantacinque fortunati che lavorano nella High-Profile Victims Response Team. Si tratta di una creatura del sindaco, un manager convinto che gestire una metropoli sia come gestire una compagnia aerea: bisogna coccolare i frequent flyer titolari di carta platino. A New York questo significa riservare un trattamento speciale ai super ricchi, super potenti e super famosi.

E quindi il mio lavoro consiste nel proteggere miliardari di Wall Street, sportivi con contratti milionari e illustri esponenti dello show business. Sono questi ultimi a darci più da fare, perché molti di loro sono o così ammirati da avere nugoli di stalker, o così ricchi da venire derubati, o così carogne da finire ammazzati.

Il nome High-Profile Victims Response Team può far pensare che la nostra sia un'unità speciale riservata alla crème de la crème di New York. Lo è, ma per motivi politici è meglio non sbandierarlo, e così il sindaco ci ha chiesto di non usarlo. Più che chiedercelo, ce l'ha ordinato.

Quindi ci chiamiamo NYPD Red, il sogno di tutti quelli che lavorano in polizia a New York.

Siccome il tè si era freddato, ci aggiunsi un cucchiaino di zucchero e lo scaldai nel microonde. Mezzo minuto dopo era più caldo e più dolce, ma pur sempre tè verde. Mi sedetti al computer per controllare le e-mail. Ce n'era una di Omar: *Ciao, Zach. In bocca al lupo per oggi. Anzi, merda merda merda. LOL. Omar.*

Risposi: *Vedo con piacere che hai ancora voglia di scherzare.*

Omar Shanks era il mio compagno di squadra, o meglio lo era stato fino alla settimana prima. Durante la partita di softball NYPD contro Vigili del fuoco, organizzata ogni anno a scopo di beneficenza, un pompiere idiota era scivolato in seconda base per contrastare un doppio gioco e gli aveva fratturato la caviglia sinistra e lesionato il crociato anteriore. Omar ne avrebbe avuto per almeno quattro mesi. Da quel giorno, avrei lavorato con un altro compagno.

Anzi, compagna: Kylie MacDonald. Kylie e io avevamo dei trascorsi, cosa che non succede spesso fra compagni di squadra. Mi limiterò a un breve accenno, senza entrare nei particolari.

Il mio primo giorno di accademia, mentre osservavo le altre reclute, mi era caduto l'occhio su una dea dalle bionde chiome e dalla carnagione bronzea che sembrava appena uscita da una canzone dei Beach Boys. Mi ero tranquillizzato nel vedere che nella stanza c'era un defibrillatore, perché temevo di averne bisogno. Era troppo bella per fare la poliziotta. Avrebbe dovuto fare la moglie del poliziotto. Mia moglie.

Non ero stato l'unico ad avere questi pensieri e nel giro di pochissimo Kylie si era ritrovata attorniata da un mare di testosterone. Io l'avevo ignorata, convinto che le tipe come lei non fossero attratte da quelli che sbavavano dietro alle belle donne. C'era voluta una settimana, ma alla fine ero riuscito nel mio intento.

« Sono Kylie MacDonald » mi aveva detto un giorno alla fine delle lezioni. « Non ci siamo ancora presentati. »

Avevo grugnito. « Sì. Cercavo di evitarti. »

« Che cosa? Perché? »

« La maglia. »

« Quale maglia? »

« Quella dei Mets, che avevi indosso il primo giorno. »

« Ah » aveva risposto. « Sei un tifoso degli Yankees. »

« Sfegatato. Fino alla morte. »

« A saperlo, mi sarei messa la mia maglia degli Yankees » disse lei.

« Dubito fortemente che tu ne abbia una. »

« Scommettiamo cinque dollari? »

« Ci sto. »

Kylie aveva preso lo smartphone e aveva cercato una foto. Quando l'aveva trovata, mi aveva passato il telefono.

Purtroppo la foto la ritraeva insieme a un tipo di una bellezza irritante che le teneva un braccio sulle spalle. Lui aveva il berretto dei Mets e lei una maglietta su cui sì, c'era scritto Yankees, ma subito prima della parola « merda ».

« Mi devi cinque dollari » aveva detto.

Bella e furba: come potevo non innamorarmi di lei?

Avevo pagato il dovuto e da lì in poi avevamo condiviso risate e lacrime, felicità e disperazione. Insomma, Kylie e io avevamo dei trascorsi sui quali preferisco sorvolare. Posso dire come andò a finire, però. Con un matrimonio in chiesa, in grande stile. Fra Kylie e il tipo della foto, Spence Harrington.

Erano passati quasi dieci anni e Kylie e io stavamo per cominciare a lavorare insieme. Non è mai facile abituarsi a un nuovo compagno di squadra, ma se è una persona di cui sei follemente innamorato diventa difficilissimo.

Nel caso non fosse ancora chiaro, la mia insonnia era dovuta a questo.

Buttai metà del tè verde nel lavello. Mi dispiaceva tanto per i miei chakra, ma avevo bisogno di caffè.

2

Il Gerri's Diner è in Lexington Avenue, vicino alla sede del Diciannovesimo Distretto, proprio di fronte all'Hunter College. Quando entrai, c'era un sacco di gente che faceva colazione, ma alle cinque del mattino il rischio di trovarci studenti del college è pari a zero. Gli avventori erano più che altro tassisti, muratori e miei colleghi, fra cui una donna che invece della pistola aveva un PhD.

Cheryl Robinson è la psicologa del Dipartimento. Oltre a essere una fine conoscitrice dell'animo umano e un'ascoltatrice attenta e comprensiva, la dottoressa Robinson è uno schianto di donna. Sebbene giuri di essere al novanta per cento irlandese, ha occhi scuri, capelli corvini e la splendida pelle color caramello di sua nonna, che era latinoamericana.

Non dico bugie: mi era piaciuta sin dal primo giorno, quando ci eravamo conosciuti a un corso di negoziazione operativa. Purtroppo era sposata, e quindi per me off limits. Di recente però era tornata single. Molto di recente: il divorzio risaliva a pochissimo tempo prima. Quella mattina la trovai seduta in un séparé, sola soletta. A giudicare dalla postura e dall'espressione sconfortata, era ancora alle prese con i demoni del suo matrimonio fallito.

Molti uomini avrebbero colto la palla al balzo, interpretandolo come un via libera. La donna che cerca di ricostruirsi una nuova vita viene vista come un bersaglio facile a cui offrire sesso privo di complicazioni e di vincoli. Non faccio parte della categoria. Cheryl e io eravamo amici, e avevo l'impressione che in quel momento le facesse più piacere avere accanto un amico, piuttosto che uno spasimante.

Ordinai due caffè da asporto, ne misi uno in un sacchetto e aprii l'altro. « Posso sedermi qui con te? » chiesi, prendendo posto di fronte a lei. « Mi sei sembrata una fanciulla da salvare e, avendo io il complesso del cavaliere senza macchia e senza paura... »

« È un problema diffuso, in polizia » rispose Cheryl. « Ma tu sei l'unico che si è fatto avanti a consolarmi, finora. »

« Colpa del fatto che sei una strizzacervelli e si vede lontano un miglio » spiegai. « Hanno tutti paura di finire psicanalizzati, se si mettono a parlare con te. »

« Cosa c'è da psicanalizzare? » disse lei. « Se sono entrati in polizia, vuol dire che sono disturbati. E se non lo erano quando sono entrati, con il tempo lo sono diventati. »

Vidi alcune bustine di zucchero aperte sul tavolo e ne presi una. « Avendo letto tutta la serie degli Hardy Boys da ragazzo, dalla quantità di zucchero che hai consumato deduco che tu sia qui da almeno quaranta minuti. »

Cheryl si guardò l'orologio al polso. « Un'ora. »

« Anche gli strizzacervelli hanno problemi che li tengono svegli la notte, dunque. »

« Un problema, tante notti » disse. « Fred. »

« Credevo avessi divorziato da un paio di settimane. Ai sensi delle leggi dello Stato di New York, Fred non è più un tuo problema. »

« Mi ha scritto un'e-mail ieri sera. Si è fidanzato. »

« Mmm. » Annuii meditabondo, accarezzandomi una barba immaginaria. « E qvesto qvali emozioni le suscita, Frau Robinson? »

Cheryl scoppiò a ridere. « È l'imitazione di Freud più malriuscita che abbia mai sentito. »

« Per la verità imitavo il dottor Phil, ma stai evitando la mia domanda. »

« Senti, se lo stronzo si vuole risposare, che si risposi pure. Mi sconcerta che gli siano bastate due settimane per superare il trauma della separazione. »

« Avrebbe dovuto metterci il tempo che ci mettevi tu, certo » replicai. « Però, scusa... Tu non l'hai già superato? »

Altra risata. « Due anni prima che divorziassimo, credo. »

« E adesso se lo cucca qualcun'altra. Io vinco, tu vinci. »

« Grazie, dottore » rispose Cheryl. « Adesso tocca a me. Come mai fai colazione a quest'ora? »

« Mi aspetta una settimana di fuoco. New York sta per essere invasa da un'orda di hollywoodiani dallo spirito libero e volevo farmi trovare preparato. »

« Capisco » disse Cheryl. « Nulla a che fare con la tua nuova compagna di squadra, che è anche una tua ex, quindi. »

Cheryl Robinson sapeva tutto della mia storia con Kylie. Glielo avevo detto una sera alla festa di un collega che stava per andare in pensione. Avevo bevuto e, come dicevo, Cheryl è una che sa ascoltare. Non mi dispiaceva averle aperto il cuore, anzi: era confortante avere una terapeuta per amica.

« Sì, forse hai ragione. Kylie prende servizio oggi » dissi. « A proposito, non ti ho mai ringraziato per averla aiutata a ottenere l'incarico. »

Se avessi dovuto dire qual era la cosa di Cheryl Robinson che mi piaceva di più, avrei risposto: il sorriso. È come se avesse un interruttore: di colpo le si illuminano contemporaneamente occhi, labbra e denti bianchissimi. La mia battuta, che in qualcun altro avrebbe potuto scatenare una reazione difensiva, accese quell'interruttore e fui investito da uno smagliante sorriso da mille megawatt.

« Bravo, ispettore » disse. « Dai la colpa a me. Ma non ho aiutato Kylie MacDonald a ottenere l'incarico. È qui per meriti personali. Il comandante Cates mi ha solo chiesto di dare un'occhiata in via ufficiosa al suo curriculum. È stellare. A quanto pare la liaison con te non ha influito negativamente sulla sua carriera. »

Alzai la tazza. « Brindo affinché non influisca negativamente nemmeno sulla mia. »

Cheryl posò la mano sulla mia e rischiai di rovesciare il caffè. « Zach, piantala di autocommiserarti » mi disse con dolcezza. « Smetti di pensare al passato e guarda avanti. »

« Mi sembra un ottimo consiglio » risposi, posando a mia volta la mano sulla sua. « Vale per entrambi. »

3

Il Diciannovesimo Distretto di polizia ha sede in East 67th Street, fra Third e Lexington Avenue, in un palazzo rosso con gli infissi azzurri, dalla fine dell'Ottocento. È un edificio di cinque piani che ospita gli oltre duecento agenti e le decine di ispettori che si occupano dell'Upper East Side di Manhattan.

È la sede perfetta per l'NYPD Red, competente per tutta la città. Siamo al terzo piano sul lato nord, fuori dai flussi principali, ma con lampeggianti e sirene ci mettiamo un attimo ad arrivare in tutti e cinque i distretti in cui è divisa New York. E abbiamo la vista sul Chrysler Building, che a mio parere è il grattacielo più bello della città.

Ero seduto alla mia scrivania.

« Ehilà, Numero Sei! »

Avrei riconosciuto quella voce anche nel sonno. Mi voltai e la vidi: lunghi capelli biondi, occhi verdi e una detestabile fede al dito. Kylie MacDonald.

« K-Mac » risposi.

« Che ti prende, Numero Sei? Hai dimenticato il mio numero? » Mi abbracciò.

« Quanto deve andare avanti questo stupido gioco? » chiesi annusandole i capelli, che profumavano come sempre di menta e rosmarino.

« I termini della scommessa non prevedevano scadenza. Vita natural durante. Magari pure nell'aldilà. Come butta, Numero Sei? »

Kylie e io eravamo in competizione da sempre: pochi giorni dopo aver perso i cinque dollari, avevo accettato la madre di tutte le scommesse. Eravamo entrambi così decisi a primeggiare, che avevamo concordato che chi fosse uscito meglio dall'accademia avrebbe avuto il diritto di chiamare l'altro con il suo numero nella classifica generale. Su duecentosettantacinque reclute, mi ero classificato sesto.

« Tutto bene » risposi. « E tu, Numero Uno? »

« Ah, quindi non te lo sei dimenticato » rispose.

« Come potrei? »

« Ora che siamo in squadra assieme, avrò modo di ricordartelo quotidianamente, se necessario. Sono felicissima di essere riuscita a entrare nell'NYPD Red. Ancora non ci credo! »

« Io sì » risposi. « Dopo che hai risolto un caso da prima pagina... »

« Sì, quel caso ha fatto scalpore, ma ai piani alti non erano granché contenti di me. » Fece un sorrisetto malizioso. « Come tu certamente sai, Zach. »

« Ho sentito qualcosina, ma se prometti di chiamarmi per nome e non per numero, eviterò di farti domande. »

« Cos'hai sentito? Dimmelo. »

« Che lavorando sotto copertura sei riuscita a incastrare lo stupratore di sei infermiere. »

« Questo era sui giornali » disse lei. « Non fare il finto tonto. »

« Il caso non era assegnato a te. Hai agito di tua iniziativa. Hai violato il regolamento. Sei una mina vagante. »

« La terza vittima era una mia amica, Judy, infermiera al Coney Island Hospital. Finisce il turno alle due del mattino e, mentre va a prendere la metro, questo tizio le salta addosso, le dà un pugno in faccia e la violenta. Judy non ha chiamato il 911: nel panico, ha chiamato me direttamente. Ho sporto denuncia, l'ho accompagnata in ospedale e l'ho vegliata tutta la notte. La mattina dopo ho chiesto che mi affidassero il caso.»

«E ti hanno detto di no perché avevi un coinvolgimento personale» risposi.

«Come qualsiasi donna nei confronti di uno stupratore seriale» ribatté Kylie. «A capo delle indagini hanno messo un vecchio cretino che non aveva voglia di sbattersi. Non l'avrebbe mai preso.»

«Se non fosse intervenuta la nostra Numero Uno.»

«Non ci voleva tanto, te l'assicuro» disse. «Il tizio era molto abitudinario: colpiva esclusivamente a Brooklyn, e sempre infermiere che, quando uscivano dall'ospedale, dovevano fare un bel tratto di strada al buio per arrivare alla stazione della metropolitana.»

«Così ti sei procurata una divisa da infermiera e hai cominciato a fare il percorso dall'ospedale alla metro. Quante notti?»

«Ho fatto diciassette tentativi e al diciottesimo l'ho preso.»

«Da sola?»

«La mia era un'iniziativa privata: da chi mi facevo accompagnare? Ma avevo distintivo e pistola d'ordinanza, e sono bastati.»

«Ti è andata bene.»

«A me e a un sacco di infermiere. Avrò pure infranto le regole, ma ho portato a casa il risultato. Ho fermato quel porco. Non ho alcun rimpianto.»

«Magari ti hanno mandato qui per quello» dissi. «Noi dell'NYPD Red infrangiamo spesso le regole.»

«Che tu infranga le regole mi sembra incredibile. Ti conosco, non sei il tipo. Capricorno fino al midollo. Organizzato e strutturato, dotato di grande autocontrollo, per nulla impulsivo.»

«Non possiamo fare tutti i cowboy.»

« Motivo per cui assieme siamo una bella squadra » disse Kylie. « Yin e Yang, punto e contrappunto... »

« Poliziotto sano di mente e poliziotto fuori di testa » la interruppi.

« Parlami di Shanks, il tuo compagno di squadra storico. »

« Omar? È molto meno bello di te. E anche meno fuori di testa. »

« Volevo sapere come sta la sua gamba, il ginocchio, o dove insomma si è fatto male. Io sono qui solo temporaneamente. Quando torna, potrebbero mandarmi via. Voglio sapere quanto tempo ho per convincere il comandante Cates a tenermi. »

« Qualche mese » risposi. « Ma ti avverto. Cates è una donna tosta: non si lascia convincere facilmente. »

« Se la fai arrabbiare, però, ci mette un attimo a cacciarti. »

Ci voltammo. Era il nostro capo, comandante Delia Cates.

Kylie le porse la mano. « Ispettore Kylie MacDonald. »

Partì la suoneria di Cates, che controllò il display. « Non sono nemmeno le otto e questa è già la quarta chiamata del vicesindaco, incaricato di rompermi le scatole. » Rispose: « Ti posso richiamare fra cinque minuti, Bill? Finisco una cosa e ti telefono ».

Invece di stringere la mano a Kylie, le batté il pugno contro il palmo. « Benvenuta, ispettore MacDonald. Il briefing del mattino è fra dieci minuti. Jordan, prima passa nel mio ufficio. »

Imboccò il corridoio portandosi il cellulare all'orecchio.

Kylie rimase lì a guardare. Sapevo a che cosa pensava.

« È fatta così » le dissi. « Non ama i convenevoli e va dritta al punto. Se ti aspettavi una tazza di tè e quattro chiacchiere fra donne, ti sbagliavi. L'hai salutata, lei ha salutato te: stop. Adesso si lavora. E comunque stai tranquilla: non la devi convincere di niente. Ha preso informazioni sul tuo conto e, se non ti ritenesse all'altezza, non saresti qui.»

«Grazie» disse Kylie.

«Prego. Sono il tuo compagno di squadra, no?»

4

Henry Muhlenberg tappò la bocca a Edie Coburn, che gli affondò i denti nel palmo della mano e scrollò la testa. Lui però non mollò: ci mancava solo che qualcuno, passando vicino alla roulotte, la sentisse gridare.

Edie inarcò la schiena, si mosse in maniera convulsa, poi venne percorsa da una serie di brividi e finalmente si abbandonò.

Muhlenberg le tolse la mano dalla bocca.

« Passami una sigaretta » gli chiese lei. « Sono sul tavolo. »

Muhlenberg scese dal divano, completamente nudo, e andò a prendergliele. Aveva ventotto anni, era tedesco ed era un ragazzo prodigio che aveva diretto alcuni film molto apprezzati dalla critica, ma non dal grande pubblico. Dopo un po' si era stufato di girare su una vecchia Opel scalcagnata e di abitare in un monolocale a Francoforte e si era venduto l'anima per una Porsche 911, una villa a Beverly Hills e un contratto per tre film.

Il primo era stato un flop e con il secondo aveva tirato su sei milioni di dollari, che per un indie è tantissimo, ma per uno studio hollywoodiano è un fallimento colossale. Perciò, se con il terzo non avesse fatto incassi da record, sarebbe stato costretto a tornare in Germania e a campare di video musicali per band che suonavano nei garage.

Era la sua ultima possibilità e quella stronza di Edie Coburn gli stava mettendo i bastoni fra le ruote. Era andato nella sua roulotte per tentare di convincerla a firmare una tregua con quel coglione del marito, Ian Stewart, che purtroppo era il coprotagonista. Più che tentare di convincerla, l'aveva supplicata in ginocchio.

« Ti prego, Edie » le aveva detto. « Abbiamo tutti i tecnici e un centinaio di comparse che aspettano e che costano allo studio circa mille dollari al minuto. Non possiamo permetterci di ritardare ulteriormente. Dobbiamo girare. »

« Vallo a dire a Ian, che si scopa quell'oca siliconata che non è neanche bionda naturale. »

« Non ne abbiamo la certezza » le aveva detto. « Gira voce che fra Ian e Devon ci sia del tenero, sì, ma potrebbero essere solo pettegolezzi, magari fatti circolare di proposito per creare interesse intorno al film. »

« Non so in Germania, Herr Muhlenberg, ma qui a New York le voci che girano sono tutte vere. »

« Senti, non sono un terapista di coppia » aveva ribattuto lui. « So che tu e Ian avete dei problemi, ma so anche che sei una professionista. Cosa devo fare perché tu vada al trucco e poi sul set, di grazia? »

Edie indossava un kimono blu con un motivo a fiori e pavoni. Si era slacciata la cintura e lo aveva lasciato cadere a terra.

Occhio per occhio, tradimento per tradimento.

Muhlenberg l'aveva assecondata.

A mille dollari al minuto, l'amplesso era costato allo studio cinquantaquattromila verdoni. Edie a Muhlenberg piaceva molto meno della star minorenne del suo film precedente, ma se per salvare la carriera occorreva andare a letto con una quarantaseienne, Edie Coburn non era certo il peggio che potesse capitare.

Le accese la sigaretta. Edie aspirò una profonda boccata e gli soffiò il fumo in faccia. « Non ti aspettare una standing ovation » gli disse. « È stata una cosa di lavoro. »

« Bene » rispose lui. « Avverto Ian che fra mezz'ora sei pronta e si gira. »

« Sì, ma prima rivestiti. »

5

« *Heil Hitler* » disse Ian alzando il braccio destro per accogliere Muhlenberg nella sua roulotte.

Il regista non l'aveva trovato divertente nemmeno la prima volta, figurarsi la centesima. Si sforzò di sorridere.

Senza trucco, Ian Stewart dimostrava tutti i suoi cinquantasei anni. Era un *tombeur de femmes* con un ego spropositato, che prendeva fuoco per un nonnulla. « Russell Crowe, ma senza il carisma » lo aveva definito un tabloid. E la carriera di Muhlenberg dipendeva da lui.

« Ho parlato un po' con Edie » esordì.

« Un po'? Sei stato con lei quasi un'ora! Si può sapere cos'avete fatto in tutto questo tempo? » domandò, passandosi la lingua sulle labbra.

« Fammi il favore, Ian. Questa è la tua scena, quella che hai tanto insistito per aggiungere e che costerà tre milioni di dollari » disse Muhlenberg. « Ci tenevi, e io ho fatto quel che bisognava fare per accontentarti. Adesso Edie si sta preparando. Per piacere, preparati anche tu prima che lei cambi di nuovo idea. »

Ian batté i tacchi. « *Ja, mein Direktor. Danke schön.* »

A Muhlenberg la scena che stavano per girare non piaceva per niente. Una festa di nozze con le signore in lungo e gli uomini in smoking, in cui Ian era lo sposo e la sposa era Devon Whitaker, la bionda ventiduenne che Ian si trombava in quel periodo. Edie era la ex moglie, che piombava inaspettata al ricevimento e sparava ai novelli sposi.

Siccome però era tutto un sogno, quell'esibizionista di Ian poteva morire drammaticamente in scena e poi partecipare anche al resto del film. Era l'ennesima modifica a una sceneggiatura pasticciata, alla quale avevano già messo mano altre quattro persone. Ma quello stronzo di Ian era stato irremovibile: senza quella scena, non avrebbe accettato la parte.

« Hai saputo di Sid Roth? » domandò Ian.

« Sì. È morto mentre faceva colazione al Regency. Attacco cardiaco. »

« Dicono veleno, in realtà. » Ian rise. « Non mi sorprenderebbe. Quella carogna ha talmente tanti nemici che c'è da chiedersi come abbia fatto a sopravvivere fino a stamattina. »

« Vedo che la notizia ti ha lasciato sconvolto » disse il regista.

« Be', per me è un avanzamento » disse Ian. « Ora che non c'è più Roth, salgo di un gradino nella classifica degli uomini più detestati nel mondo del cinema. Ancora tre ed entro fra i primi dieci. »

« Be', se ti può consolare, qui sei al primo posto » rispose Muhlenberg. « *Heil Hitler.* »

6

Il comandante Delia Cates è NYPD fino al midollo. Nata e cresciuta a Harlem, poliziotta di terza generazione con una carriera che potrebbe portarla a diventare il primo capo di polizia donna della città: Columbia University, quattro anni nei Marines, un master in giustizia penale al John Jay College.

Leggermente oltre i quaranta, è una donna attraente, con gli occhi scuri, una splendida pelle color cioccolato e un sorriso aperto, cordiale. È una dura, più dura di una bistecca da tre dollari. È anche una leader nata, il capo migliore che io abbia mai avuto.

Non mi convocava nel suo ufficio tutti i giorni, e l'invito di quella mattina mi aveva colto di sorpresa. Bussai alla porta alle 7.55.

Cates fu rapida ed efficiente come suo solito. Disse chiaramente qual era il suo obiettivo, io risposi con una serie di « sì » e « comandante » al momento giusto e venni congedato alle 7.56 solo lievemente più turbato di quando ero entrato.

Andai nella sala riunioni e mi sedetti con Kylie e altri undici ispettori. Cates entrò alle otto in punto.

« Signore e signori, buongiorno » esordì. « Come sapete, il sindaco ha steso un red carpet di quasi cinquemila chilometri nella speranza di conquistare i cuori e i portafogli dei magnati di Hollywood. Il nostro compito è assicurare loro un soggiorno gradevole, senza problemi di sicurezza. In pratica, fare quel che facciamo sempre, ma per il quintuplo di persone. Molti eventi si svolgeranno a porte chiuse. Riunioni, pranzi, visite a studi cinematografici e teatri di posa saranno in ambienti controllati, con guardie private.

« Ci saranno però anche un certo numero di eventi pubblici ad alta visibilità, che attireranno i fan, ma anche stalker, paparazzi e squinternati di ogni genere. Il più importante è il gala di stasera al Radio City Music Hall. Ho appena parlato con il mio omologo di Midtown North, che mi ha detto che c'è già gente accampata per assistere al red carpet. Avremo come minimo un centinaio di agenti in divisa e altri trenta in borghese, voi compresi. Sarà una lunga giornata, vi avverto. Ma la buona notizia è che il sindaco ha stanziato una discreta sommetta per pagarci gli straordinari.

« Martedì e mercoledì ci saranno meno eventi pubblici, ma sappiamo che questa è gente che a fine giornata ama folleggiare e quindi portatevi dietro il cellulare anche per andare al gabinetto. Giovedì... »

Le squillò il telefono. « Capite cosa voglio dire? »

Riconoscemmo tutti la suoneria. Cates lo chiamava il Battelefono. Chi aveva quel numero aveva la priorità assoluta, qualsiasi cosa lei stesse facendo.

« Comandante Cates » rispose. Stette a sentire impassibile per quindici secondi, rispose « Sarà fatto » e chiuse la chiamata.

« Cominciamo male » disse. « Abbiamo un produttore hollywoodiano morto nella sala da pranzo del Regency Hotel, fra 61st Street e Park Avenue. Possibile omicidio. Jordan e MacDonald, pensateci voi. »

Non so spiegare quello che successe dopo. Kylie si alzò e andò verso la porta, mentre io rimasi seduto a cercare di capacitarmi del fatto che ciò che mi aveva tenuto sveglio quella notte era diventato realtà. Kylie e io eravamo una squadra e stavamo per affrontare il primo caso insieme. Fu questione di un attimo, tre secondi al massimo, ma a Cates non sfuggì.

« Jordan! » mi urlò. « Muoversi! »

Scattai in piedi.

Cates riprese il discorso. « Per chi di voi non la conosce ancora, la nuova compagna di squadra di Jordan è l'ispettore Kylie MacDonald, temporaneamente assegnata a... »

Temporaneamente assegnata.

Fu l'ultima cosa che sentii prima di uscire. Non sapevo neanch'io che emozioni mi suscitassero quelle parole.

7

Il Regency era a cinque minuti dal distretto.

« Non posso credere che Cates mi abbia affidato un omicidio il primo giorno » disse Kylie salendo in macchina.

« Possibile omicidio » puntualizzai. « Io non posso credere che invitiamo i produttori hollywoodiani a New York e prima dell'ora di pranzo ne è già morto uno. »

« Perché Cates ti ha convocato nel suo ufficio? Che cosa ti voleva dire? »

« Niente di importante. »

« Ha troppo da fare per convocarti nel suo ufficio per roba di poca importanza » ribatté Kylie. « Se non me lo vuoi dire, pazienza. Ma non raccontarmi balle. »

« Voleva notizie di Omar. Gliele ho date. » Era una bugia, e poco credibile.

E infatti Kylie non ci cascò. « Senti, Zach, io qui sono in prova. Cates vorrà capire se sono all'altezza, immagino. E il modo migliore per sapere come me la cavo è farselo dire da te. »

« Ma no, cosa dici » replicai. « Cates prende le decisioni in autonomia. »

« Sì, ma chi è che passerà con me dodici, quattordici ore al giorno? Tu. È logico che chieda il tuo parere. »

Infatti è esattamente per questo che mi ha convocato, poco fa.

Il semaforo all'incrocio di 63rd e Park era rosso. Mi fermai e mi voltai verso di lei. « Spero che non passerai dodici, quattordici ore al giorno a rimuginare su scemenze di questo genere. »

« Senti, non sei tenuto a dirmi niente. Se ti ha chiesto di fare rapporto, ti avrà sicuramente raccomandato di non dirmelo. Comunque, se è questo il motivo per cui ti ha convocato, sono contenta. »

« Perché? »

« Perché sai già che sono brava nel mio lavoro. Più brava di te. » Rise. « L'importante è che non chieda a mio marito. Spence preferirebbe che non mi fermassi qui a tempo indeterminato. »

Il comitato direttivo nella mia testa indisse una riunione di emergenza. *Spence sa che sei ancora pazzo di Kylie e ti vede come una minaccia. Non vuole che tu passi sessanta ore alla settimana con sua moglie.*

Per quanto mi riguardava, la risposta era chiara, ma avevo voglia di sentirmela dire ad alta voce. « Perché? »

« Vuole un figlio » rispose. « Mi stavo già preparando mentalmente all'idea, quando si è presentata la possibilità di entrare nell'NYPD Red. Gli ho detto che era il mio sogno e che, se mi aveste preso full-time, avremmo dovuto rimandare la gravidanza di un paio di anni. »

Il comitato si riunì nuovamente. *Spence non ce l'ha con me, quindi, ma con il lavoro. Se Kylie lavora in squadra con me, non diventa mamma. A Cates cosa diciamo?*

C'era una fila di limousine parcheggiate nella zona di divieto davanti all'hotel. Dovetti azionare tre volte la sirena perché l'autista della prima mi degnasse di uno sguardo e altre due perché mi cedesse malvolentieri il posto.

Scendemmo dalla macchina.

« Come procediamo? » chiese Kylie. « Tu che sei il membro anziano della squadra preferisci che io stia nell'ombra o che mi butti? »

« Lasciamo perdere i diritti di anzianità » risposi. « Sei qui perché sei in gamba. Cates ha detto che la vittima è un produttore hollywoodiano e tu hai il vantaggio di avere un marito che lavora nel settore, sai come ragiona quella gente. »

Kylie scosse il capo. « No, Numero Sei. Nessuno sa cos'ha nella testa quella gente. »

8

« Tutti ai vostri posti » urlò l'aiuto regista. « Pronti a girare. Partiti con il suono. »

Henry Muhlenberg prese un bel respiro: era tornato al comando. A meno di dieci metri da lui, il Camaleonte, elegantissimo in smoking vintage stile *Casablanca*, pensava la stessa identica cosa.

« Motore. »

L'aiuto operatore batté il ciak e l'aiuto regista gridò: « Azione sullo sfondo ».

Il Camaleonte e gli altri novantanove invitati al ricevimento entrarono nel personaggio e cominciarono a chiacchierare, ridere e bere senza produrre suono.

« Azione! » gridò Muhlenberg.

Gli sposi, Devon Whitaker e Ian Stewart, misero piede sulla pista da ballo e gli invitati smisero di far finta di parlare e incominciarono a far finta di guardare estasiati la coppia felice che apriva le danze.

L'orchestrina fingeva di suonare. La musica sarebbe stata aggiunta alla colonna sonora in postproduzione. Ian e Devon volteggiavano sulla pista.

« Ballate, ballate, ballate » gridava Muhlenberg in attesa che i due arrivassero in posizione. « Partiti! »

Edie Coburn entrò in scena con un paio di pantaloni larghi a vita alta stile Katharine Hepburn e una camicetta di seta color cioccolato.

« Bene, bene, bene! » urlò puntando una Sig Pro nove millimetri contro la coppia. « La ex signora Minetti ha finalmente l'occasione di conoscere l'attuale signora Minetti. »

Gli invitati reagirono con il dovuto sgomento. Muhlenberg controllò il monitor della macchina da presa dei primi piani. Edie Coburn all'apparenza era calma e fredda, ma dentro ribolliva di collera. Muhlenberg pensò che la parte dell'ex moglie gelosa le si addiceva particolarmente, in quel periodo, e la stava recitando benissimo.

Ian si voltò verso di lei con lo sguardo acceso di rabbia, più che di paura. « Posa quella pistola, Carla. Non vorrai fare una delle tue solite sceneggiate... »

Edie sparò alla sposa. Una volta. Due. Il corpetto in pizzo dell'abito si macchiò di rosso e Devon crollò a terra. Ian emise un lamento e si avventò contro la ex moglie, che sparò un altro colpo. La camicia bianca si macchiò di sangue. Ian barcollò, Edie fece di nuovo fuoco. Ian cadde a terra fra fiotti di sangue arterioso che colorarono di rosso la pista da ballo.

Fu una morte spettacolare, filmata con quattro macchine da presa. « Stop! » gridò Muhlenberg. « Ottimo. »

L'aiuto regista aiutò la sposa insanguinata a rialzarsi. « Serve aiuto, Ian? » chiese.

Ian Stewart non rispose. Ansimava. A un certo punto emise un rantolo gorgogliante e vomitò sangue sul parquet.

Il primo a capire fu il tecnico degli effetti speciali. Le capsule di sangue finto nascoste sotto il vestito della sposa erano esplose al momento giusto, ma l'emorragia di Ian Stewart era troppo realistica.

« Proiettili veri! » gridò, precipitandosi sul set. Prese Edie Coburn per il braccio e le tolse di mano la pistola.

Henry Muhlenberg lo raggiunse di corsa, si inginocchiò e sollevò la testa dell'attore. Il sangue scorreva ormai pianissimo. Il volto era una smorfia di dolore, bocca aperta, occhi sgranati che ormai non vedevano più niente.

« Chiamate un dottore! » urlò Muhlenberg, pur sapendo che non c'era più nulla da fare.

Le comparse erano in piedi, chi in lacrime, chi sotto shock, chi incuriosito.

Il Camaleonte restò immobile, con l'espressione inorridita, di nuovo uno fra i tanti.

9

Appena Kylie e io entrammo nella hall del Regency Hotel, fummo avvicinati dal direttore, dall'executive chef e da un rappresentante della proprietà. Il direttore ci comunicò che un ospite dell'albergo aveva avuto un attacco cardiaco e il tizio della proprietà promise massima collaborazione.

In passato un ispettore di polizia li avrebbe guardati in faccia e avrebbe risposto: « Stronzate: non vedete l'ora che ce ne andiamo, portandoci via il morto, per poter apparecchiare per il pranzo e far finta che non sia mai successo niente ».

Ma i tempi erano cambiati e all'NYPD ci insegnavano a essere CPR, e cioè cortesi, professionali e rispettosi. Perciò li ringraziammo educatamente, ci scambiammo i rispettivi biglietti da visita e ci scusammo per il disturbo prima di andare a esaminare il morto.

« Abbiamo un defibrillatore in sala » spiegò il direttore. « Ma è successo tutto molto in fretta. Un infarto improvviso e fatale. Non c'è stato nemmeno il tempo di provare a rianimarlo. »

Il funzionario della proprietà, probabilmente esperto di insabbiamenti rapidi, osservò: « Non mi stupirei se fosse un fumatore accanito ». E ci assicurò che tutto lo staff era a disposizione per aiutarci a risolvere l'increscioso problema nel minor tempo possibile.

Non so che cosa intendesse esattamente: forse ci stava proponendo di chiamare uno dei fattorini per far portare via il cadavere su un carrello per bagagli e nasconderlo dietro il bancone della reception.

Non ho idea di come venga descritta la sala da pranzo del Regency nelle brochure, ma io la definirei « opulenta »: folti tappeti, ricchi tendaggi, tappezzeria di seta alle pareti e sedie imbottite in varie gradazioni di oro.

A rovinare l'atmosfera spiccavano, fra le sfumature dorate, un lago marrone rossastro per terra e il corpo riverso di un uomo che sicuramente non si sarebbe imbarcato in prima classe sul suo volo di ritorno per Los Angeles.

« Sidney Roth, anni cinquantatré, residente a Bel Air, California. »

A darci quelle informazioni fu Chuck Dryden, della Scientifica, che aveva un occhio formidabile e un istinto acutissimo, ma zero personalità. Con Chuck non c'era mai uno scambio di convenevoli, di battute, di cordialità. Tant'è che era soprannominato Dryden il Burbero.

Lo presentai a Kylie e, anche se fu questione di sei secondi, sono certo che lui lo considerò tempo sprecato.

« Di cos'è morto? » chiesi. « Questi dell'hotel dicono che ha avuto un infarto, ma penso che gli vada bene tutto, purché sia una morte naturale e non comporti grane per loro. »

« Gli infartuati generalmente non se la fanno addosso » replicò Dryden. « Secondo me, è più probabile che sia stato avvelenato, ma per avere la conferma dobbiamo aspettare autopsia e analisi tossicologiche. »

« Grazie. »

Chuck annuì e riprese il suo lavoro.

« Hai sentito? » disse Kylie. « Secondo lui, l'hanno avvelenato. »

« No. Secondo lui, è possibile che sia stato avvelenato. »

« Spero che abbia ragione. Non ho mai lavorato a un caso di avvelenamento. »

« Posso darti un consiglio? »

« Certo. »

« Evita di fare quella faccia felice: ci stanno guardando. »

10

Per svuotare un ristorante troppo affollato non c'è nulla di meglio di un cadavere in un lago di sangue. Ci riferirono che nella sala si era alzato il grido «Chiamate il 911!» nel momento in cui Roth era crollato a terra e subito dopo tutti avevano chiesto il conto.

Quando erano intervenuti i primi due agenti, la maggior parte dei testimoni oculari si era già dileguata. Per fortuna si trattava del Regency e non di uno Starbucks e Philippe, il gentilissimo e riservatissimo maître, ci assicurò di essere in grado di ricostruire la disposizione dei tavoli e i nomi dei loro occupanti da quando avevano aperto a quando era morto Roth.

«Il signor Roth era al tavolo dodici insieme a quattro persone» disse. «Due sono ancora qui.»

Indicò due uomini sulla trentina seduti a un tavolo in fondo, davanti a due tazze e una caraffa d'argento.

Uno di loro sorrise e fece ciao con la mano.

«Non sembra granché scioccato dalla morte del suo commensale» dissi a Kylie. «Chi saluta?»

«Me» rispose lei. «Lo conosco. È un amico di Spence.»

Ci avvicinammo e l'uomo si alzò. «Kylie» disse. «Sapevo che lavoravi in polizia, ma... che combinazione!»

«Ti presento il mio collega, l'ispettore Zach Jordan» disse Kylie. «Zach, lui è Harold Scott.»

«Scotty per gli amici» aggiunse l'amico di Spence stringendomi la mano.

Ci presentò l'altro uomo. « Randy Pisane. Stavamo facendo colazione con Sid Roth, quando si è sentito male. »

« Grazie di averci aspettato » dissi. « Potete spiegarci com'è andata? »

« È successo di colpo. Stava bene, ci stava raccontando vari aneddoti. Roth ha lavorato con un sacco di gente importante: Eastwood, Newman, Brando. I migliori. E se anche solo la metà delle cose che raccontava era vera... »

« Scotty » lo riprese Kylie. « Ci spieghi com'è andata? »

« In poche parole, si è alzato da tavola improvvisamente, ha vomitato, ha avuto una specie di crisi epilettica ed è caduto. Si è spaccato la testa e ha perso un sacco di sangue. Una scena raccapricciante. Voglio dire, al cinema si vede di peggio, ma dal vivo... Cioè, visto dal vero... È orribile. »

« Per caso Roth si è portato le mani al petto o a un braccio? » chiese Kylie.

Scotty si strinse nelle spalle. « Non lo so. È successo tutto rapidamente, e comunque quando ha cominciato a vomitare mi sono voltato dall'altra parte. »

« Volete sapere se si è portato le mani al petto come se avesse dolore al cuore? » domandò Pisane.

« Sì. »

« No, assolutamente » rispose Pisane. « Sentite, io non sono un medico, ma ho lavorato alla sceneggiatura di due stagioni di *CSI: Miami* e quello che è successo a Roth mi ha fatto venire in mente un episodio dove uno moriva più o meno nello stesso modo. Ed era avvelenamento. »

« Nel senso di intossicazione alimentare o...? »

Pisane mi guardò come se fossi stupido. « No, nel senso di omicidio. Non ha mai guardato *CSI: Miami*? »

« Dunque secondo lei il signor Roth è stato ucciso » dissi. « Aveva nemici, che lei sappia? »

I due scoppiarono a ridere.

« Fa prima a chiedere se aveva degli amici, sa? » disse Scotty.

« È vero » concordò Pisane. « Cercate su Google: Roth era un grandissimo stronzo, ma tutti volevano lavorare con lui perché faceva un sacco di soldi. »

Lo salutammo e andammo a cercare Dryden, che era ancora intento a scattare foto del tavolo dodici.

« Uno dei testimoni avvalora la tua teoria » lo informai. « Dice che i sintomi manifestati da Roth fanno pensare all'avvelenamento. »

« È un medico? » chiese Dryden.

« No, scrive per *CSI: Miami.* »

« È una serie di merda. Non la guardo. »

Philippe aveva avuto il buonsenso di non sparecchiare il tavolo di Roth, sul quale c'erano ancora cinque piatti, cinque tazze, cinque bicchieri d'acqua e uno di succo di frutta, vuoto.

« Lui è Rafe » disse Philippe. « Il cameriere che li ha serviti. »

« Dov'era seduto il signor Roth? » gli domandai.

Rafe indicò il bicchiere di succo.

Mi voltai verso Dryden. « Chuck, imbusta e marca tutti i reperti come si deve, ma fammi un favore: quando li porti in laboratorio, dai la priorità a quel bicchiere. »

« Converrà analizzare l'intera cucina » disse Kylie. « Nel caso l'obiettivo fosse avvelenare tutti quelli che c'erano e Roth sia stato semplicemente il primo a bere il Kool-Aid. »

Chuck Dryden mosse appena la testa a segnalare che era d'accordo.

« È stato lei a servire il succo di frutta al signor Roth, Rafe? » chiesi.

« No, è stato uno nuovo, un aiuto cameriere latinoamericano. L'ho mandato a chiedere se volevano un altro caffè, Roth gli ha ordinato un succo di pomodoro e lui gliel'ha portato. »

« Come si chiama? »

« Non lo so » rispose Rafe. « Come dicevo, è nuovo. »

« Dov'è adesso? »

Rafe si strinse nelle spalle. « Non lo so. Qui non c'è, in cucina nemmeno. Sarà andato a casa. »

Mi voltai verso Philippe.

Il maître scosse la testa. « Non mi risulta che ci fosse un nuovo aiuto cameriere. Questa settimana si lavorerà tanto, ma lo staff dovrebbe essere sufficiente. Non abbiamo preso altro personale. Il ragazzo che ha servito il succo di pomodoro a Roth... io non so chi sia. »

Mi squillò il telefono. Era Cates.

« Aggiornami » disse.

« Siamo al Regency. Il possibile omicidio si sta rivelando sempre più probabile, ma per avere delle conferme bisogna aspettare analisi e autopsia. Fra poco torniamo al distretto. »

« No » replicò Cates. « Dovete andare ai Silvercup Studios. È morto Ian Stewart, l'attore. »

« Com'è morto? »

« Gli hanno sparato » rispose Cates.

« Testimoni oculari? »

« Più di cento » disse Cates. « E nel caso a qualcuno fosse sfuggito qualcosa, abbiamo le riprese. »

11

Lasciai a Philippe il mio indirizzo di posta elettronica e gli chiesi di mandarmi l'elenco di tutti quelli che stavano facendo colazione al Regency al momento del fattaccio. «A cominciare dai due signori che erano al tavolo con Roth e se la sono squagliata.»

Presi in considerazione di affiancare un disegnatore a Rafe per ottenere l'identikit dell'aiuto cameriere che aveva portato a Roth il succo di pomodoro, ma decisi che sarebbe stata una perdita di tempo. Non aveva senso diffondere un ritratto generico, che sarebbe potuto corrispondere a mezzo milione di portoricani da East Williamsburg a Spanish Harlem.

Ringraziai Philippe e mi diressi verso l'uscita con Kylie. Come prevedevo, i tre cavalieri del Regency Hotel ci aspettavano sulla porta.

«Ci sono videocamere di sorveglianza nella sala?» chiesi.

Il direttore mi guardò come se gli avessi chiesto se le porte dei bagni fossero dotate di spioncino.

«Il nostro hotel garantisce la massima riservatezza. Per i nostri clienti la privacy è importante.»

«E nei locali di servizio? Non controllate il personale?»

«Teoricamente, dovremmo.» Guardò lo chef. «Ma quando è arrivato Etienne, due anni fa, ha voluto che togliessimo le videocamere dalla cucina.»

Lo chef, corpulento, fece un gesto come a dire che non si era pentito della decisione. «Le trovo offensive, una distrazione» spiegò.

In passato avrei risposto qualcosa tipo: *Be', certo. Così, se sputi nella bouillabaisse di qualcuno che ti sta sulle palle, non ti vede nessuno.* Ma siccome mi avevano insegnato a usare cortesia e rispetto, dissi: « Ci serve un elenco di tutti quelli che erano di turno stamattina ».

« Va bene » rispose Etienne.

Il funzionario della proprietà non era molto d'accordo. « È davvero necessario, ispettore? Quell'uomo ha avuto un infarto. »

« È stata aperta un'indagine » risposi. « Noi ora dobbiamo andare, ma ci sentiamo presto. »

« Un momento! » Era lo chef. « Per il pranzo come facciamo? Voglio dire, fra quanto pensavate di... » Indicò il morto. Probabilmente trovava anche quel poveraccio offensivo, una distrazione.

« Mi dispiace, c'è voluto più tempo del previsto. Ma ormai dovrebbe essere questione di minuti. Grazie della pazienza. » Era la classica risposta che davano i camerieri ai clienti quando la cucina impiegava un'ora a far uscire i piatti, ma non credevo che lo chef fosse in grado di cogliere l'ironia.

12

Kylie aspettò di essere in macchina, prima di parlare.

« Non abbiamo indagato granché, ti pare? »

« Abbiamo fatto tutto quello che si può fare in questa fase. L'unico a essere sicuro che Roth è stato avvelenato scrive gialli di mestiere. Chuck Dryden ne è abbastanza convinto, ma non si pronuncia finché non ha provette e referti che lo dimostrano. »

« Mah » disse Kylie. « Secondo me, aveva già abbastanza elementi per esprimersi. Certe forme di rigore sono assurde. »

« Ti sembra assurdo essere rigorosi? Dryden è un uomo di scienza, prima che un poliziotto. Il suo lavoro prevede che... »

Kylie sorrise. E poi scoppiò a ridere come una ragazzina. « Davvero pensi che abbia dei problemi con il rigore? »

« Scusa, ma sei famosa per i tuoi atteggiamenti disinvolti nei confronti delle procedure. »

« Sono cambiata. Adesso sono ligia come un boy scout. Rispettosa delle leggi per fare buona impressione sul comandante Cates e restare in squadra con te per i prossimi due o tre anni. »

E non fare figli.

Svoltai in 59th Street, passai davanti a Bloomingdale's e attraversai Third Avenue, diretto verso il ponte per il Queens.

« Non stiamo tornando in ufficio » osservò Kylie.

« Ha chiamato Cates. Hanno sparato a uno ai Silvercup Studios. »

« Oh, mio Dio. Spence è là. »

La prima volta che lo avevo visto, nella foto che Kylie mi aveva mostrato all'accademia, Spence Harrington era un suo ex e stava entrando a fatica nel mondo della televisione. Dieci anni dopo, era il produttore esecutivo di una serie tv poliziesca di grande successo, girata a New York.

Avrei potuto detestarlo, ma Spence era una brava persona. All'epoca Kylie lo aveva lasciato perché era presa dal lavoro e lui si faceva di coca. Ma Spence non voleva perderla e, senza dire niente a nessuno, aveva intrapreso un percorso di riabilitazione e, ventotto giorni dopo, disperato ma disintossicato, l'aveva supplicata di dargli un'altra chance. Lei gliel'aveva concessa e le cose erano andate bene: dopo un anno si erano sposati.

Appena saputo che ai Silvercup Studios avevano sparato a una persona, Kylie passò da poliziotta tosta a mogliettina ansiosa.

« Scusa, scusa » le dissi. « La vittima è Ian Stewart. Non sapevo che Spence lavorasse ai Silvercup. »

« Ha in cantiere una nuova serie » mi spiegò, visibilmente sollevata. « Anche questa di genere poliziesco, molto bella. L'episodio pilota verrà proiettato mercoledì sera per la gioia delle stelle di Hollywood, a dimostrazione di quanto è bello girare film a New York, come vuole il sindaco. »

« Il sindaco è nella merda » commentai. « A questo punto sarà difficile far passare il messaggio che girare a New York è bello. »

Kylie prese lo smartphone e cercò un numero. « Ciao, tesoro, sono io. Stai bene? »

Non occorreva essere un detective per immaginare chi fosse « tesoro ».

Kylie si voltò verso di me. « Spence sta bene. »

Annuii. « Salutamelo. »

« Zach ti saluta. Sapevi che hanno sparato a uno lì agli studios? » Pausa. « Perché non mi hai chiamato subito? Mi sarei risparmiata un attacco d'ansia. » Altra pausa, più lunga. « No, l'e-mail non l'ho guardata. La prossima volta, chiama. A Zach non dà fastidio. »

« Cos'è che non mi dà fastidio? »

« Spence dice che non mi ha chiamato perché aveva paura di disturbare, il mio primo giorno di lavoro. »

« Nessun problema, Spence! » gridai.

« Siamo in macchina » disse Kylie. « Sul ponte. Indovina. Sì, ci occupiamo noi di Ian Stewart. »

Lunga pausa in cui parlò solo Spence.

« Grazie del consiglio » rispose Kylie. « Sì. Anch'io. » Chiuse la chiamata.

« Che consiglio ti ha dato Spence? »

« Secondo lui non è stato un incidente, malgrado dicano tutti così. »

« Perché pensa questo? »

« Perché a uno stronzo come Ian Stewart non spari per errore. »

13

Prima di diventare il cuore della produzione cinematografica di New York, i Silvercup Studios erano stati un panificio industriale. Non sto scherzando. Fino ai primi anni Ottanta, il Silvercup White era uno di quei pancarré sofficissimi, a base di acqua, farina e tanta aria, che non poteva mancare nel carrello della spesa della generazione dei miei genitori.

Ma, come scrisse all'epoca un giornalista in vena di battute, a un certo punto qualcuno si era reso conto che si potevano fare molti più soldi sfornando pellicole piuttosto che pagnotte. E aveva ragione, tant'è che a trent'anni di distanza i Silvercup Studios sono la più grande casa di produzione cinematografica e televisiva del Nordest degli Stati Uniti.

A ricordare le sue gloriose radici resta solo l'insegna con la scritta Silvercup che ancora oggi domina il panorama quando si attraversa il ponte per entrare nel Queens. L'unico cambiamento consiste nel fatto che al posto di *Bread* adesso c'è *Studios*.

Arrivato in fondo alla rampa di uscita del ponte, svoltai a destra e passai davanti a una serie di magazzini, autofficine e altre brutture industriali che caratterizzano Long Island City. In 22nd Street, davanti al grande complesso Silvercup, c'erano già tre auto del Distretto 108. Uno degli agenti mi autorizzò con un cenno a varcare il cancello principale.

Ad aspettarci nel parcheggio c'era Bob Reitzfeld, un ex tenente NYPD cui piaceva dichiarare che l'unica cosa che non è capace di fare è stare con le mani in mano. Raggiunta l'età della pensione, aveva provato il golf, il tennis e la pesca, si era reso conto che non facevano per lui e nel giro di tre mesi aveva firmato un contratto come guardia giurata ai Silvercup Studios per quindici dollari l'ora. Aveva fatto carriera e, due anni dopo, era il responsabile della sicurezza.

Scesi dalla macchina e ci stringemmo la mano. « Mi fa piacere vederti, Zach. Il sindaco ha bisogno di persone su cui sfogare la sua ira. »

« Be', capisco che sia irritato » replicai.

« Irritato è dir poco. Oggi comincia la settimana del cinema sull'Hudson. Poco fa gridava che, se va avanti così, bisognerà ribattezzarla la settimana degli omicidi sull'Hudson » disse Reitzfeld.

« Sei sicuro che si tratti di omicidio? » chiesi.

« L'unica cosa di cui sono sicuro è che non siamo sull'Hudson, ma sull'East River, però mi guardo bene dal farlo notare a Sua Eccellenza il sindaco, visto l'umore. »

Nel frattempo anche Kylie era scesa dall'auto. Reitzfeld ebbe un attimo di perplessità, poi il suo cervello da investigatore fece due più due. « Ho sentito che Omar era momentaneamente fuori combattimento. Non dirmi che questa è la tua nuova spalla. »

« Vi conoscete? » domandai.

« Conosco la signora Harrington, la moglie di Spence Harrington, ma ho sentito parlare molto dell'ispettrice Kylie MacDonald » rispose Reitzfeld. « Allora, come ti trovi all'NYPD Red? »

« Oggi è il primo giorno, e si comincia alla grande » rispose Kylie.

« Un battesimo di fuoco. Il cadavere è nello Studio X. Da qui sono due minuti a piedi. Mentre andiamo, vi do qualche informazione. » Si voltò e si incamminò verso il parcheggio principale, lato 43rd Avenue. Kylie e io lo affiancammo.

« La vittima è Ian Stewart. Tutto quello che dicono di lui i tabloid è vero: era uno stronzo bestiale. Aveva quasi sessant'anni, avrebbe dovuto cominciare ad accettare ruoli da nonno e invece continuava a voler fare il protagonista supersexy. Non riusciva a tenerlo nelle mutande, si scopava tutti quelli che gli capitavano a tiro, senza distinzioni di genere, purché fossero sotto una certa età. Ultimamente andava a letto con Devon Whitaker, la coprotagonista giovane del film, e questo faceva parecchio incazzare Edie Coburn, che oltre a essere la coprotagonista meno giovane era anche sua moglie. Stamattina Edie ha fatto una scena isterica, si è barricata nella roulotte bloccando le riprese per un paio d'ore e per schiodarla da lì il regista ha dovuto usare le sue armi. Ma proprio tutte, eh? »

« Chi è il regista? » domandò Kylie.

« Henry Muhlenberg, un ragazzo prodigio che viene dalla Germania, soprannominato il Mulo non tanto per la sua testardaggine ma – secondo voci di corridoio – per via delle sue dotazioni anatomiche. Dal momento che poche ore fa si è scopato la moglie della vittima, va automaticamente considerato persona informata sui fatti, ma è cocainomane, quindi non riuscirete a cavargli un granché finché non avrà il naso pulito. »

« Che cosa ci sai dire dell'arma? »

« L'armaiolo di scena è un professionista di grande esperienza. Si chiama Dave West, e sono vent'anni che fa questo mestiere. Ha dato a Edie una Sig Pro nove millimetri che avrebbe dovuto essere caricata a salve. Edie ha sparato due colpi a Whitaker senza problemi. Poi altri due a Stewart e, come per magia, ha fatto fuori lo stronzo fedifrago e puttaniere con il quale era sposata. Però continua a sostenere che non sapeva che la pistola fosse carica. »

« Secondo te invece lo sapeva? » chiese Kylie.

« No. È stata chiusa nella roulotte tutta la mattina. E comunque Dave West non si sarebbe lasciato convincere a caricare la pistola con proiettili veri per nessuna ragione al mondo. Secondo me, qualcuno sul set ha manomesso l'arma sostituendo i proiettili a salve con proiettili veri. »

« Com'è possibile? » chiesi.

« Non è possibile, se l'armaiolo di scena fa il suo dovere » rispose Reitzfeld. « Ma in questo periodo Dave West ha la moglie malata e quindi non è sempre sul pezzo. Il mese scorso mi sono accorto che aveva lasciato aperto uno degli armadi delle armi e l'ho rimproverato. Ha giurato che non l'avrebbe fatto mai più, ma come dicevo la moglie sta male e lui non sempre è concentrato sul lavoro come dovrebbe. »

Ci fermammo davanti ai portelloni fonoisolanti dello Studio X. « È colpa mia » disse Reitzfeld. « Se fossi stato più attento, non sarebbe successo. »

« Bob, in questo posto ci sono migliaia di persone che vanno e vengono in continuazione » replicai. « Non puoi rispondere di tutto quello che fanno. Come puoi sentirti in colpa? »

« Zach, sono il capo della sicurezza, compresa la sicurezza delle armi da fuoco » ribatté. « Che io mi senta o non mi senta in colpa non fa differenza. La responsabilità è mia. Siamo nello show business. La merda tende a venire a galla. »

14

Bazzico set cinematografici da quando ero bambino. Mia madre faceva la truccatrice e per un paio d'anni, quando io mi consideravo ormai troppo grande per aver bisogno di una babysitter e lei mi considerava ancora troppo piccolo per lasciarmi a casa da solo, dopo la scuola la raggiungevo sul lavoro, ovvero sul set di spot pubblicitari, video musicali o lungometraggi.

E fu mia madre a insegnarmi ciò che occorre sapere per capire come ragiona chi lavora nello show business. « Credono che la loro merda profumi di fiori » diceva sempre. « In realtà puzza come quella di noi comuni mortali, ma se fai finta di crederci anche tu li fai contenti. »

Lavorando per l'NYPD Red, incontro molte persone convinte di essere un dono di Dio al mondo. Sento la loro puzza di merda da un miglio di distanza, ma seguendo il consiglio di mia madre spesso mi semplifico la vita.

Kylie, Bob e io varcammo le porte dello Studio X, che era lungo quanto un isolato e quasi altrettanto largo, che per gli standard di New York era tanto, anche se in confronto a Hollywood non era niente di speciale.

C'erano una quarantina di persone dietro la telecamera, che ci guardarono con circospezione mentre ci facevamo strada fra cavi elettrici, luci e apparecchiature audio. Ci fermammo ai margini del set, un salone allestito per un ricevimento con vari tavoli disposti a semicerchio e apparecchiati con piatti di porcellana, bicchieri in cristallo e fiori esotici. O perlomeno quello era l'effetto che avrebbero fatto sullo schermo. Nella realtà era tutta plastica. Al centro del tavolo d'onore troneggiava una torta nuziale a cinque piani, che era sicuramente di polistirolo, perché la vera crema sotto i riflettori si scioglie.

« Venite che vi presento lo sposo » disse Bob. « È sulla pista da ballo. »

C'erano circa un centinaio di comparse, gli uomini in smoking e le signore in abito lungo, che smisero immediatamente di parlare quando ci videro infilare le soprascarpe di carta e avanzare con cautela tra le macchie di sangue.

Ian Stewart era steso sulla schiena e aveva impressa sul viso l'ultima emozione che gli era arrivata al cervello, una via di mezzo fra « Oh mio Dio » e « Ma che c...? ». Ma forse ero io che rimuginavo troppo. Ian era semplicemente morto.

Questa volta ad attenderci in veste di responsabile della Scientifica c'era Maggie Arnold, molto più giovane, più bella e più espansiva di Chuck Dryden. Su altre scene del crimine avevamo flirtato un po' e nel vedermi fece un gran sorriso. La presentai a Kylie e le chiesi di darci la sua prima impressione.

« Vi do la prima, che è anche l'ultima » ribatté. « Si è beccato due proiettili da nove millimetri, uno al petto e uno alla gola, ed è morto dissanguato in pochi secondi. »

« L'armaiolo sostiene di aver caricato la pistola a salve » disse Kylie.

« E io gli credo » replicò Maggie. « Abbiamo rilevato le impronte sull'arma. Sulla parte esterna ce n'erano molte e probabilmente risulteranno dell'armaiolo e di Edie Coburn, che ha sparato. Sul caricatore e sui proiettili rimasti non ce n'era nemmeno una, invece: se l'armaiolo fosse stato l'ultima persona che ha maneggiato la pistola prima dell'omicidio, le sue impronte ci sarebbero. »

« Quindi ha ragione Dave » osservò Bob Reitzfeld. « Qualcuno ha sostituito i proiettili. »

« E potrebbe essere ancora qui » dissi. « Quanto tempo è passato fra l'esplosione dei due colpi e il momento in cui avete sbarrato tutte le uscite dello studio? »

« Troppo » rispose Reitzfeld. « Subito dopo gli spari è scoppiato il caos, poi hanno chiamato il 911, e sono passati quasi dieci minuti prima che io venissi informato via radio e dessi l'ordine di non lasciar entrare o uscire nessuno. L'assassino ha avuto tutto il tempo per dileguarsi. »

« Potrebbe essersene andato anche prima dell'omicidio » feci notare io.

« Ne dubito » obiettò Kylie.

« Perché? » domandai.

« Guardati intorno » rispose lei indicando con un gesto della mano la grande sala decorata a festa e il centinaio di comparse elegantissime per poi puntare il dito verso il cadavere insanguinato per terra. « Un'autentica scena da film. Uno spettacolo imperdibile. Scommetto cinque dollari che chi ha messo i proiettili veri in quella pistola è rimasto ad assistere alla morte di Ian Stewart. »

Non accettai la scommessa. Ormai avevo imparato che Kylie vinceva quasi sempre.

15

Dave West aveva uno sguardo mite, buono. Era un afroamericano sui cinquant'anni, con baffetti radi, capelli ancora più radi e un viso tondo e bonario che sicuramente si illuminava quando rideva, ma che in quel momento era pieno di tristezza e costernazione. L'espressione era comunque buona e gentile.

Proposi a Kylie di parlare per prima, ma declinò.

« Non qui » disse. « Non ora. »

West era seduto a un tavolo nel retro dello studio, con una tazza di caffè ancora piena davanti.

Kylie e io ci presentammo. Mi sedetti di fronte a lui e Kylie rimase in piedi un po' in disparte.

« So che è sconvolto, signor West » esordii. « Se la sente di parlare? »

« È colpa mia » dichiarò immediatamente. « Ho sbagliato io. »

« Dave! » esclamò Bob Reitzfeld.

Gli lanciai un'occhiataccia e Bob alzò entrambe le mani. « Scusa. È che non posso lasciare che si autoincrimini in questo modo! »

« Signor West, adesso le farò qualche domanda a cui vorrei che desse risposte concise e puntuali » dissi. « Da quanto tempo fa l'armaiolo? »

« Ho la licenza BFA da esattamente ventitré anni e un mese. »

« Licenza BFA? »

« BFA sta per Blank Fire Adapted. È la licenza per l'utilizzo di armi adattate al tiro a salve» spiegò. «Sul set si possono usare repliche o armi vere. Le repliche sono innocue, ma si vede che sono finte, quindi i registi in genere preferiscono usare armi vere caricate a salve.»

«È lei a scegliere quali armi usare?»

«A volte, non sempre. Io sono responsabile di tutte le armi BFA sul set e decido se una pistola è sicura e può essere usata in una certa scena oppure no.»

«E oggi cos'è successo?»

«La pistola di oggi era una Sig Pro nove millimetri. Il film è ambientato negli anni Quaranta e ci voleva un'arma d'epoca. Ne ho scelta una che non era nuova, ma era in ottime condizioni. L'ho pulita e ho inserito nel caricatore munizioni a salve.»

«Scusi se la interrompo, ma come fa a essere sicuro che fossero a salve?» dissi.

West accennò un mesto sorriso. «Come dicevo, sono ventitré anni che faccio questo mestiere. È difficile confondere i proiettili a salve con quelli veri. Voi che lavorate in polizia dovreste saperlo. I proiettili a salve non hanno piombo sulla punta. Quelli che uso io hanno un batuffolo di cotone rosso nel bossolo. Sono assolutamente innocui, a meno che il colpo non venga esploso a distanza estremamente ravvicinata, ma ne ho parlato con il regista e sapevo che Edie avrebbe sparato da almeno tre metri di distanza.»

«A che ora ha caricato l'arma?» chiesi.

«Alle nove, nove e un quarto, direi. Avremmo dovuto cominciare a girare alle nove e mezzo, ma siccome c'è stato un problema con Edie siamo partiti con due ore di ritardo.»

«Dov'era la pistola in quel lasso di tempo?»

West ebbe un attimo di esitazione. «Abbiamo un'apposita cassetta di sicurezza con la combinazione.»

«L'ha messa lì?»

Vidi che gli tremava il labbro inferiore e gli si riempivano gli occhi di lacrime. « No. L'ho posata sul tavolo dell'attrezzeria. Pensavo che avremmo cominciato a girare da un momento all'altro. »

« È possibile che sia entrato qualcuno e abbia manomesso la pistola? »

West annuì. « Si guardi intorno » disse. « Lo chiamano locale attrezzeria, ma non ci sono pareti, non ci sono porte: è tutto aperto. Quindi chiunque avrebbe potuto avvicinarsi e manomettere qualsiasi cosa, ma io sono stato sempre seduto lì... » Si interruppe, e non ci voleva molto a capire perché.

« Ha mai perso di vista la pistola? » chiesi.

« Per due o tre minuti... Al massimo cinque. »

« Quanto tempo ci vuole per sostituire il caricatore? »

« Cinque secondi. Ma perché qualcuno avrebbe dovuto farlo? »

« Adesso non pensiamo al perché » replicai. « Questa persona poteva sapere in anticipo qual era il caricatore giusto per la pistola che lei aveva deciso di usare nella scena? »

« Poteva averlo visto negli appunti di produzione » rispose West. « Viene scritto tutto nero su bianco e viene distribuito in giro. La Sig Pro era nella lista degli attrezzi di scena sin dalla fase di pre-produzione. Può averlo visto chiunque. »

« A che ora ha consegnato la pistola a Edie Coburn? » domandai.

« Alle undici e trenta, più o meno. »

« Ha controllato che fosse la pistola giusta? »

« Sì. Ho controllato il numero di serie, poi ho estratto il caricatore e ho controllato anche quello, ma... »

Prese la tazza di caffè ormai freddo dal tavolo e bevve un sorso.

« Ma... cosa? » lo incalzai.

« Il caricatore della Sig Pro... è fatto in modo tale che si vedono solo le prime due cartucce. Ho guardato e ho visto due punte rosse. Non mi è neppure venuto in mente che le altre potessero non essere a salve. Sono stato stupido. Troppo fiducioso.»

«Quando la signora Coburn ha sparato, che cosa è successo?»

«Ha sparato due colpi a Devon Whitaker, la sposa» rispose West. «Come da copione. Bang, bang. Due colpi a salve. Le capsule di sangue sono scoppiate e lei ha finto di stramazzare a terra. Poi Edie ha sparato altri due colpi a Ian. Ho capito subito che c'era qualcosa che non andava, perché i colpi a salve non fanno quel rumore. Sono rimasto paralizzato. Per fortuna Alan, l'addetto agli effetti speciali, si è precipitato a togliere la pistola a Edie, ma ormai...» West si nascose la faccia tra le mani e lo vidi tremare mentre piangeva in silenzio.

Una cosa era chiara: Dave West non era un assassino. Era una vittima, e rischiava di pagare al posto di un killer sadico e spietato. Reitzfeld ci aveva detto che West aveva la moglie malata, e tuttavia non aveva fatto cenno alla cosa, non si era lamentato, non aveva addotto la malattia della consorte come giustificazione. Si era distratto sul lavoro, un lavoro pericoloso, ed era pronto a rispondere del proprio errore e a pagarne le conseguenze.

Smise di piangere e mi guardò negli occhi.

«Mi dispiace» dissi.

«Faccia quello che deve» replicò lui mettendo spontaneamente le mani dietro la schiena. «È il suo lavoro.»

«Dave West, la dichiaro in arresto per omicidio colposo ai danni di Ian Stewart.»

Gli lessi i suoi diritti, davanti a Kylie e Bob Reitzfeld che assistevano in silenzio.

Non mi era mai dispiaciuto così tanto arrestare una persona. Oltretutto, mentre parlavo mi resi conto con sgomento che Kylie aveva proprio ragione. La morte di Ian Stewart era uno spettacolo troppo bello per non rimanere ad assistere. Chi aveva sostituito le cartucce a salve con proiettili letali doveva essere ancora lì, a guardarmi ammanettare un innocente.

16

Si potrebbe pensare che il testimone ideale sia una persona loquace, superattenta e con gli occhi bene aperti. Non è così, se tanta iperattività è dovuta alla coca.

Henry Muhlenberg, il giovane regista in carriera, si rivelò totalmente inutile. Se anche ci fossero sfuggite le pupille dilatate e la goccia al naso, una sola domanda fu sufficiente a capire che era talmente strafatto di cocaina da non essere in condizioni di aiutarci.

La domanda era: « Ci può raccontare che cosa è successo? »

« È successo che qualcuno ha messo dei proiettili veri nella pistola. Edie ha sparato a Ian e Ian è morto. E con lui sono morto anch'io » rispose parlando a raffica. « Sapete perché lo dico? Perché sono un uomo finito. Distrutto. Kaputt. Tanto valeva che Edie puntasse la pistola contro di me! »

Siccome non c'era verso di farlo star zitto, lo invitammo a sedersi e ci allontanammo per non sentire quel fiume di parole inutili.

« Non era in questo stato quando sono arrivato » ci disse Reitzfeld. « Probabilmente ha deciso di pipparsi tutto prima che arrivasse la polizia, anziché sprecarlo buttandolo nel gabinetto. »

« Lasciamolo perdere » disse Kylie. « Ecco che arriva il vero boss. »

Sulla porta dello Studio X era appena comparso Shelley Trager, uno dei rari produttori cinematografici che avevano avuto successo a New York, un ebreo pieno di grinta che da ragazzino aveva usato i pugni per farsi rispettare nelle strade del quartiere irlandese di Hell's Kitchen e da adulto aveva usato il cervello per farsi strada nel mondo individualista dello show business.

« L'unica differenza è che a Hell's Kitchen ti pugnalano guardandoti in faccia, e non alla schiena » gli piaceva ricordare.

Da giovane era molto bello, ma alla soglia dei sessanta combatteva senza grande successo contro la pinguedine e la calvizie. L'unica cosa in cui era migliorato con gli anni era la reputazione. Era considerato uno dei « buoni » nel settore dell'entertainment e la sua casa di produzione, la Noo Yawk Films, dava lavoro a decine di migliaia di attori, autori e tecnici che altrimenti sarebbero stati costretti a servire ai tavoli.

Amico di vecchia data del sindaco, Trager era uno dei principali sostenitori della politica volta ad attirare a New York una fetta dell'industria cinematografica di Los Angeles. Essendo socio dei Silvercup Studios, infatti, quel che giovava alla città di New York giovava anche a lui.

« Zach » disse appena mi vide.

L'avevo conosciuto l'anno precedente, quando avevo arrestato uno squilibrato che stalkerava una delle sue giovani star. Non rimasi sorpreso perciò che Trager si ricordasse di me.

Kylie naturalmente lo conosceva di persona, ma non si scambiarono strette di mano, né baci o abbracci, solo un breve cenno del capo, poi Trager andò dritto al punto.

« Che cosa posso fare per voi? »

« L'armaiolo di scena dice che qualcuno ha messo le mani sulla pistola e ha sostituito le cartucce a salve con proiettili veri » spiegai. « Per prima cosa, ci servono i nomi di tutti quelli che si trovavano sul set. So che sono pagati all'ora, ma devo chiederle di non mandare via nessuno finché non li avremo interrogati tutti. »

« Sarà fatto » rispose immediatamente. « Che altro? »

« Ci hanno detto che la scena è stata filmata » disse Kylie. « Abbiamo bisogno di vedere le riprese. »

Questa volta Trager fu meno pronto, ma dopo un po' acconsentì: « A una condizione, però. Che non le veda nessuno al di fuori dell'NYPD. Appena avrete finito di visionarle, le metteremo sotto chiave. Non vorrei mai che finissero su YouTube ».

« Grazie » disse Kylie.

« Mi hanno detto che avete arrestato Dave West. Era proprio necessario? » chiese Trager. « Ha la moglie gravemente malata, poveraccio. »

« Non potevamo non arrestarlo » risposi. « Dubito che il procuratore avrà la mano pesante nei suoi confronti, ma sarebbe bene che avesse un avvocato. »

« Già fatto » disse Shelley Trager. « Ho chiamato Perry Keziah. Lo conoscete? »

Annuii. Perry Keziah era molto noto ed era considerato il miglior avvocato di tutta New York: Dave West sarebbe tornato a casa in tempo per la cena.

« Scusatemi » disse Trager, e si allontanò per andare verso Ian Stewart.

Sul set tutto si fermò di colpo: nessuno si muoveva, nessuno parlava. Gli occhi di tutti erano puntati su di lui.

In piedi accanto al cadavere, Trager chinò la testa e mormorò una preghiera inudibile.

Poi tornò da me e Kylie.

« È una tragedia » disse guardandoci in faccia. « Ma se quello che dicono sulla morte di Sid Roth è vero... » Si interruppe come se temesse che quelle parole potessero diventare realtà per il solo fatto di essere state pronunciate a voce alta. « Se quello che dicono sulla morte di Sid Roth è vero... » ripeté e, sussurrando, concluse: « ... allora questo è un complotto ».

17

Kylie e io rimanemmo dove eravamo e riflettemmo sulle implicazioni delle parole di Trager. Un noto produttore era morto improvvisamente la mattina facendo colazione: probabile omicidio. Alcune ore dopo, un attore famoso era stato freddato a colpi di arma da fuoco: probabile omicidio. Non poteva essere una coincidenza, e comunque noi che di mestiere indaghiamo sugli omicidi alle coincidenze non crediamo.

« Ho messo il dito nella piaga, eh? » disse Trager.

Kylie lo guardò con aria interrogativa. « In che senso? »

« Come giocatori di poker non varreste un granché. Vi si legge in faccia che Sid Roth, che aveva dieci anni meno di me ed era dieci volte più in forma, non è stramazzato a terra perché ha avuto un infarto il primo giorno della Hollywood on the Hudson Week. Le voci che corrono sono fondate. È stato avvelenato, vero? »

« Shelley, lo sai che non possiamo rispondere a una domanda del genere » replicò Kylie.

« Pazienza. Me lo farò dire dal sindaco. Sono io che l'ho aiutato a far venire a New York mille pezzi grossi di Hollywood, e sono io la prima persona che chiamerà se pensa che gli altri novecentonovantotto siano in pericolo. » Tirò fuori il cellulare.

« Metti via quel telefono » gli disse Kylie. « Stiamo aspettando il referto della Scientifica, ma sì, sembra che Sid Roth sia stato avvelenato. »

« Merda » esclamò Trager. « Stiamo parlando di un serial killer? »

« Non ancora » dissi. « Non ci sono analogie sufficienti. A parte il fatto che lavoravano tutt'e due nello show business, fra le vittime non c'è alcun nesso. Dobbiamo indagare sui due casi separatamente. »

« Il che significa che dobbiamo interrogare Edie Coburn » concluse Kylie.

« Lasciatela in pace » disse Trager. « È sotto shock. »

« Lo credo bene » commentò Kylie. « Tranquillo, la tratteremo con i guanti. »

« È nel suo camerino » disse Trager. « Venite, vi accompagno. »

Edie Coburn era molto meno scioccata di quanto ci aspettassimo. Stava fumando una sigaretta e beveva piccoli sorsi di un liquido trasparente da un grosso bicchiere. Dubitavo che si trattasse di acqua minerale, però. Shelley Trager ci presentò dicendo che eravamo gli ispettori Jordan e MacDonald dell'NYPD, senza specificare che Kylie era la moglie di Spence Harrington, e spiegò a Edie che dovevamo farle qualche domanda sull'« increscioso incidente ».

« Non sapevo che la pistola fosse carica » disse Edie, e più che pronunciare quelle parole le recitò come se fosse una battuta che aveva provato per ore.

« *I didn't know the gun was loaded.* È una canzone delle Andrews Sisters, lo sapevi? » le chiese Trager.

Edie sorrise. Lo sapeva, ovvio.

« Condoglianze, signora Coburn » dissi. « Ci può raccontare che cosa è successo sul set? »

« Inutile girarci intorno » replicò l'attrice. « Ho fatto i capricci. Ho fermato la produzione per tutta la mattina perché ero furibonda con Ian. È un adultero seriale. L'ho sempre saputo: la prima volta che ci sono andata a letto era sposato con un'altra. Quindi l'ho sposato sapendo a cosa andavo incontro. Lui mi tradiva e io facevo finta di non vedere. Ma questa volta ha veramente esagerato. Che bisogno aveva di scoparsi proprio la ragazza con cui dovevamo recitare? E, come se non bastasse, quella stronza lo sbandierava ai quattro venti. Tutta fiera di sé, come se fosse chissà quale grande conquista, come se Ian fosse il Santo Graal. »

Bevve un sorso. « Sapevo che Ian teneva molto a quella scena, così ho fatto la prima donna e mi sono rifiutata di uscire da qui. Ho deciso di fargliela sudare un po'. »

« E che cosa l'ha spinta a cedere, alla fine? » domandò Kylie.

« Oh, che carina! » commentò Edie. « Non mi farebbe questa domanda se non sapesse già la risposta. Il regista è venuto a cercarmi, e diciamo che ha usato argomenti molto validi. Mi ha convinto. » Bevve un altro bel sorso. « Altroché se mi ha convinto. »

« E quando è entrata in scena era ancora arrabbiata con suo marito? » chiese Kylie.

« Secondo lei? »

« Ed era a disagio per il fatto che tanti sul set sapessero che suo marito aveva una storia con Devon Whitaker? »

« No, cara. A disagio mi trovo quando ho i collant fuori posto. Entrare in scena davanti a tutte quelle comparse che spettegolavano è stato umiliante. Ma il mio stato d'animo non c'entra niente con quello che è successo. L'attrezzista mi ha dato la pistola. Non sapevo che nel caricatore ci fossero dei proiettili veri, altrimenti li avrei usati per Devon Whitaker e a Ian avrei sparato a salve. È stata lei a dire a tutto il cast e alla troupe che si scopava mio marito. »

« Grazie del tempo che ci ha dedicato » conclusi. « E ancora condoglianze. »

« Ho avvisato Sebastian, il fratello di Ian, che vive a Londra » disse. « La famiglia è d'accordo a celebrare il funerale a

New York per i fan, ma poi vorrebbero che la salma fosse rimpatriata al più presto. »

« Il referto dell'autopsia dovrebbe essere pronto entro domani o al più tardi mercoledì » replicai. « Dopodiché la salma sarà a vostra disposizione. »

« Grazie » rispose Edie Coburn bevendo l'ultimo sorso che restava nel bicchiere. « Shelley, ti dispiace fermarti un momento quando i signori se ne vanno? »

Io e Kylie togliemmo il disturbo.

« Se stiamo cercando una persona con un movente, lei ne ha uno con la M maiuscola » osservai appena fummo usciti dalla roulotte.

« È detestabile, ma è innocente » obiettò Kylie. « Ian Stewart era un donnaiolo impenitente. Edie sapeva che lui le metteva le corna e che molto probabilmente avrebbe continuato a farlo e sono sicura che volesse fargliela pagare in qualche modo, ma penso che volesse farsi regalare un bel gioiello in un cofanetto azzurro di Tiffany, non rimanere vedova. Non è stata lei. Non l'ha fatto apposta. »

« Sei proprio sicura? » ribattei. « La vendetta della donna tradita è un classico... »

« Non in questo caso » disse Kylie. « Questa è gente abituata alla promiscuità. Nello show business l'adulterio non è un movente di omicidio, ma uno stile di vita. »

18

Il Camaleonte avrebbe voluto mettersi a urlare. Andava tutto così bene ed ecco che all'improvviso i due ispettori avevano rovinato ogni cosa.

Sentì vibrare il cellulare. Era un altro messaggio di Lexi: *Ian è trending topic su Twitter. Congratulazioni. UR242.*

Detestava il linguaggio adolescenziale degli sms. Aveva imparato ROTFLMAO, *rolling on the floor laughing my ass off,* che serviva per esprimere il massimo dell'ilarità, e qualche altro acronimo, ma questo era nuovo. Gli ci volle un po' per decifrarlo: UR = *you are* e 242 = *two for two*. Hai fatto centro due volte, praticamente.

Era vero, ma il Camaleonte non era soddisfatto. Aveva sostituito il caricatore della Sig Pro, come da copione. L'armaiolo di scena aveva dato a Edie Coburn la pistola carica, come da copione. Ian Stewart era finito steso a terra in un lago di sangue, come da copione.

Ma la scena che aspettava da tutto il giorno, la scena cruciale, era la successiva.

```
INT. TEATRO DI POSA - SILVERCUP STUDIOS - GIORNO
Il Camaleonte aspetta il suo turno mentre gli ispettori interrogano le comparse. Sa tutto sull'NYPD Red. Non vede l'ora di affrontarlo. Gli ispettori cercheranno in tutti i modi di farlo cadere in trappola, ma lui è pronto. Loro sono in gamba, ma lui di più.
```

Al momento di scrivere la sceneggiatura, il Camaleonte non aveva idea di chi sarebbero stati gli ispettori. Sapeva soltanto che ci sarebbe stato un cadavere steso per terra e che lui, l'assassino, si sarebbe trovato faccia a faccia con due dei poliziotti più in gamba di tutto l'NYPD, li avrebbe guardati negli occhi e avrebbe eluso tutte le loro stupide domande trabocchetto. Un gran pezzo di teatro.

Invece non era successo.

Dopo aver parlato con il regista strafatto, i due ispettori erano andati via con Shelley Trager. *Erano andati via!* Il Camaleonte avrebbe voluto gridare: « L'ho ammazzato io. Interrogatemi. Sospettate di me. Il pubblico apprezzerà. È una scena avvincente, coglioni! »

Invece no, i due erano usciti dal set come se niente fosse e si erano dileguati, lasciandolo lì a rispondere alle domande cretine di un branco di sbirri di infimo livello che lo avrebbero trattato come tutte le altre novantanove comparse, le quali non meritavano di apparire sullo schermo nemmeno per due secondi.

Il cellulare gli vibrò di nuovo nella tasca. Lesse il messaggio: *In astinenza da gelato. Porta Rocky Road. TVB. CU46.*

Sorrise. Fra i messaggi criptici, CU46 era quello che preferiva: *see you for sex.* Doveva sbrigarsi. Per il momento era soltanto a 242. Se Lexi avesse letto con attenzione la sceneggiatura, avrebbe dovuto sapere che prima di sera intendeva arrivare a 343, ovvero a poter dire di aver messo a segno tre colpi su tre.

19

«A partire da questo momento e fino a nuovo ordine l'intera unità è operativa H24» disse il comandante Cates. «Ripeto, tutto il personale dell'NYPD Red è in servizio H24. Potete fare la doccia in palestra e, se qualcuno proprio non può fare a meno di dormire, abbiamo predisposto delle brandine al quarto piano.»

Erano le cinque del pomeriggio ed eravamo rientrati tutti in sede. L'atmosfera nella sala riunioni era molto più cupa rispetto a nove ore prima.

«Oggi abbiamo avuto due omicidi di alto profilo» continuò Cates. «Sid Roth, un produttore cinematografico di LA venuto a New York per la Hollywood on the Hudson Week, ha avuto un malore ed è morto mentre faceva colazione al Regency Hotel. Le analisi di laboratorio hanno evidenziato tracce di fluoroacetato di sodio nel suo bicchiere e l'anatomopatologo ci ha appena confermato che lo stesso veleno era presente anche nello stomaco di Roth, in quantità molto maggiori. Il principale sospettato è un ispanico sui trent'anni, vestito da aiuto cameriere. La descrizione è piuttosto vaga, comunque non possiamo escludere che l'uomo fosse truccato e che in realtà si tratti di un caucasico. Sulle caraffe maneggiate dal sospettato non sono state trovate impronte, e sul bicchiere c'erano solo quelle della vittima.

«Poche ore dopo l'omicidio di Roth, Ian Stewart è stato ucciso durante le riprese di un film ai Silvercup Studios con una pistola che avrebbe dovuto sparare a salve. A caricarla con proiettili veri può essere stata una qualsiasi delle circa centocinquanta persone presenti nel teatro di posa. Sessantatré di queste erano donne, ma per il momento non ho intenzione di escludere nessuno in base a età, etnia o genere. Inoltre, è possibile che nel teatro si sia introdotto qualcuno da fuori. Le dichiarazioni raccolte finora fra il cast e il resto della troupe non hanno portato a niente. E se vi state chiedendo quanti dei presenti possono essersi spacciati per aiuto camerieri, la risposta è che cento di loro sono aspiranti attori, e perciò tutti sanno servire ai tavoli.

« Finora non sono emersi legami di alcun tipo fra Roth e Stewart. Non hanno mai lavorato insieme, ma in base alla teoria dei sei gradi di separazione ci vuol poco a immaginare che una persona che ha lavorato con entrambi li odiasse abbastanza da ucciderli nello stesso giorno.

« Anche se non ci sono elementi caratteristici in comune fra i due omicidi, con due morti il primo giorno della Hollywood on the Hudson Week ci comporteremo come se si trattasse di un serial killer.

« Come ho fatto notare al sindaco pochi minuti fa, sarebbe stato impossibile da parte nostra impedire a un finto cameriere di versare veleno nel bicchiere di un cliente, o a uno sconosciuto in uno studio cinematografico pieno di gente di mettere proiettili veri nel caricatore di un'arma di scena » continuò Cates. « La mia osservazione non gli è piaciuta, ma ha dovuto riconoscere che è vero. Adesso però siamo in stato di massima allerta e possiamo – anzi, dobbiamo – prevenire ulteriori delitti. Fra poche ore al Radio City Music Hall è in programma una serata di gala, l'evento inaugurale della Hollywood on the Hudson Week. Ci sarà un tappeto rosso con un sacco di star e personaggi famosi. Ci saranno il sindaco, il governatore, i paparazzi, i fan, e ci saremo anche noi.

« Era già previsto un servizio di sicurezza, ma adesso avremo anche rinforzi, metal detector e controlli a tutti gli ingressi, unità cinofile per la ricerca e l'individuazione di esplosivi, sorveglianza aerea e altri trecento agenti a pattugliare le strade. Zach Jordan coordinerà il tutto dalla centrale operativa mobile in Sixth Avenue. Gli altri, in borghese, si mescoleranno alla folla. Tutti tranne Kylie MacDonald: tu sarai dentro il teatro, in abito lungo come da dress code della serata » concluse. « Immagino che ci saresti andata comunque. »

« Sì, comandante » disse Kylie. « Mio marito e io siamo stati invitati. »

« Bene, quindi il Dipartimento non dovrà fornirti il vestito » commentò Cates. « Mi raccomando, ragazzi: c'è un pazzo che si aggira per la città. Trovatelo e catturatelo. La riunione è finita. Potete andare. »

20

Il Camaleonte era steso sul letto a gambe e braccia divaricate. Aveva piazzato il ventilatore a colonna nella posizione ideale e alla velocità ideale per farsi accarezzare delicatamente dal flusso d'aria fresca il corpo nudo sulle lenzuola sgualcite.

Guardò il soffitto, chiuse gli occhi e si concentrò sul respiro. Inspirò a fondo ed espirò lentamente cercando di smettere di rimuginare sulla scena che si apprestava a girare, ma la meditazione non era il suo forte.

Stava per riuscire a svuotarsi la mente quando il cellulare vibrò sul piano impiallacciato di betulla del comodino Ikea.

Puntellandosi su un gomito, allungò l'altro braccio per prenderlo. Era un sms: *6 was gr8. TVB Lexi.*

Sex was great: sì, in effetti il sesso era piaciuto anche a lui. Appena si era lasciato rotolare da una parte, Lexi era saltata giù dal letto ed era andata, nuda, in cucina. E aveva avuto la prontezza di portarsi dietro il cellulare per mandargli un sms da una stanza all'altra dell'appartamento.

Era per cose come questa che il Camaleonte l'adorava. Lexi era molto più intelligente di tutte le donne che aveva incontrato in vita sua, e però faceva stupidaggini meravigliose tipo mandargli dalla cucina un sms che diceva *6 was gr8*. Rispose a tono: *4 me 2*, anche per me. *Dov'è il gelato?*

La risposta giunse pochi secondi dopo: *In arrivo!*

Il Camaleonte si mise a sedere sul letto per guardarla mentre serviva il gelato.

I gesti erano molto simili a quelli che le aveva visto fare il giorno che si erano conosciuti. Solo che quella volta non riempiva coppe di gelato, ma secchielli di popcorn al Paris Theatre, uno dei pochi cinema monosala rimasti a New York.

« Devi essere un grande fan di Hilary Swank » gli aveva detto ignorando i secchielli già pronti per pescare nella vasca del popcorn caldo, appena fatto.

« Veramente no » aveva risposto lui.

« È la terza volta in una settimana che vieni a vedere questo film » aveva ribattuto Lexi. « O vieni per il popcorn? »

Lui aveva riso. « Hai presente la scena del bar, all'inizio del film, quando il tipo ci prova con lei e lei lo snobba? Be', quello lì sono io. »

« Non ci credo! » aveva esclamato Lexi. « Reciti nel film che è in programmazione qui al Paris? Solo per questo, ti do un popcorn medio al prezzo del piccolo, okay? »

« Grazie » le aveva risposto, anche se il popcorn non gli interessava affatto. Faceva schifo, lo comprava solo per parlare con la ragazza che lo vendeva.

« Avrei una domanda » gli aveva detto lei. « Perché resti fino alla fine del film, se compari solo all'inizio? »

« Per vedere il mio nome nei titoli di coda: 'Cretino al bar: Gabe Benoit'. Sono io. »

« Piacere di conoscerti, Gabe. Io sono Lexi Carter – Cretina al banco del popcorn. »

Era rimasto al cinema e aveva visto il film altre due volte in attesa che Lexi smontasse dal lavoro, poi erano andati alla Carnegie Deli di Seventh Avenue e si erano divisi uno dei loro famosi sandwich: una pila alta trenta centimetri di manzo salato e pastrami, un vero e proprio concentrato di colesterolo intitolato a Woody Allen.

« Sarebbe bello se un giorno diventassi così famoso da avere un sandwich intitolato a te » aveva detto Lexi.

« Sarebbe ancor più bello se lo intitolassero metà a me e metà a te » aveva ribattuto lui.

Avevano preso la metropolitana per andare da lei a bere un caffè.

« Ti ho raccontato una balla » aveva confessato Lexi appena chiusa la porta. « Non ho neanche un chicco di caffè in casa. »

« Cos'altro hai? »

Lexi si era sfilata la T-shirt e i jeans e gli si era piazzata davanti nuda.

Dio, com'era bella! Era una di quelle donne che stanno meglio nude che vestite. Folti capelli biondi con riflessi ramati, occhi azzurri e pelle bianchissima dalla testa ai piedi con le unghie laccate di rosa.

« Hai un fisico incredibile. Non ho mai visto una donna più bella di te » le aveva detto.

« Lo dici per dire. »

« No, no, dico sul serio. »

« Grazie. Alla maggior parte degli uomini piacciono le tette grosse come palloni da volley. Le mie sono più per gli amanti del tennis. »

« Io le trovo perfette. »

« Sai cosa diceva sempre mia madre? Il seno perfetto è quello che sta dentro una coppa da champagne. »

La sera dopo Gabe le aveva portato un regalo: due coppe da champagne di Baccarat, che da allora Lexi usava per tutto, dalla Coca-Cola agli M&M's, ai semi di girasole, qualsiasi cosa. Era il regalo più bello che le avessero mai fatto, diceva.

A quel punto le coppe da champagne erano piene di gelato al cioccolato. Lexi arrivò dalla cucina a passo di danza con due coppe di Rocky Road, una per mano. Gliene porse una e si lasciò cadere sul letto accanto a lui.

« Forza » gli disse mentre prendeva la prima cucchiaiata di gelato. « Racconta. »

Era nei patti. Quando era rientrato, prima di tutto Gabe le aveva dovuto raccontare le cose migliori della giornata. Lexi aveva ascoltato avidamente tutti i dettagli più sanguinosi e poi lo aveva tempestato di domande. Com'era vestito Roth? *Blazer, camicia gialla, niente cravatta.* Che cosa aveva ordinato per colazione? *Salmone affumicato e bagel tostato.* C'era qualche star al Regency? *Solo io.*

Quando Lexi aveva esaurito le domande, avevano fatto l'amore. A quel punto lei era disposta ad ascoltare con pazienza anche le recriminazioni.

« C'erano due ispettori dell'NYPD Red » le raccontò. « Era chiaro che la persona che ha sostituito il caricatore della pistola poteva essere ancora nello studio. Quindi sarebbe stato logico che interrogassero anche me. Invece no. Se ne sono andati e mi è toccato rispondere alle domande di un poliziotto sbarbatello sino-giappo-coreano. »

« Non essere razzista » lo rimproverò Lexi. « Non è bello chiamarli così. Si dice 'asiatici'. »

« Sì, ma gli asiatici in teoria dovrebbero essere intelligenti, mentre quello era un idiota! Mi ha chiesto cose tipo 'Si è avvicinato al tavolo dell'attrezzeria?' Che è come chiedere 'È stato lei a caricare la pistola con proiettili veri per uccidere Ian Stewart?' Ovvio che rispondo di no, ti pare? Secondo me, mi ha guardato e ha deciso che non ne valeva la pena. Ha pensato 'Non puoi essere tu l'assassino, sei troppo scarso. Sei solo una comparsa sullo sfondo che fa finta di parlare per duecentoventicinque dollari al giorno'. La vuoi sapere una cosa, Lexi? È lui il razzista di merda, non io. »

« Lascia perdere » gli disse Lexi. « Stasera gli farai vedere chi è la vera star. Stasera farai faville. Ti ho preparato i vestiti e il trucco, è tutto pronto. »

« Grazie. »

« Gabe... »

Capì che cosa stava per chiedergli dal tono di voce e la prevenne: « No, mi spiace, ma in questa scena proprio no. È troppo pericoloso. Non mi puoi accompagnare ».

« Ti prego » disse lei. « Mi annoio a stare qui ad aspettare, senza sapere che cosa succede. »

« Guardalo in tv. Basta che vai su E! e vedrai tutto. »

« Ma voglio vederlo con te. »

« Accendi il videoregistratore e registralo » le disse. « Quando torno lo guardiamo insieme. »

Lexi abbassò la testa, immusonita. « Non sei spiritoso. »

Gabe intinse il dito nella coppa di gelato di lei, ne prese un po' e glielo spalmò delicatamente sul capezzolo sinistro. Poi si chinò e, a una lentezza estremamente eccitante, le disegnò con la lingua cerchi sempre più piccoli sul seno fino ad arrivare al centro ricoperto di cioccolato. Lo succhiò, facendola rabbrividire di piacere.

« Ti prometto che ti farò fare una scena, ma questa no, è troppo rischiosa. »

« Davvero me lo prometti? »

« Te lo giuro. »

Lexi lo baciò. « Ti preparo la cena per quando torni? »

« Porto io la pizza. Tu devi soltanto lavare le due coppe. »

« Per cosa? »

« Per lo champagne » rispose lui baciandole l'altro capezzolo. « Stasera brindiamo a champagne. »

21

Kylie e io eravamo nel nostro ufficio al terzo piano. E quando dico il « nostro » ufficio intendo lo stanzone grigio e con il soffitto alto, grande come mezzo campo da calcio, occupato da due lunghe file di scrivanie tutte uguali, con poche pareti divisorie e zero privacy, che dividevamo con i colleghi dell'NYPD Red.

Il mestiere del poliziotto ha i suoi vantaggi, ma sicuramente fra questi non c'è il lusso della sede di lavoro.

« Il comandante ha assegnato me dentro e te fuori » disse Kylie. « Sei d'accordo a separarci? »

Per un attimo mi chiesi se quella domanda nascondesse un doppio senso, poi capii che Kylie era seria: eravamo compagni di squadra e per lei questo significava lavorare fianco a fianco, il più vicini possibile.

« È la soluzione più logica » risposi. « Ce la caveremo anche così. »

« Non riesco a credere che il mio primo giorno all'NYPD sto per andare a lavorare in abito da sera. »

« Sarà meglio non dirlo a Omar » replicai. « Non vorrei che si ingelosisse. »

« Ti rendi conto che dovrò spiegare a Spence che avrò un microfono nascosto addosso? » mi disse. « Altrimenti penserà che io sia impazzita e parli da sola. »

« Be', il fatto di essere con lui sarà un'ottima copertura » osservai. « Potrai parlare con me nella centrale operativa mobile e sembrerà che tu stia conversando normalmente con... »

Sentii rumore di tacchi sul pavimento di piastrelle e subito dopo la vidi venire verso la mia scrivania: Cheryl Robinson. Anche lei mi vide e sorrise. Per la seconda volta in un giorno mi fece uno di quei suoi sorrisi irresistibili che illuminavano lo spazio tutto intorno a lei, anche uno spazio squallido come quello in cui ci trovavamo.

« Salve, Zach » disse. « Immagino che questa sia la tua nuova collega, l'ispettore MacDonald. »

Si strinsero la mano. Non so perché, mi sentii a disagio, ma cercai di non darlo a vedere.

« Cheryl Robinson, psicologa del dipartimento. »

« Kylie MacDonald, temporaneamente presso l'NYPD Red. Spero che tu non sia qui per farmi domande difficili, perché sono stressatissima, e devo pure andare a casa a cambiarmi e trovare un vestito da sera che copra la fondina alla caviglia. »

« Sei incaricata di mescolarti al pubblico del gala, suppongo » disse Cheryl.

« All'interno del Radio City Music Hall » precisò Kylie. « Ci sarei andata comunque: è una delle gioie di essere sposata con un produttore televisivo. Ma così verrò anche pagata per andarci, e se siamo fortunati Zach e io arresteremo il nostro primo psicopatico insieme. Una serata perfetta, insomma. Piacere di averti conosciuta, Cheryl, ma ora devo correre a casa a prepararmi. »

« In bocca al lupo » disse Cheryl.

Mentre la guardavamo allontanarsi, dissi: « Non so se te ne sei accorta, ma adora lavorare in polizia ».

Cheryl annuì.

« Su, se questa era una visita a domicilio, non puoi limitarti a fare di sì con la testa. »

« Sono fuori servizio » replicò. « Ero venuta a cercare te. »

« Ah... be'... eccomi qui. » *Di nuovo a disagio. Di nuovo senza capire bene perché.*

« Stamattina, quando abbiamo preso il caffè, avevamo entrambi una giornata impegnativa davanti. La mia è andata abbastanza bene. Anche per merito tuo. Volevo solo ringraziarti per il consiglio. »

« Era un buon consiglio. Peccato che non te l'abbia dato io. »

« Lo so, me lo sono dato da sola. Ma è merito tuo se l'ho seguito. Quindi grazie. »

« Prego, non c'è di che. »

« È vero che sono passata soltanto per ringraziarti » disse Cheryl, « ma già che ci sono, come vanno le cose con la nuova collega? »

« Abbiamo avuto due omicidi in meno di otto ore, quindi anche volendo rivangare il passato non ne avrei avuto il tempo. »

« In ogni cosa c'è sempre un risvolto positivo » commentò Cheryl. « Forse stanotte dormirai bene. »

« Siamo in stato di massima allerta » dissi. « Da come si stanno mettendo le cose, temo che non dormirò proprio. »

« In tal caso » replicò scoccandomi uno dei suoi sorrisi da un milione di dollari, « ci vediamo domattina al diner. »

22

L'NYPD ha decine di centrali operative mobili. Quella parcheggiata all'angolo tra 50th Street e Sixth Avenue era la più grossa e la più attrezzata di tutte, frutto dell'incontro tra l'ingegnosità americana, britannica e israeliana, un centro nevralgico su ruote lungo quasi quindici metri, che era costato due milioni di dollari e che noi chiamavamo scherzosamente Copzilla.

« Stento a credere che ci vogliano tutte queste attrezzature per catturare un solo uomo » osservò il comandante Cates.

« Sempre che sia uno solo... » replicai.

Delia Cates non era più in borghese, bensì in alta uniforme, ed era passata a salutarci prima di andare a trascorrere il resto della serata a distanza ravvicinata dal sindaco, il quale aveva espresso il desiderio di essere – testuali parole – *informato di ogni cazzo di passo avanti nelle vostre cazzo di indagini su questo cazzo di disastro*.

« Ho appena parlato con Mandy Sowter dell'Ufficio Relazioni Esterne » disse Cates. « Ian Stewart è la notizia di apertura di tutti i telegiornali della sera. I media parlano ancora di 'tragico incidente sul quale sono in corso indagini', ma sui tabloid il taglio prevalente è 'moglie gelosa spara a marito fedifrago davanti a centinaia di testimoni'. »

« Tecnicamente, sono giuste entrambe le versioni. »

« I risultati dell'autopsia di Sid Roth non sono stati resi noti, quindi la gente non ha ancora messo in relazione la sua morte con quella di Stewart. Ma i blogger hanno ripreso il post di TMZ sul presunto avvelenamento e adesso sui social non si parla d'altro che di serial killer. Ora, l'idea che ci sia un pericoloso assassino a piede libero dovrebbe tenere la gente il più lontano possibile dal red carpet, e invece guardate che ressa. »

« La gente è curiosa da morire » commentai. « Non vuole perdersi lo spettacolo, in caso uno dei suoi idoli venga ammazzato proprio stasera. »

« Nemmeno se c'è il rischio di beccarsi una pallottola vagante? » replicò Cates.

« Come dicevo, la gente è curiosa... da morire. »

Cates se ne andò e io mi sedetti alla console con Jerry Brainard, un tecnico civile che conosceva centimetro per centimetro le centinaia di chilometri di fibra ottica di Copzilla.

« La mia collega dovrebbe essere nell'atrio del Radio City Music Hall » gli dissi. « È possibile inquadrarla? »

Brainard richiamò la telecamera in questione e zoomò su Kylie, che sfoggiava uno strepitoso abito lungo color panna che pareva di seta, con la vita stretta e un'ampia gonna svasata: un must per una signora elegante che ha da nascondere una fondina alla caviglia. Non sapevo chi fosse lo stilista che aveva firmato il vestito, ma il bell'uomo al fianco di Kylie era inequivocabilmente il marito, Spence Harrington.

Accesi il microfono. « Centrale operativa a Yankee One » dissi.

La vidi sorridere e scuotere la testa in segno di divertita disapprovazione per il nome in codice che le avevo assegnato. « Qui Yankee One » replicò.

« Com'è la situazione? » domandai.

« Atmosfera da DEFCON 1 » rispose. « Ci sono più poliziotti che Rockettes. Controllano tutto e tutti con metal detector, rilevatori di radiazioni, cani antibomba. Se il sindaco voleva la massima sicurezza, l'ha ottenuta. »

« E se dessero un premio per il miglior look sotto copertura, lo vincereste voi due. Siete bellissimi » dissi. « Come sta Spence? Non gli scoccia farti da spalla? »

« No, anzi, è felicissimo! Il suo mestiere è produrre polizieschi e finalmente gli sembra di viverne uno. »

« L'importante è che non provi a fare qualcuna delle sue prodezze » dissi. « Passo e chiudo. »

Mi rivolsi a Brainard e gli chiesi di farmi una panoramica sulla folla.

Il nostro camion è alto quattro metri e sul tetto ha una telecamera montata su un supporto telescopico che può salire di altri otto. Brainard la fece ruotare lentamente di trecentosessanta gradi, permettendomi di avere un quadro ben preciso di ciò che ci circondava. L'obiettivo della telecamera era potente e lo zoom permetteva di leggere le targhe delle auto a un isolato di distanza.

Osservai le facce: fan che speravano di riuscire a toccare le loro star preferite, paparazzi che speravano di scattare una foto che i media fossero disposti a pagare un occhio della testa, e poi tanti poliziotti, quasi un centinaio, sparsi tra la folla, in divisa e in borghese: l'NYPD pronto a dimostrare il massimo della professionalità.

Non sapevo se l'assassino avrebbe colpito, dove e come, ma seduto alla console della centrale operativa a controllare un'intera parete di monitor di una cosa ero sicuro: eravamo pronti a fermarlo.

23

EST. RADIO CITY MUSIC HALL – NOTTE
Il Camaleonte ha ben chiara l'importanza della divisa. Con il distintivo sulla camicia azzurra, passa davanti agli stand affollati che vendono cibo e bevande lungo 51st Street e si insinua tra la folla fino ad arrivare nelle prime file di curiosi assiepati sul lato ovest di Sixth Avenue.

Adesso ha vent'anni di più, frangia di capelli grigi che spunta dal berretto e pizzetto grigio ben curato. Un paio di occhiali con montatura di tartaruga e lenti ambrate e un naso finto piuttosto grosso gli danno la certezza che nessuno di coloro che domani vedranno la sua foto in prima pagina lo riconoscerà.

Un poliziotto dall'aria annoiata, che è di guardia al varco ma vorrebbe tanto essere a casa a bersi una birra, lo vede arrivare. Il Camaleonte gli mostra il tesserino con la foto. Il poliziotto alza la sbarra e lo fa passare.

Il Camaleonte lo saluta con un cenno del capo e si dirige verso l'impalcatura alta una decina di metri su cui si trova la telecamera puntata sul tappeto rosso.

Lo spettacolo sta per cominciare.

La scena non andò esattamente come da copione, bensì ancora meglio. Al varco c'erano non uno, ma due poliziotti, un bianco di una certa età e una giovane donna ispanica.

« Cosa vuol dire quella scritta sul tesserino, '*best boy*'? » gli chiese la poliziotta. « Non è un po' troppo cresciuto per farsi chiamare '*boy*'? »

« È un termine tecnico » rispose il Camaleonte. « Il *best boy* è l'aiuto capo elettricista. »

« Interessante » commentò il poliziotto. « Mi sono sempre chiesto cosa volesse dire '*best boy*' nei titoli di coda. »

« Be', la prossima volta che lo vede scritto, pensi a me » replicò il Camaleonte.

« E se l'aiuto capo elettricista è una donna? » chiese la poliziotta.

Il Camaleonte le rivolse un sorriso da seduttore e ribatté: « Comanda lei e il capo elettricista esegue ».

I due agenti risero e lo lasciarono passare.

E! Entertainment Television aveva allestito tre impalcature per le riprese in esterno, una in 50th Street, una in 51st e la terza in Sixth Avenue, proprio di fronte al teatro.

Sotto l'impalcatura era buio e il Camaleonte accese la torcia. Per terra c'era un groviglio di cavi che si dipartivano in tutte le direzioni, ma il trasformatore cui erano collegati era ben indicato.

Il Camaleonte individuò i due cavi che gli interessavano e li staccò.

Il brusio della folla era forte e non sentiva altro, ma era pronto a scommettere che il cameraman in cima alla torre stesse imprecando come uno scaricatore di porto.

Il Camaleonte si arrampicò e, arrivato a tre quarti di altezza, gli gridò: « Hai dei problemi di corrente? »

« Sì. Non ho più né video né audio. In cabina non arriva più niente. »

« Sarà un problema di trasmissione » sentenziò il Camaleonte. « Posso sistemarlo, ma dovrei avere tre mani. Mi presti una delle tue? »

« Mica sono iscritto al tuo sindacato, amico. »

« Basta che tu mi regga la torcia. Giuro che il sindacato elettricisti non lo saprà mai. »

« Okay, okay » rispose il cameraman, e scese con lui fino ai piedi della torre.

« Fammi luce direttamente là sotto » disse il Camaleonte indicando il quadro elettrico al quale arrivava la corrente del generatore.

Il cameraman si accucciò brontolando. « Sbrigati, che mi fanno male le ginocchia... »

La botta alla tempia fu rapida e precisa. L'uomo crollò a terra privo di sensi. Ma il rischio che si risvegliasse troppo presto c'era.

« Quello che ti ci vuole è un po' di vitamina K » disse il Camaleonte. Ficcò una siringa nel deltoide destro dell'uomo e gli iniettò una dose di ketamina. « Fatti una bella dormita, che alla telecamera ci penso io » aggiunse reinserendo i due cavi e ripristinando la connessione audio e video.

Salì in cima alla torre e si mise le cuffie che pendevano dalla telecamera.

« Camera Tre » disse una voce dalla regia mobile giù in strada. « Brian, ci sei? »

« Sono qui » rispose il Camaleonte.

« Per un minuto o due ti abbiamo perso. Tutto a posto? »

Il Camaleonte si aggiustò sulla testa il berretto con il logo E! Entertainment Television e si mise comodo dietro la telecamera. « Tutto a posto » rispose.

Come da copione.

24

Lexi era seduta sul divano a gambe incrociate, con i gomiti sulle ginocchia e il mento posato sui palmi aperti, lo sguardo fisso sullo schermo della tv per non perdere nemmeno una parola di quel che diceva Ryan Seacrest.

Era una *celebrity junkie* accanita, con una passione sfegatata per il gossip, e non se ne vergognava. Che fossero molto glam o persone orrende, autentiche superstar o idioti della peggior specie, a lei i personaggi famosi interessavano tutti, senza distinzione. Anche quelli che odiava. Anche quelli che voleva uccidere.

Sul tavolino basso aveva sistemato il piatto di formaggi ancora ricoperto di pellicola trasparente e le due coppe da champagne. In una aveva versato una Bud Light. Le vere bollicine erano ancora in fresco, in attesa che tornasse Gabe.

Il telefono che teneva posato fra le gambe vibrò. Lo prese immediatamente.

Il messaggio la riempì di emozione: *Saluti dalla telecamera 3. DTB. XXX, G*

DTB. *Don't text back*. Non rispondere a questo messaggio. Lexi moriva dalla voglia di farlo, ma si trattava della scena più importante per Gabe e non era giusto distrarlo.

Bevve un sorso di birra e guardò Ryan Seacrest che scherzava con le celebrità che scendevano dalle limousine per avviarsi sul red carpet. Quell'uomo faceva il lavoro più bello del mondo. Per non parlare del fatto che guadagnava trilioni di dollari.

«Io lo farei anche gratis, Ryan» disse Lexi allo schermo. «Anzi, sarei disposta a pagare per fare il tuo lavoro.»

Era nata e cresciuta nell'Indiana. I suoi vivevano ancora là, ma lei ormai si considerava una newyorkese a tutti gli effetti ed era contenta di sentire che le star si dichiaravano entusiaste dell'idea di girare film e serie tv a New York. Lo scopo della Hollywood on the Hudson Week era proprio quello. Quindi sì, forse erano pagate per dirlo, ma lei era convinta che non fossero solo vuote parole: New York era davvero la città perfetta.

«Attenzione, cittadini del mondo» disse Seacrest al pubblico. «Sta per arrivare il ragazzaccio più chiacchierato, più recensito, più twittato e ritwittato di tutta Hollywood. Avete indovinato di chi sto parlando, vero? Ecco a voi Braaad Schuck!»

L'inquadratura passò da Seacrest a quella di una telecamera a livello strada che stava riprendendo la lenta avanzata su Sixth Avenue di una limousine Hummer. Il tettuccio era aperto e in piedi sul sedile posteriore, mezzo dentro e mezzo fuori dall'auto, c'era Brad Schuck.

Per salutare la folla, sollevò una bottiglia della vodka di cui era testimonial, fece un brindisi indirizzato al cielo e ne mandò giù quattro lunghe sorsate. I fan applaudirono in visibilio.

La telecamera restò puntata su Schuck mentre Seacrest continuava la sua cronaca in diretta. «Quando arriva qui da me glielo chiederò, ma conoscendolo scommetto cinque dollari che quella non era acqua» disse. «Un momento... Brad Schuck sta passando la bottiglia a qualcuno che si trova a bordo della limousine.»

Schuck riabbassò la bottiglia, si chinò, e quando riemerse un attimo dopo aveva in mano un tubo lungo una sessantina di centimetri.

«Fantastico!» esclamò la voce fuori campo di Seacrest. «È

un Bleacher Reacher! Brad ha un cannone spara T-shirt! E dato che indossa una delle sue magliette GET SCHUCKED, penso che tutti avrete già indovinato che cosa sta per lanciare ai suoi ammiratori. »

Whoomp! La prima T-shirt venne sparata in aria e la folla dietro le transenne impazzì nel tentativo di assicurarsi il souvenir lanciato dall'attore.

Poi l'Hummer si spostò verso il lato opposto della strada e Schuck sparò un'altra T-shirt.

« Il sindaco ha invitato le star a venire a far colpo a New York » disse Seacrest ridendo, « e quel pazzo di Brad Schuck lo ha preso alla lettera. Vediamo che cosa combina adesso. »

Lexi, che sapeva che cosa stava per succedere veramente, si alzò dal divano e cominciò a saltellare battendo le mani, eccitatissima.

« Oh mio Dio! » gridò. « *I love New York!* »

25

« Mi sa che quando dicono che Schuck è un pazzo scatenato hanno proprio ragione » disse Jerry Brainard.

Aveva messo il feed di E! Entertainment Television sul grande schermo centrale e, come milioni di telespettatori, stavamo guardando Brad Schuck sparare T-shirt sulla folla adorante.

« Lo arrestate? » domandò Brainard.

« Non credo proprio. Caso mai è probabile che il sindaco lo inviti a pranzo a casa sua a Gracie Mansion » dissi. « La prima cosa che si impara lavorando all'NYPD Red è che le intemperanze delle celebrità si possono punire solo nei momenti e nei luoghi adatti. E il Radio City Music Hall davanti a migliaia di fan in visibilio non è il luogo adatto, così come non è il momento adatto la settimana in cui il sindaco cerca di incoraggiare stronzi del calibro di Schuck a girare più film a New York. A parte il fatto che come proiettili le T-shirt sono abbastanza innocue, essendo di coto... »

La porta posteriore della centrale operativa si spalancò di colpo e comparve un agente che sorreggeva un uomo in stato di semi-incoscienza cercando di fargli salire i gradini. Brainard lo aiutò a trascinarlo dentro e poi ad adagiarlo delicatamente sul pavimento.

« L'ho trovato in queste condizioni ai piedi dell'impalcatura della telecamera » disse l'agente. « Gli ho sentito l'alito. Non ha bevuto. A giudicare dal livido che ha sulla tempia, penso che gli abbiano dato una botta in testa. Ho chiamato un'ambulanza. »

Il ferito aveva una camicia azzurra con il logo E! Entertainment Television. Il tesserino sul petto era rovesciato. Lo girai per vedere chi era.

« Oh merda » esclamai. « Jerry, torna subito alla console. »

« Lo conosci? » mi chiese Brainard correndo al suo posto.

« No. Mai visto in vita mia. Ma è di E! e il badge dice 'cameraman'. »

« E allora? »

Gioco a scacchi da quando avevo sette anni e ho imparato a pensare con tre, quattro o cinque mosse in anticipo. Ma non avevo il tempo di spiegare a Brainard cosa intendevo fare.

« Dammi l'immagine della nostra telecamera e fammi uno zoom sulle impalcature con le telecamere di E! » dissi.

Brainard fece una panoramica in direzione dell'impalcatura di 50th Street e zoomò sulla telecamera montata in cima alla torre.

« Sembra normale » dissi. « Fammi vedere la prossima. »

Mi rivolsi all'agente che aveva portato il ferito. « Dove lo hai trovato? Sotto quale impalcatura? »

« Sixth Avenue. »

Brainard si era già spostato sulla torre di 51st Street.

« Lascia perdere quella! » gridai. « Fammi vedere chi c'è su quella al centro, quella di Sixth Avenue. »

Brainard azionò un interruttore e l'obiettivo tornò indietro piano piano, a una lentezza esasperante: sembrava di assistere alla manovra di attracco di una portaerei.

« Fammi uno zoom sul cameraman » dissi.

Brainard mise a fuoco l'operatore in cima alla torre. Per qualche secondo mi parve che fosse tutto normale, e dubitai della mia intuizione. Poi il cameraman si allontanò dalla macchina da presa.

« Si sta spostando! » gridai. « Seguilo, seguilo! »

L'uomo si avvicinò al bordo dell'impalcatura. Aveva qualcosa nella mano destra. Tese il braccio all'indietro, come un giocatore di football americano che si prepara per un lungo passaggio in avanti.

« È vetro » disse Brainard zoomando sulla mano. « Una bottiglia, credo. »

In quel momento l'uomo effettuò il lancio. La nostra telecamera seguì alla perfezione il volo della bottiglia, che descrisse un arco sopra Sixth Avenue.

Non occorreva essere esperti di scacchi per capire che cosa stava per succedere.

La molotov colpì il tetto dell'Hummer di Brad Schuck ed esplose. Lo schermo si illuminò di arancione e Brainard ridusse lo zoom per avere una visione d'insieme.

« Qui centrale operativa » dissi al microfono. « Tutte le unità disponibili si rechino alla torre tv di Sixth Avenue, fra 50th e 51st. C'è un maschio bianco, sui cinquanta o sessant'anni, con una divisa di E! Entertainment Television. È il bombarolo. Fermatelo. Probabilmente sta scendendo dal lato nord della torre, perché da qui non lo vedo. »

Mi alzai e guardai la scena sullo schermo, per quel poco che si riusciva a vedere. Brad Schuck, avvolto dalle fiamme, cercava disperatamente di uscire sul tetto della limousine annerita.

Poi rotolò giù dall'auto, si rialzò e corse barcollando e urlando verso il teatro, lasciandosi dietro una scia di schizzi di napalm infuocato.

Non riuscì a raggiungere Ryan Seacrest e la folla inorridita sotto la pensilina perché a pochi passi da loro perse i sensi e crollò sul tappeto rosso.

26

Fino a un attimo prima avevo davanti agli occhi l'uomo che aveva centrato con una bomba incendiaria Brad Schuck e di colpo non lo vedevo più.

« L'abbiamo perso » dissi. « Sa dov'è la nostra telecamera e sta scendendo dal lato nascosto dell'impalcatura. »

Era la prima volta che mi trovavo a lavorare con Jerry Brainard, ma dovevo ammettere che era un vero professionista. Imperturbabile. Estremamente lucido anche sotto pressione.

« Certo che sa dov'è questa telecamera: è a otto metri di altezza e punta dritto su di lui » replicò Brainard. « Ma non credo che sappia di quest'altra. »

Spostò alcuni comandi sulla console, l'immagine sullo schermo cambiò e vidi il nostro uomo che scendeva dal lato opposto dell'impalcatura.

« Videocamera di sorveglianza stradale » spiegò Brainard. « Le ho programmate tutte nel raggio di sei isolati prima di cominciare. Per ogni evenienza. »

Jerry Brainard era in gamba, ma l'attentatore non era uno stupido. Evidentemente sapeva che a breve lo avremmo individuato con un'altra telecamera e appena toccò terra mi resi conto che gli erano bastati pochi secondi di invisibilità per trasformarsi.

Invece della riconoscibilissima camicia azzurra di E! Entertainment Television adesso indossava una maglietta tie-dye sui toni del rosso.

« Velcro » disse Brainard. « Molto pratico. »

Presi il microfono. « Centrale operativa a tutte le unità. L'attentatore è a terra e in fuga. Non ha più la divisa di E!. Adesso è in jeans e maglietta tie-dye stile anni Sessanta sul rosso. È davanti al Time-Life Building e va verso West 51st Street. »

Si sarebbe potuto pensare che, con oltre cento agenti di polizia in servizio nella zona, non fosse un problema catturare un uomo solo in fuga. Invece no. La maggior parte dei poliziotti era di guardia davanti alle transenne e per lanciarsi all'inseguimento dovette farsi largo tra la folla.

In circostanze normali, i newyorkesi non cedono volentieri il passo se un poliziotto grida « Fate largo! Fate largo! », ma quella sera le circostanze erano tutt'altro che normali. Non appena era esplosa la bomba molotov, tutti avevano cercato di mettersi al riparo. Ma siccome non era chiaro da che parte convenisse scappare, nella calca ognuno spingeva e spintonava senza riguardo per le persone che trovava sulla propria strada, fossero donne incinte o poliziotti all'inseguimento di un pazzo.

Parecchi agenti riuscirono però a districarsi tra la folla e a correre verso 51st Street.

« Non ha speranze di farcela » decretò Brainard.

Lo schermo diventò viola.

« Merda! Ha lanciato un fumogeno » disse Brainard.

La cortina di fumo non era da Oscar per gli effetti speciali, ma funzionò.

Brainard allargò l'inquadratura.

« Eccolo » disse.

Il nostro uomo in maglietta tie-dye correva verso i carretti di street food lungo il marciapiede sud di 51st.

« Zach, noi abbiamo una vista a volo d'uccello, ma i colleghi a livello strada non vedono a un palmo dal naso. »

« Possono guardare in alto, però » dissi accendendo il microfono.

« Il ricercato è nella fila di bancarelle su 51st » dissi. « È tra il carretto degli hot dog Sabrett, con l'ombrellone giallo e blu, e quello bianco e rosso con scritto 'Falafel'. »

Il fumo si stava diradando velocemente e vidi vari nostri agenti che si facevano prepotentemente largo tra la folla diretti verso gli ombrelloni da me segnalati.

Il poliziotto in testa era a circa tre metri di distanza quando fra due carretti di street food sbucò rombando una motocicletta lanciata a tutta velocità in direzione est.

« Maledizione! » imprecò Brainard. « È veramente in gamba. »

« Non quanto noi. Ormai è fatta. Centrale operativa a tutte le unità » dissi al microfono. « Bloccate immediatamente il traffico veicolare fra 42nd e 57th Street da Ninth Avenue fino a Third Avenue. L'attentatore è su una Kawasaki Ninja verde fluo. »

Il motociclista svoltò a destra sgommando e imboccò Sixth Avenue contromano. La Kawasaki Ninja al massimo dei giri puntò verso la limousine in fiamme.

« Ma è completamente pazzo! » disse Brainard. « Dove diavolo crede di andare? »

« Non importa » replicai. « Abbiamo circondato la zona. È impossibile che ci sfugga. »

E in quel preciso momento, sotto i miei stessi occhi, il bastardo fece l'impossibile.

27

In cima alla torre con la molotov in mano, Gabriel il regista fece le ultime raccomandazioni a Gabriel la star.

« Questa è la scena più importante. Hai una sola chance, ma ce la puoi fare. Ci sei riuscito mille volte. »

Gabriel l'attore alzò gli occhi al cielo. Mille volte? No, soltanto sei. Sei volte su trentadue. Lanciare una molotov su un'auto in movimento è meno facile di quello che si pensi. Lexi lo aveva aiutato negli allenamenti, ma senza esplosivo. E come bersaglio, invece di un'auto, avevano usato un carrello della spesa preso nel parcheggio di Pathmark.

A lui sembrava di doversi allenare ancora un po', ma Lexi aveva detto: « No, meglio non esagerare con le prove ».

Il napalm lo avevano fatto in casa. Era facilissimo: bastava mescolare benzina e palline di polistirolo e versarle in una bottiglia di vetro.

Lexi, naturalmente, aveva voluto complicare le cose.

« Aggiungici un po' di vodka » aveva detto.

« A cosa serve? »

« Probabilmente a niente, ma trovo che ci stia bene come allusione cinematografica. Brad Schuck... La vodka... Capito? »

Perché no? aveva pensato lui, e aveva aggiunto al cocktail un goccio di Stolichnaya.

E adesso si apprestava a girare la scena. In Sixth Avenue comparve l'Hummer.

« Azione! » disse il regista.

Appena la bottiglia prese il volo, Gabriel ebbe la certezza che il trentatreesimo lancio era quello buono. Stacco perfetto, arco perfetto, atterraggio perfetto.

L'esplosione fu più fragorosa, più luminosa e più spettacolare del previsto. Gli dispiacque soltanto non poter rimanere ad assistere alla performance finale di Brad Schuck, ma l'avrebbe vista più tardi in video.

Mentre scendeva dall'impalcatura il Camaleonte cambiò colore, passando da un anonimo azzurro a un vivacissimo tie-dye rosso, poi corse alla Kawasaki.

Il fumogeno era un'idea di Lexi. Avevano litigato sul colore. Lui l'avrebbe voluto rosso in spregio agli sbirri dell'NYPD Red, ma lei gli aveva ricordato l'esistenza di tutti gli sbirri NYPD in divisa blu.

«Rosso e blu mescolati fanno viola» aveva detto. «Mi sembra il colore più adatto per ficcarlo in quel posto sia ai rossi che ai blu.»

Mai mettere in discussione la logica di Lexi. E comunque l'importante non era il colore del fumo. L'importante era che quell'idea le fosse venuta, perché di fatto la cortina di fumo gli aveva salvato le chiappe.

Il Camaleonte conosceva tutte le grandi scene di inseguimenti in moto della storia del cinema: Schwarzenegger sulla Harley-Davidson Fat Boy in *Terminator 2*, McQueen sulla Triumph TR6 Trophy nella *Grande fuga*, e adesso lui sulla Kawasaki Ninja.

Montò in sella, diede gas e partì a razzo. I poliziotti si erano spostati quasi tutti oltre le transenne per cercare di controllare la gente in preda al panico sui marciapiedi, quindi Sixth Avenue era sgombra.

Ma il tempo a disposizione era poco. Questione di secondi e avrebbero sbarrato tutte le strade di Midtown dall'Hudson fino all'East River.

All'altezza di 48th Street il Camaleonte si alzò in piedi, spostò il peso all'indietro e, con la ruota anteriore libera, si diresse nell'unico posto che non avrebbero mai potuto chiudere.

La metropolitana.

Imboccò l'ingresso della stazione e le scale che portavano alla linea D.

Scendere in qualsiasi altra stazione della metro avrebbe significato infilarsi in un vicolo cieco, ma i Rockefeller avevano avuto la lungimiranza di realizzare uno spazio di circa otto ettari pieno di negozi, ristoranti e gallerie d'arte sotto il complesso dei grattacieli di famiglia. Il centro commerciale sotterraneo andava da Fifth a Sixth Avenue, da 48th a 51st Street, e collegava tutti i palazzi soprastanti.

Era una grossa attrazione turistica, un hub dove i pendolari trovavano una temperatura costante tutto l'anno. Ma costituiva anche una geniale via di fuga per un motociclista che, come lui, cercava di eludere la polizia.

In effetti là sotto non c'erano poliziotti, ma solo turisti che guardarono passare la Kawasaki sorpresi e divertiti e newyorkesi abituati a tutto che lo ignorarono bellamente.

INT. STAZIONE METRO ROCKEFELLER CENTER – NOTTE

Il Camaleonte spinge la motocicletta a mano in un angolo cieco dietro la farmacia Value Drugs e la copre con un telo. Prima o poi la troveranno, ma non riusciranno a risalire a lui: la targa è rubata e il numero di serie è cancellato con l'acido.

Prossima tappa: la toilette degli uomini da Starbucks. Il Camaleonte ne esce due minuti dopo trasformato in uno scarmigliato studente universitario con occhiali alla Harry Potter e una T-shirt con la scritta SAVE THE PLANET. IT'S THE ONLY

ONE WITH BEER. Salvate il pianeta: è l'unico con la birra.

Va verso l'entrata della linea D, passa la sua MetroCard sul lettore e arriva al binario nel momento in cui entra in stazione un treno. È affollatissimo. Il Camaleonte sale e si mescola alla ressa come un qualsiasi newyorkese che torna a casa alla fine di una giornata di lavoro.

Andò tutto liscio, a parte il fatto che, quando lui arrivò al binario, non stava entrando in stazione nessun treno. Come al solito. Andò fino in fondo al marciapiede osservando con aria indifferente gli altri passeggeri.

E la vide.

Hilary Swank.

Non in carne e ossa, ma sul manifesto del suo ultimo film.

Si avvicinò e, quando le fu davanti, disse: «Ciao, Hilary. Ti ricordi di me? Il cretino al bar che hai snobbato? Be', non succederà più, mia cara.»

Mai più.

28

La centrale operativa mobile era piena di gente. C'erano Kylie, Cates, il capo della polizia, il sindaco e Irwin Diamond, vicesindaco con delega al contenimento danni.

« Invito mezza Hollywood a visitare le ottime strutture di produzione cinematografica di New York e nella giornata inaugurale abbiamo due morti e un ferito gravissimo? Com'è possibile? » chiese il primo cittadino.

Come aveva detto poche ore prima Reitzfeld ai Silvercup Studios, la merda tende a venire a galla. Fu il capo della polizia a rispondere. « Questo è uno con i controcoglioni, signor sindaco. È un maestro dei travestimenti, sa come mimetizzarsi fra la gente, ha pianificato tutti gli omicidi nei particolari, compresa la strategia d'uscita. C'erano cento poliziotti che lo cercavano, lui è riuscito a sfuggire a tutti i controlli e si è dileguato in sella a una Kawasaki. »

« E se per caso sulla West Coast qualcuno si è perso la scena, la faranno rivedere ai telegiornali della notte e rimarrà per sempre su YouTube. » Il sindaco batté il pugno sulla console. « Che cosa spera di ottenere? Perché ci sta facendo questo? Perché *mi* sta facendo questo? »

Kylie, che non ha mai avuto paura di dire quello che pensa, replicò: « È uno del settore, signor sindaco. Un individuo pieno di rancore ».

« Ma per piacere! » disse il sindaco. « Se uno ha delle rimostranze da fare, va al sindacato. Questo è un folle che ha intenzione di distruggere, da solo, il settore del cinema in questa città.» Si rivolse al vicesindaco e chiese: «Secondo te, cosa significa questa merda che ci sta piovendo addosso, Irwin?»

Diamond era molto più vecchio del suo diretto superiore. Era il più anziano dei consulenti del sindaco e, a detta di chi lo conosceva, anche il più saggio. Chi lo aveva visto in azione diceva che fosse anche quello con più sangue freddo.

«Per la verità, Stan» disse Diamond, «penso che l'ispettore MacDonald abbia ragione. Abbiamo a che fare con una persona piena di rancore o, se preferisci, incazzata nera. Ma non ce l'ha con New York. Si è rotto le palle dell'intero show business hollywoodiano. Non può prendersela con nessuno in particolare perché nessuno gli ha fatto niente di male. L'hanno soltanto ignorato. Non l'hanno voluto. E lui adesso si vendica.»

Più di uno fra i presenti annuì. Era una spiegazione logica.

Intervenne il capo della polizia. «Irwin ha ragione, signor sindaco. È un poveraccio che è stato respinto dall'ingranaggio dell'industria del cinema di Los Angeles. Ha scelto di colpire a New York soltanto perché gli abbiamo fatto trovare comodamente riuniti nello stesso posto e negli stessi giorni i principali bersagli del suo odio. Ma è una faccenda tutta hollywoodiana.»

Il sindaco si premette le dita sulle tempie e rifletté. «Quindi ai media raccontiamo che si tratta di un pazzo che ha seguito a New York registi, attori e produttori hollywoodiani? A che pro? Per dire che non è colpa nostra? Non sta in piedi, Ben. Abbiamo dei morti, uccisi mentre erano nostri ospiti.»

Il capo della polizia non rispose. Diamond alzò la mano e disse: «Stan, in ospedale muoiono un sacco di persone tutti i giorni. È forse colpa degli ospedali? Se la gente rimanesse a casa non morirebbe?»

«Risparmiami i dilemmi talmudici, Irwin» ribatté il sindaco. «Comunque la si metta, l'NYPD verrà criticato ferocemente dai giornali, soprattutto dall'*LA Times* e dai tabloid di Hollywood. Non possiamo dirlo ad alta voce, ma la cosa migliore sarebbe che questo squilibrato tornasse in California con loro e ne facesse fuori qualcun altro. Così la settimana prossima a prendersi gli insulti ci sarebbe la polizia di LA.»

«Non succederà, signor sindaco» intervenne Kylie.

«Mi sta dicendo che l'assassino non si prenderà la briga di seguirli fino a Los Angeles?» chiese il sindaco. «Per quale motivo? Perché gli piace uccidere soltanto a New York?»

«No» ribatté Kylie. «Non andrà a LA perché noi lo arresteremo prima.»

E così, su due piedi, al suo primo giorno di lavoro con me nell'NYPD Red, Kylie MacDonald promise al sindaco di New York che in meno di settantadue ore avremmo rintracciato e catturato un serial killer capace di terrorizzare la città quasi quanto il Figlio di Sam.

Irwin Diamond rise e, mostrando a Kylie il pollice puntato verso l'alto, commentò: «A proposito di gente con i controcoglioni».

29

Prima guardarono il video, mangiarono la pizza e brindarono con lo champagne. Poi, finita la bottiglia, fecero l'amore – teneramente, dolcemente, innocentemente – più come adolescenti che esplorano i misteri del sesso che come due spietati serial killer.

Dopo rimasero a letto nudi, abbracciati, a giocare al loro gioco preferito: inventarsi delle scene da film piene zeppe di cliché e recitarle.

« Oh, professor Cunningham » disse Lexi calcando al massimo la cadenza del Sud. « Il nostro è un amore proibito. Che cosa faremo se ci scoprono? »

« Non ci scopriranno, mia adorata fanciulla » rispose Gabriel con finto aplomb britannico. « A meno che... »

« A meno che cosa, amore mio? » chiese Lexi in tono implorante. « A meno che...? »

« A meno che io sia così stupido da darti il massimo dei voti all'esame di letteratura inglese del Settecento. La gente se ne accorgerebbe. Capirebbero subito che il vecchio prof si scopa la giovane Pamela Ward. »

Si sganasciarono dalle risate, riempirono di birra le coppe da champagne, alzarono il volume del televisore e fecero zapping fra i canali di news.

« Cazzo » esclamò Gabriel. « CBS, NBC, ABC, Fox, CNN... siamo su tutte le reti. Vediamo se siamo anche su ESPN. »

« Aspetta, aspetta, sta per parlare il sindaco » disse Lexi.

Erano sintonizzati su *Eyewitness News* e la regia passò dal conduttore in studio a un'inquadratura del sindaco in piedi davanti alla centrale operativa NYPD con il capo della polizia alla sua destra.

« Chi sono quei due alle spalle del sindaco? »

« Sono i due ispettori che erano ai Silvercup Studios. Lui si chiama Jordan e lei MacDonald. Sono quelli che mi hanno snobbato. La nera in divisa non la conosco, ma penso che sia il loro capo. »

« MacDonald ha l'aria di essere una stronza, ma lui è belloccio » commentò Lexi.

« Sst » fece Gabriel. « Lo vuoi sentire il sindaco o no? »

« Nelle strade della nostra città è stato commesso un delitto efferato » esordì il sindaco. « Desidero esprimere la nostra solidarietà e partecipazione alla famiglia e agli ammiratori di Brad Schuck, che attualmente è in coma al centro grandi ustionati del New York Hospital. Posso dirvi soltanto che la prognosi è riservata. »

« Signor sindaco! » gridò un giornalista.

« Lasciatemi finire » disse il sindaco. « L'NYPD ha attivato la sua speciale task force per individuare e catturare al più presto l'autore, o gli autori, di questo orrendo crimine. Tutta New York si stringe intorno a Brad Schuck, e deplora ciò che è avvenuto non soltanto per le gravissime lesioni personali che gli sono state inflitte, ma anche perché l'attentato è venuto a turbare la serata di gala al Radio City Music Hall, che sarebbe dovuta essere un'occasione festosa, una celebrazione in cui la città apriva il proprio cuore e le proprie porte all'industria cinematografica di Hollywood. »

« Che cumulo di stronzate » commentò Gabe.

« Tengo a precisare ai nostri colleghi di Los Angeles » continuò il sindaco « che, pur essendo probabilmente diretto contro Hollywood e il suo star system, questo attacco è stato commesso qui, sotto i nostri occhi, e la città di New York e il suo dipartimento di polizia non avranno pace finché i responsabili non saranno stati assicurati alla giustizia. Grazie.»

Si voltò per allontanarsi dalle telecamere, ma si alzarono numerose voci di giornalisti che gridavano: «Signor sindaco! Signor sindaco!»

«Non è il momento per le domande» replicò il primo cittadino.

«Il fatto di stasera è in qualche modo collegato all'uccisione di Ian Stewart oggi pomeriggio e alla morte improvvisa e sospetta del produttore Sid Roth stamattina?»

Il sindaco si fermò di colpo, mormorò qualcosa all'orecchio del capo della polizia e tornò alla sua postazione. «Le indagini sono in corso. Non possiamo rilasciare dichiarazioni su ciò che abbiamo appreso finora né fare illazioni su eventuali legami tra gli episodi che lei ha citato e il gravissimo attentato alla vita di Brad Schuck. Ma il capo della polizia mi ha assicurato che le forze dell'NYPD sono impegnate H24 per prevenire ulteriori atti di violenza e chiarire al più presto la dinamica di questa tragedia. Adesso, invece di fare inutili supposizioni, vi invito a pregare per Brad Schuck, affinché si riprenda. Non risponderò ad altre domande. Buona notte e grazie.»

Questa volta il sindaco se ne andò, seguito dal suo entourage.

Sullo schermo comparve di nuovo il conduttore e Lexi azzerò l'audio. «Cosa dici, preghiamo per Brad Schuck, affinché si riprenda?»

«Io non prego, quando sono nudo» replicò Gabe sdraiandosi sulla schiena.

Lexi gli montò a cavalcioni e si abbassò piano piano, gemendo di piacere quando lo sentì entrare.

Gabe spinse il bacino verso l'alto e lei inarcò la schiena. All'inizio si mossero lentamente, senza fretta, ma poi accelerarono il ritmo insieme, sempre più eccitati. Lei gridò «Gabe!» e lui le afferrò i glutei.

Erano a un passo dall'orgasmo quando suonò il telefono.

Gabe trasalì, profondamente turbato.

«Non ti fermare!» lo implorò lei.

Ma Gabe non riuscì a continuare.

Il telefono squillò di nuovo.

Era mezzanotte passata. A quell'ora non gli telefonava mai nessuno. Se avevano da offrirgli un ruolo, quelli dell'agenzia chiamavano sempre entro le cinque o le sei del pomeriggio.

Il telefono squillò per la terza volta. Gabe rispose.

«Pronto, chi è?»

«Un tuo ammiratore» disse una voce dall'altra parte. «Ho appena visto la conferenza stampa del sindaco. Congratulazioni.»

«Congratulazioni per cosa?»

«E dai, Gabe, non fare finta di non capire! Lo so che ci sei tu dietro tutto questo.»

Gabe si tirò su a sedere, raggelato. Lexi si lasciò cadere da un lato e, seduta a gambe incrociate sul letto, cercò di capire che cosa stava succedendo.

«Tutto questo, cosa?» disse Gabe.

«Poche balle» ribatté la voce. «Se non l'avessi già capito con Roth e Stewart, la bomba molotov mi ha tolto ogni dubbio.»

Il Camaleonte sentì che gli mancava il respiro e che il panico gli chiudeva la gola.

Quella telefonata non era nel copione.

LIBRO SECONDO

RADICALE RISCRITTURA

30

Il Camaleonte chiuse gli occhi e cercò di mettere a fuoco la voce all'altro capo del telefono.

« Chi parla? » chiese.

Una risata stridula, poi: « Un tuo ex compagno di merende ».

« Questo numero è nuovo. Non l'ho dato a nessuno delle vecchie conoscenze. »

« Abbiamo degli amici comuni, Gabriel, e alcuni lavorano ancora ai Silvercup. Ho visto il tuo nome nell'elenco delle comparse sull'ordine del giorno del film di Ian Stewart. Immagino che avrai assistito di persona alla spaventosa tragedia che si è consumata oggi sul set. » Un'altra risata, ancora più stridula della prima.

Nel cervello del Camaleonte i neuroni si accesero uno dopo l'altro scoppiettando come una fila di petardi cinesi, finché uno di essi mise a fuoco quella fastidiosa risata. « Mickey? Sei tu? »

« Sì, sono io. Sbaglio o non sei molto contento di sentirmi? »

« Mick, è mezzanotte passata. La mia ragazza e io stavamo... »

« Cosa stavate facendo? Guardando la tv? Ascoltando le notizie della giornata? »

« Stavamo dormendo. Che cosa vuoi? »

« Niente. Una cosa di cui non possiamo parlare al telefono » rispose Mickey.

« L'ultima volta che ci siamo sentiti, ti eri preso una lunga vacanza sui monti Adirondack. Da qui sono sei ore di macchina, ma se mi dici l'orario di visita posso fare un salto a trovarti. »

« Mi hanno lasciato venire via prima perché mi sono dimostrato un vacanziere modello. Sono tornato in città la settimana scorsa. Ti ricordi dov'è il mio loft? »

« Sì. A Long Island City. Skillman Avenue. Nella parte panoramica. »

Altra risata irritante. « La parte panoramica. Bella definizione. Perché non vieni a trovarmi? Possiamo sederci in veranda, prendere un caffè e aspettare l'alba con vista sullo scalo merci. »

« Chissenefrega dell'alba, Mickey » disse il Camaleonte. « Fra un'ora sono da te. »

Chiuse la chiamata e cominciò a vestirsi.

Lexi non si mosse dal letto. « Chi era? Cosa c'è? » chiese.

« Un intoppo nella produzione. Cose che capitano. »

« Balle » protestò lei. « Senti, se non vuoi che venga al Radio City a guardare i fuochi d'artificio dal vivo, pazienza, me ne faccio una ragione. Ma se invece di scopare preferisci andare a Long Island City nel cuore della notte, mi devi spiegare perché. Non sono più la ragazza del popcorn, Gabe. O questa cosa la facciamo insieme, o io me ne vado e ti arrangi da solo. In tutti i sensi. »

Gabe si sedette sul letto. « Scusami, Lex. È che tu sei ansiosa, e volevo risparmiarti lo stress. »

« No. Non provarci mai più. E adesso dimmi che cosa sta succedendo. »

« Ti ho mai parlato di Mickey Peltz? »

« No. »

« Era un mago degli effetti speciali, uno dei migliori sulla piazza, soprattutto per quanto riguardava le esplosioni. Ogni tanto, però, prendeva qualche scorciatoia per spendere meno di quanto previsto dal budget della produzione e intascarsi la differenza. Una volta, durante la lavorazione di un film con una rapina in banca dove bisognava far saltare un mezzo blindato, Mickey ha deciso di comprare del materiale esplosivo in saldo, che costava poco ma era molto instabile. Una delle bombe è esplosa prima del tempo, una controfigura ha perso un braccio e Mickey si è beccato quattro anni nel carcere di Ray Brook, negli Adirondack. »

« E quindi? »

« E quindi adesso lo hanno rilasciato per buona condotta, pare, ha visto la molotov alla tv e ha capito che sono stato io. »

« Com'è possibile? »

« La bottiglia che ho lanciato era senza miccia » rispose il Camaleonte. « È una tecnica che usano in pochi nel settore. Era una delle specialità di Mickey. Io l'ho imparata da lui, che evidentemente ha fatto due più due. »

« E che cosa vuole da te? » chiese Lexi. « Vuole che tu lo metta nei titoli di coda? »

« Secondo me, vuole che gli dia qualcosina in cambio della promessa di tenere per sé le sue teorie. »

« Un ricatto, insomma. »

« Non lo ha detto esplicitamente, ma è la prima cosa a cui ho pensato. »

« E non si accontenterà di 'qualcosina', o sbaglio? »

« I ricattatori tendono a esagerare, quindi sicuramente partirà da una cifra assurda. »

« Ho ancora una domanda » chiese Lexi.

« E io ho già la risposta. No, non puoi venire anche tu. Ma lo sapevi già, prima ancora di chiedermelo. »

Lexi si alzò dal letto e, nuda, lo abbracciò. Nell'aria aleggiava ancora l'odore del sesso. Gabe la strinse a sé.

« Tu sei uno che vede sempre il bicchiere mezzo vuoto » gli disse Lexi. « E io mezzo pieno. »

« Questo è un *understatement* » replicò lui baciandole il collo. « Tu sei una che vede il bicchiere straripante. Dove vuoi arrivare? »

« A dire che questa è la cosa migliore che potesse capitarci. La tua puntatina al loft di Mickey può diventare una scena eccezionale. Un elemento di sorpresa in più. Non ce l'aspettavamo nemmeno noi, che pure abbiamo scritto la sceneggiatura. »

Gabe si rese immediatamente conto che Lexi aveva ragione.

« Ecco perché ti amo! » esclamò. « Non so come ho fatto a non pensarci, ma tu l'hai messo subito a fuoco. Andiamo a scrivere la scena. »

« Insieme? » domandò Lexi.

« Con chi altri vuoi che la scriva? » rispose lui stringendola a sé e coprendole di baci i capelli, il naso, le labbra. « Io e te siamo un team, no? »

31

Finalmente avevamo qualcosa di concreto su cui lavorare. Più immagini dell'assassino. Mandammo nel Bronx Ellen Dobrin e Jason Garza, due ispettori bilingui, a tirare giù dal letto Rafe, il cameriere del Regency.

Gli mostrarono le foto del falso cameraman di E! Entertainment Television e gli chiesero se assomigliava all'aiuto cameriere incriminato.

« Questo è un bianco di una certa età » rispose Rafe. « Io ai vostri colleghi ho detto che era giovane e ispanico. »

« Sì, lo sappiamo » replicò Dobrin. « Ma potrebbe essere la stessa persona con un travestimento? Supponiamo che i capelli bianchi siano una parrucca e che anche l'aiuto cameriere di stamattina si fosse mascherato: vede qualche somiglianza fra i due? Per esempio nella statura, nella struttura fisica, nella corporatura? »

Rafe guardò di nuovo la foto e, sperando di rendersi utile, rispose: « Sono entrambi maschi ».

Ellen Dobrin mi mandò un sms: *Nada de nada. Rafe non è fisionomista.*

Poi Matt Smith, il nostro tecnico informatico, esaminò le foto dell'attentatore con il software di riconoscimento facciale. Anche quando ci si traveste, difficilmente si riescono ad alterare la distanza fra gli occhi, la profondità delle orbite, la forma degli zigomi e un'ottantina di altre caratteristiche del viso.

Avevamo raccolto i primi piani di tutto il cast artistico e

tecnico presente sul set di Ian Stewart e avevamo anche una seconda serie di foto di persone scelte a caso su Internet da usare come gruppo di controllo. L'algoritmo del software, come per magia, confrontò ogni singola faccia con quella dell'attentatore.

« Se fossimo in *CSI: Miami*, adesso il computer sputerebbe foto e dati dell'unica persona che corrisponde all'uomo che cerchiamo » disse Kylie.

Ma nella realtà il lavoro di polizia non funziona come alla tv. Il computer ci diede ventitré possibili corrispondenze: undici comparse, fra cui due donne, tre membri della troupe e nove soggetti del gruppo di controllo, fra cui Leonardo Di Caprio.

« I programmi di riconoscimento facciale sono molto meno precisi di quel che si pensa » osservò Smith.

« Nel dubbio » replicò Kylie « io andrei a fare una visitina a Leo per controllare se ha un alibi. »

Andai a dormire alle 2.00.

Alle 4.15 mi suonò il cellulare. Accesi la luce e guardai chi era. Kylie.

« Spero che tu abbia un motivo serio per svegliarmi a quest'ora, K-Mac. »

« Non sono K-Mac » disse una voce maschile dall'altra parte. « Sono Spence. Suppongo che chiamandomi Spence Harrington non potrò mai avere un soprannome cool come K-Mac. Al massimo Spennington. »

« Kylie sta bene? » domandai.

« Sì. Era stanchissima e non volevo svegliarla. Io sono un insonne e le idee migliori mi vengono di notte. Ho cercato il tuo numero sul suo cellulare per esporti subito l'ultima che mi è venuta, prima di dimenticarmene. Mi piacerebbe sentire cosa ne pensi, discuterne da uomo a uomo. »

A quel punto ero quasi del tutto sveglio, ma continuavo a

non capire di cosa diavolo stesse parlando. « Okay. Di cosa si tratta? » dissi.

« Sai che non lavoro in polizia, vero? »

Borbottai una risposta affermativa.

« Però mi guadagno da vivere, e bene, producendo polizieschi per la tv. Be', mi è venuta un'idea che vorrei sottoporti. »

« Per una serie tv? »

« Ma no, Zach! Un'idea su questi omicidi. Avresti dovuto invitare anche me a quella riunione con il sindaco. Forse mi sarebbe venuto in mente prima, ma sono dovuto rimanere fuori con tutti gli altri comuni mortali. »

« Spence, mi dispiace che tu sia rimasto fuori, ma... »

« Non ti preoccupare. Kylie mi ha spiegato. Comunque, vuoi sentire la mia teoria? »

Potevo forse rispondere di no?

« Certo » dissi.

« È solo un'ipotesi, ma ascoltami: New York sta cercando di attirare investimenti da parte delle case di produzione di Hollywood e invita un certo numero di pezzi grossi. Appena questi arrivano, qualcuno comincia a farli fuori. *Cui prodest?* »

Anche se ci fosse stata una risposta intelligente da dare, dopo due sole ore di sonno non sarei riuscito a trovarla.

« Non lo so, Spence. Dimmelo tu. *Cui prodest?* »

« Alla città degli angeli, per la miseria. Los Angeles, California. »

« Non ti seguo, temo » dissi.

« Il cinema e la televisione sono la principale attività economica per LA » disse Spence. « Hollywood non vuole perdere nemmeno una briciola del suo business a vantaggio di New York, e quindi sta cercando di dimostrare che New York è una città pericolosa per i cineasti. Guarda che gli effetti si stanno già facendo sentire. Shelley Trager darà una festa sul suo yacht mercoledì, in occasione della première della mia nuova serie tv, e ti assicuro che è l'evento più importante della settimana. Be', sei persone hanno già disdetto. Dicono che devono tornare a Los Angeles per impegni improrogabili, ma sono tutte balle: la verità è che hanno paura di rimanere a New York. So che può sembrare inverosimile, ma le storie avvincenti hanno tutte una componente bizzarra. Guarda *Lost*: era assolutamente campata per aria, eppure è andata avanti per sei stagioni. Come ti dicevo, la mia è soltanto un'ipotesi, ma vorrei sapere che te ne pare.»

«Spence, non credo che dietro questi omicidi ci possa essere un'intera città, sia pure con un buon movente» dissi. «Dev'esserci una persona, un essere umano. Hai individuato un potenziale responsabile in carne e ossa?»

«No. Quello è compito tuo. Tuo e di K-Mac» rispose. «Se fossi in voi, comincerei dalla California Film Commission e dalla Camera di Commercio di Los Angeles... Forse anche le autorità cittadine.»

«È un'idea molto intrigante, Spence» dissi. *Per una serie tv, forse. Ma trovo poco plausibile, nella realtà, che il sindaco di Los Angeles commissioni tre omicidi a New York.*

Lo ringraziai, promisi che la mattina ne avrei parlato con Kylie e chiusi la telefonata. Mezz'ora dopo ero ancora sveglio. Forse perché stavo passando in rassegna tutti gli eventi delle ultime ventiquattr'ore nel tentativo di separare le stronzate dalle cose serie. Forse perché cercavo di farmi una ragione della telefonata di Spennington.

O forse perché sapevo che a quell'ora molto probabilmente Cheryl Robinson era già al diner davanti alla seconda tazza di caffè.

32

SCENA ALTERNATIVA:

INT. LOFT DI MICKEY PELTZ – LONG ISLAND CITY – NOTTE

Il Camaleonte entra. Sembra sinceramente contento di rivedere MICKEY PELTZ. Parlano dei vecchi tempi, della vita in carcere, e alla fine Peltz viene al punto. Non usa mai la parola ''ricatto''. Parla di ''prezzo del silenzio'', una piccola cifra per aiutarlo a rimettersi in pista. Il Camaleonte dice che può dargli un anticipo subito e il saldo l'indomani. Infila la mano in tasca per prendere i soldi, estrae una pistola e spara a Mickey in mezzo agli occhi.

EST. LOFT DI MICKEY PELTZ – LONG ISLAND CITY – NOTTE

Il Camaleonte è sul marciapiede di fronte al palazzo di Mickey. Improvvisamente la strada buia e silenziosa è rischiarata da un'esplosione, le finestre del loft vanno in frantumi e la casa e tutto ciò che c'era dentro vengono ridotti in cenere.

« Sei sicuro che abbia in casa il necessario per far saltare tutto quanto? » gli aveva chiesto Lexi quando avevano finito di scrivere la scena.

Gabe aveva alzato le spalle. « È appena uscito di prigione, può darsi che non abbia nemmeno un litro di latte in frigo. »

« Forse dovresti spararagli appena ti apre la porta. »

« No » aveva detto Gabe. « Prima devo accertarmi che non abbia detto niente a nessuno. Mickey è uno che non sta zitto un attimo. È per questo che ci siamo conosciuti. Stavamo lavorando in un film del cazzo, ambientato su un aereo in mano ai terroristi. Io ero uno dei passeggeri e lui doveva far saltare in aria la porta della cabina di pilotaggio. Gli ho chiesto se potevo guardare mentre lavorava e lui, in quattro e quattr'otto, mi ha fatto un corso accelerato sugli effetti speciali. Ho pensato 'quest'uomo è una miniera di informazioni che un giorno potrebbero tornarmi utili' e me lo sono fatto amico. Quando è finito dentro, mi stava quasi simpatico. Sarà bello riallacciare i rapporti. »

« Riallaccia i rapporti. Cerca di capire che cosa sa. E poi ammazzalo » aveva detto Lexi.

« Ah be', sembra quasi che tu abbia letto il copione. »

Gabe prese la linea 7 fino a Flushing, scese in 33rd Street e si incamminò a piedi verso Skillman Avenue rallegrandosi di avere con sé la pistola. In un quartiere come quello c'era il rischio di fare brutti incontri.

Non era cambiato nulla dall'ultima volta che era stato a casa di Mickey. Si chiese come avesse fatto a tenersela per tutto il tempo in cui era stato in prigione e si ripromise di chiederglielo nella fase dei convenevoli.

Suonò il citofono, si presentò e Mickey gli aprì il portone.

L'atrio puzzava di spazzatura e di piscio. Aspettò che Mickey gli mandasse giù l'ascensore, poi salì al quinto piano tastando la Walther PPK che aveva nella tasca della giacca a vento.

L'ascensore si aprì direttamente nel loft e Gabe entrò.

« Ciao. Sono qui al bancone » gridò Mickey dal lato opposto del grande monolocale, che sarà stato lungo una dozzina di metri.

Gabe si avvicinò. Mickey Peltz era seduto su uno sgabello

di legno. Era invecchiato di almeno dieci anni nei quattro che aveva trascorso in carcere: aveva le spalle curve e sia i capelli che la pelle grigi.

« Una cosa è certa: sole ne hai preso poco » osservò Gabe.

« Siediti » disse Mickey. « Guarda che bello! Devi vederlo assolutamente. »

C'era un solo posto in cui sedersi – una vecchia poltrona sfondata – e Gabe vi si accomodò. « Cosa c'è di così bello che devo vedere assolutamente? »

« Questo » disse Mickey mostrandogli un cilindro cromato delle dimensioni di una penna. « È un innesco a rilascio di pressione. Guarda cosa succede quando lo premo. » Premette il pulsante metallico a un'estremità del cilindro e lo tenne schiacciato con il pollice.

« Niente » disse Gabe. « Non succede niente. »

« Appunto. Ma indovina cosa succede se tolgo il pollice? »

Gabe non aveva bisogno di tirare a indovinare. Sapeva la risposta. Fece per alzarsi.

« Resta dove sei » disse Mickey. « Il cuscino della poltrona è imbottito di C4. Se mollo il pulsante, ti esplode sotto le chiappe e vai al Creatore. »

33

« Stai scherzando, Mick? » chiese Gabriel.

Mickey Peltz, impassibile, rispose: « Sono più serio di un cadavere ».

« Ma perché? A cosa ti serve farmi saltare in aria? »

« Non voglio farti saltare in aria » ribatté Peltz. « Voglio parlare di affari. »

« Va bene » disse Gabe. « Dimmi. »

« Prima di tutto, via la pistola. Non so dove l'hai messa, ma tirala fuori e posala per terra. Se mi spari, mezzo secondo dopo sei morto anche tu. »

« Okay, rilassati » disse Gabe. « Anzi, no, non ti rilassare e continua a tenere il pollice premuto su quel pulsante. »

Infilò la mano nella tasca della giacca a vento, prese la Walther e la fece scivolare sul pavimento verso Peltz, che la raccolse e la posò sul bancone.

« Siamo a posto? »

« Fin qui sì. »

« Okay, allora parliamo di affari. »

« Non ti ho telefonato per ricattarti, Gabe. Tu pensi che ti abbia chiamato per questo, ma non è nel mio stile. »

Il Camaleonte si limitò ad annuire.

« Ho una memoria di ferro » continuò Peltz. « Otto anni fa abbiamo fatto un po' di puntate dei *Soprano* insieme e mi ricordo benissimo che un giorno che eravamo nel New Jersey a girare in esterni, chiacchierando mi hai raccontato che ti era venuta l'idea per un film su uno che ammazza una serie di stronzi nel mondo del cinema. »

« È un'idea che prima o poi viene al cinquanta per cento di chi ci lavora » gli fece notare Gabe.

« In carcere avrò preso poco sole, Gabe, ma non sono rincretinito. Quel giorno abbiamo parlato di vari modi interessanti per farli fuori, e uno era mettere vere munizioni in un'arma di scena. Strano che tu fossi sul set proprio oggi che è successo a Ian Stewart... »

« Mica vuol dire che sono stato io. »

Peltz emise un grugnito. « Strano anche che la molotov che hanno lanciato a Brad Schuck stasera fosse senza miccia... Proprio come mi ha insegnato mio padre. E come io ho insegnato a te. Fra l'altro, adesso che sei qui vedo che hai la stessa corporatura del tipo che l'ha lanciata. »

« Sono di statura media e di peso medio. Ci sono milioni di tipi come me. »

« Sì, ma io scommetto che quello che oggi ha fatto fuori tre persone sei tu. »

« No, Mick. Non sono io. Te lo giuro. »

« Allora come mai ti sei precipitato qui di corsa nel cuore della notte? E perché sei venuto armato? Te l'ho detto, non ti ho cercato per ricattarti. »

« E perché, allora? »

« Perché voglio partecipare anch'io » rispose Peltz. « Ti ricordi la fine che ti avevo suggerito per il tuo film? Riunire un centinaio di quelle teste di cazzo in un posto e farle saltare in aria tutte insieme? Ti era piaciuta moltissimo. La userai? »

« Anche se ci fossi io dietro questi omicidi, non potrei mai permettermi di organizzare una cosa così complicata. E se c'è uno che dovrebbe saperlo sei tu, Mickey. Gli esplosivi costano un botto. »

« Un botto! Ah ah! Ecco perché mi piaci, Gabe. Hai una bomba sotto il culo e hai il coraggio di fare battute. »

« Scherzi a parte, Mickey, il C4 costa poco se hai la licenza per comprarlo legalmente. Ma sul mercato nero è difficile da reperire e, anche se lo trovi, ha dei prezzi esorbitanti. »

« Se sai a chi rivolgerti, no. Ascoltami, Gabe: se vuoi fare il botto in grande stile, ti faccio io da artificiere. So dove procurarmi quello che ti serve e lo so preparare e sistemare in modo da massimizzare il numero delle vittime. »

Gabe guardava il cilindro cromato in mano a Peltz e sudava. Forse, più che ricattarlo, Mickey voleva ucciderlo.

« Ma perché vuoi partecipare? » gli chiese. « Perché vuoi rischiare di tornare in galera? »

« Perché potrei comprare il plastico a basso costo e rivendertelo a un prezzo un po' più alto, guadagnandoci qualcosa, e tu risparmieresti lo stesso. E perché ho passato milleduecentoottantatre notti in una cella a pensare a come prendermi la rivincita. Quindi o mi dai la lista della spesa e io ti procuro tutto il necessario, oppure tornatene a casa. Io non ti denuncio. Starò incollato alla tv a fare il tifo per te. »

Gabe si mise una mano in tasca e tirò fuori un foglietto ripiegato.

Mickey lo prese con la mano libera, lesse velocemente e disse: « Farei qualche piccolo aggiustamento, ma non è male per un principiante. Sono stato un buon maestro, a quanto pare ».

« Quanta roba mi serve? »

« Una trentina di chili di C4, direi » calcolò Mickey. « Basteranno per far saltare tutto e sono un peso trasportabile in uno zaino. »

« Me li puoi procurare? » chiese Gabe.

« Certo. »

« Alla svelta? »

Mickey fece una delle sue risate stridule. « Per pochi soldi e alla svelta, al massimo puoi farti fare un pompino uscendo dal Lincoln Tunnel. Viviamo nel mondo post 11 settembre, Gabe. L'urgenza si paga. »

« Quanto costerebbe con consegna entro domani? »

Mickey rifletté un momento. « Venticinquemila, più cinque a me per la consulenza. »

« Trenta in tutto » concluse Gabe.

« Se fosse per una casa di produzione che paga dietro regolare fattura, trenta chili di C4 più la mia consulenza costerebbero il doppio, se non il triplo » disse Mickey. « Trentamila è il prezzo per amici e parenti. »

« Dai un'altra occhiata allo schema che ho preparato. Ti sembra buono? Le cariche sono piazzate nei punti giusti per fare il massimo dei danni? »

« Te l'ho detto, io apporterei qualche piccola modifica, ma è proprio per questo che ti chiedo quei cinquemila in più. Paghi la mia consulenza tecnica, non il mio silenzio. Sono trentamila tutto compreso e, se vuoi il plastico per domani, i soldi mi servono entro oggi. Li hai? »

« No » rispose il Camaleonte. « Ma so dove andare a prenderli. »

« Allora vacci. »

« È un lavoro per due persone » disse il Camaleonte. « Ti interessa? »

« Mi hanno rilasciato sulla parola. Dovrei portarmi dietro quello stronzo del mio funzionario di sorveglianza, che mi sta addosso H24. Non puoi chiedere a qualcun altro? »

« Penso di sì. »

« Allora vai. Io ti aspetto qui. »

« Restituiscimi la pistola, però » disse Gabe.

« Mi vuoi sparare? »

« No. Ma non mi piace camminare per Skillman Avenue senza. »

Mickey prese la Walther e gliela porse dicendo: « Vedi quanto mi fido di te? »

« Forse è perché hai ancora il dito sull'innesco » gli fece notare Gabe.

« Questo? » disse Mickey.

Staccò il pollice dal cilindro e il pulsante si risollevò.

Gabriel schizzò via dalla poltrona.

« Bum! » disse Mickey.

« Che stronzo! Era una finta? » disse Gabe.

« Tu chiamala pure finta » ribatté Mickey scoppiando in una delle sue risate gracchianti. « Io li chiamo effetti speciali. »

34

« Ti avrò mandato venti messaggi » disse Lexi.

« Ho risposto al primo » replicò Gabe.

« Santo Iddio, Gabe, se ti scrivo 'che cosa è successo?', non puoi rispondermi 'ne parliamo quando torno'. Non è una risposta! »

« Ci sono risposte che non si possono scrivere in un messaggino. »

« Lasciamo perdere. Ha provato a ricattarti? »

« No, anzi. Vuole aiutarmi. »

« Aiutarti? E come? »

« Ti ricordi il finale che avevo pensato in origine per il film? » chiese Gabe.

« Bum! » esclamò Lexi alzando le braccia al cielo. « Questo finale? »

« Esatto. »

« È il migliore. Mi piaceva moltissimo. Ma tu hai detto che non avevamo il budget per realizzarlo. E io ti ho detto 'Come mai Willy il Coyote si può permettere di comprare tutto quel tritolo dalla Acme Corporation, e noi no?' »

« Ho una buona notizia » disse Gabe. « Ho trovato il nostro Willy il Coyote. È Mickey Peltz. Può farci avere tutto quello che ci serve. A un prezzo ragionevole. »

« Come fai a essere sicuro che ci possiamo fidare? »

« Lex, lo conosco. Abbiamo lavorato insieme. Non ci fregherà. Ed è in grado di fornirci tutto quello che ci serve. Consideralo un altro membro del team di produzione. »

« Quanto vuole? »

« Trentamila. Ma per sé ne chiede solo cinque, il resto è per il C4. »

« Non capisco perché sei così contento » disse Lexi. « Sono comunque trentamila che non abbiamo. »

« È un'occasione da non perdere. Posso procurarmeli. »

« E come? Hai intenzione di rapinare una banca? »

« No. Una casa di produzione. »

Lexi gli lanciò una di quelle occhiate severe da maestrina che lo facevano morire dal ridere: testa bassa, labbra arricciate, mento piegato sul collo e l'indice sulla radice del naso come per guardarlo da sopra un paio di occhiali da presbite.

« Giovanotto » gli disse con una voce acuta ma severa che era una via di mezzo fra Bea Arthur e Lisa Simpson « pensi davvero di poterti presentare solo soletto alla Paramount, Fox o MGM, puntare una pistola addosso al primo che incontri e uscire con una borsa piena di banconote? »

« No, signora maestra » rispose lui con l'accento da scolaro dell'Arkansas. « Non andrei in uno dei grandi studios, e non ci andrei da solo. Ho un complice. »

Lexi cambiò faccia, smise di recitare e si sedette sul letto offesa, mortificata. « Vai con Mickey? » chiese con gli occhi lucidi. « È tuo complice, adesso? »

« No, scema » rispose Gabe. « Sto parlando di andare insieme, io e te. »

35

Lexi balzò in piedi. « Io e te? Davvero? Dici sul serio? »

« Ti avevo promesso una scena. Eccola. »

« Dammi tutti i dettagli. Spiegami cosa devo fare. »

« Ti ricordi la settimana scorsa quando ho fatto la comparsa in quel film giudiziario? Ero il giurato Numero Sette e le riprese in esterni erano in Chambers Street. »

« Me lo ricordo » disse Lexi.

« Ho conosciuto il produttore esecutivo, Jimmy Fitzhugh. Abbiamo socializzato, parlato di moto. Lui ha una Suzuki, una Boulevard nuova di zecca. Un mezzo eccezionale. A proposito, ora che non posso più usare la Kawasaki, potrei prendermela anch'io. »

« E quindi... » disse Lexi.

« E quindi questa settimana girano alla Fordham University e lui ha la roulotte parcheggiata in West 62nd Street. Tutte le mattine parte in moto molto presto da Rockaway per arrivare prima del traffico. »

« Dove sono i soldi, Gabe? »

« Jimmy li tiene sulla roulotte. »

Lexi scosse la testa. « Trentamila dollari? Non credo proprio: non si usa più pagare le maestranze in contanti. Adesso pagano con un assegno, e le agenzie che cambiano gli assegni e quindi hanno sacchi di contanti hanno sempre anche almeno due guardie armate. »

« Credi che non lo sappia? Non sto più recitando la parte dello scolaretto di campagna, Lexi. Non si tratta di rapinare due guardie giurate dal grilletto facile. Jimmy Fitzhugh non tiene i contanti sulla roulotte per pagare le maestranze. »

« E per cosa, allora? »

« Per la coca. »

« Ma fammi il piacere! »

« Il suo capo ha i soldi che gli escono dalle orecchie » spiegò Gabe. « E gli piacciono i festini dove la coca non manca mai. Solo che è un personaggio troppo in vista per rischiare di farsi beccare a comprarla, e così chi vuole fare il produttore esecutivo per lui deve pure procurargli la coca. Jimmy mi ha raccontato che ormai sono tre anni che va avanti così. Non ha mai avuto un problema, e il capo gli dà anche un fuori busta per il disturbo. »

« Bel sistema. E come facciamo a farci dare i soldi? »

« Lo aspettiamo al varco e io gli punto una pistola alla testa. Sono sicuro che non opporrà resistenza. Non sono soldi suoi e, se glieli rubano, ci sono ottime possibilità che il boss nemmeno denunci il furto per paura che la polizia subodori qualcosa. »

« E il mio ruolo? »

« È la tua grande occasione, tesoro » rispose Gabe. « Hai una parte con parecchie battute. Jimmy mi conosce e potrebbe riconoscermi dalla voce, quindi io non posso aprir bocca. Tu gli dirai di consegnare il denaro e poi mi farai da palo mentre lui riempie la borsa. Appena avremo i soldi, li porterò a Mickey e... sappiamo che cosa succederà dopo. »

Lexi fece un gran sorriso. « Sì. Bum! »

36

Arrivai al Gerri's Diner poco dopo le 5.00. C'era gente, ma non così tanta da non riuscire a controllare al volo tutti i tavoli, i séparé e gli sgabelli al banco: Cheryl non c'era.

« Fai colazione, Zach? »

Era Gerri Gomperts in persona. Gerri è una forza della natura: bassa e minuta, è una tipa decisamente tosta, al punto che una volta aveva avuto il coraggio di affrontare da sola un tossico talmente disperato da tentare una rapina in un diner a due passi dal distretto di polizia. Senza bisogno dell'intervento di nessuno di noi, Gerri lo aveva messo fuori combattimento dandogli una botta in testa con una spatola bollente. Al poveretto avevano dovuto dare quaranta punti, prima di sbatterlo dentro.

« No, grazie, Gerri » risposi. « Solo un caffè grande da portare via. »

« Il caffè da asporto è finito » mi comunicò. « Abbiamo solo quello che si beve qui sul posto. »

La guardai. « Scherzi, vero? »

« No, Zach, non scherzo. Mi impiccio. Ecco che cosa faccio. Ora vai a sederti a quel tavolo nell'angolo finché la bella strizzacervelli non torna dal bagno. Ha appena ordinato la colazione. »

Mi sedetti dove indicato e due minuti dopo la porta della toilette si aprì e vidi uscire Cheryl. Gerri aveva ragione: era bellissima.

« Già qui a quest'ora? » disse sedendosi di fronte a me.

« Non mi stupisce che tu abbia dormito poco: ieri sera ho visto la conferenza stampa del sindaco. »

« Non è stato lui a svegliarmi alle quattro, però » dissi.

« Non dirmi che la tua nuova collega continua a tenerti sveglio la notte. »

« No, questa volta è stato suo marito. »

Le raccontai dell'illuminazione che Spence aveva avuto nottetempo senza omettere nulla. « E quando alla fine gli ho fatto presente che dietro tutti questi omicidi non può esserci una città e gli ho chiesto se aveva sospetti su qualche essere umano specifico, indovina che cosa mi ha risposto? »

Cheryl sorrise. « Vediamo, fammi provare... Qualcosa tipo 'Quello è compito suo, ispettore Jordan'? »

Battei il palmo della mano sul tavolo facendo tintinnare le posate. « Esatto! Ha usato proprio queste parole. Complimenti. »

« Grazie, ma era facile. Da come me l'hai raccontata, la risposta non poteva essere che questa. »

« E come lo chiami quello che sta facendo Spence? » domandai. « Comportamento passivo-aggressivo? »

« Non direi. A me sembra sincero. Penso che voglia veramente darvi una mano. »

« Molto gentile da parte sua, ma Los Angeles ha quattro milioni di abitanti » dissi. « Perché non mi telefona quando avrà ristretto la rosa dei sospetti? »

« Ieri sera il sindaco ha fatto le solite promesse: massimo impegno, indagini a trecentosessanta gradi, rapida conclusione, eccetera eccetera » disse Cheryl. « A che punto siamo veramente? »

« A metà strada fra la disperazione e la merda fino al collo. Non abbiamo nemmeno elementi sufficienti per chiederti di tracciare un profilo del colpevole. »

« Sicuramente avrete già capito che è uno che orbita ai

margini dello show business, odia il mondo dello spettacolo e soprattutto quelli che ci stanno dentro » disse Cheryl. « Il che restringe la rosa a tutti gli attori, autori e camerieri di New York, New Jersey e Connecticut. »

« Sempre che non abbia ragione Spence e il nostro sia in trasferta a New York dalla Camera di Commercio di LA » le feci notare.

« Posso cambiare momentaneamente argomento? »

« Certo. »

« Ti piace l'opera lirica? »

« Cos'è? Una domanda trabocchetto? » replicai. « Se Zach è un poliziotto che ama l'opera, ha tante chance di risolvere questo caso quante di trovare un pitbull vegetariano? »

Dai che le strappi uno dei suoi sorrisi da un milione di dollari...

Strappato!

« Una mia amica è dovuta partire all'improvviso e mi ha dato due biglietti per *La traviata* » disse.

« E – fammi indovinare – a te l'opera piace, ma non conosci nessuno che la sopporti. »

« Veramente io la detesto... Anzi, no. Ci sono stata una sola volta, dodici anni fa. Sono venuta via dopo tre ore e credo ne mancassero ancora diciassette e mezzo alla fine. Ma ho questi due biglietti e sto cercando di allargare i miei orizzonti culturali. Una sorta di ripartenza post-Fred. »

« Ti ringrazio per l'offerta, ma sarò sincero: non sono mai stato all'opera. Conosco tutti i cliché in proposito, tipo 'non è finita finché non ha cantato la grassona', ma per me sarebbe la prima volta. »

« Perfetto » replicò Cheryl. « Non posso invitare un appassionato, perché poi sarei costretta a rimanere fino alla fine. Con te, invece, possiamo fare un patto: se non piace a uno dei due, restiamo almeno per un po'. Se non piace a nessuno dei due, scappiamo subito e andiamo a giocare a bowling o cerchiamo una gara di trattori truccati da qualche parte.»

«Nel mio caso, una gara di trattori truccati sarebbe un ampliamento dei miei orizzonti culturali. Quando?»

«Sabato sera.»

«Se non sarò ancora impegnato a dare la caccia a questo pazzoide, volentieri.»

Rimanemmo a parlare per una mezz'oretta. Quando dovetti alzarmi e andare, di una cosa ero sicuro: Cheryl Robinson era pronta per la ripartenza post-Fred. Ero io che non sapevo se volevo farne parte.

37

Gabe era sulle spine. Nello slang cinematografico i registi chiamano la scena più importante *the money shot*, perché spesso è anche quella che viene a costare di più, ma nel suo caso si trattava della « scena dei soldi » nel senso letterale del termine e non poteva permettersi di sbagliarla: da quella dipendeva la possibilità di portare a termine il film.

La buona notizia era che la roulotte della produzione era parcheggiata in una via relativamente tranquilla e che erano le sei del mattino, un'ora in cui per strada passava pochissima gente.

La cattiva notizia era che Gabe si apprestava a entrare in azione a metà fra Columbus Circle e il Lincoln Center, considerato un potenziale bersaglio terroristico. Il che significava che ci sarebbero stati occhi ovunque, sia umani che elettronici, a sorvegliare la zona. Aggiungendo il fatto che il mezzo di trasporto che intendeva usare per la fuga era la linea D della metropolitana e che la sua complice era una principiante senza alcuna esperienza, l'unica conclusione possibile era *Devi essere completamente fuori di testa per tentare un colpo del genere.*

E io, per fortuna, lo sono, aggiunse fra sé.

Siccome non avevano il tempo di mettere a punto un travestimento complesso, optarono per il look commando: passamontagna per entrambi.

Il treno si fermò alla stazione di Columbus Circle. Scesero, presero le scale mobili e si incamminarono lungo Broadway in direzione nord. Arrivati in 62nd Street, svoltarono a ovest, attraversarono Columbus Avenue e videro le roulotte della produzione – tre – ferme lungo il marciapiede con l'autorizzazione a parcheggiare in divieto di sosta rilasciata dalla Film Commission affissa sulla porta.

« Tira dritto » disse Gabe.

La moto di Jimmy non c'era ancora.

Arrivarono fino all'angolo con Amsterdam Avenue e si fermarono.

Non dovettero aspettare molto. La Suzuki di Jimmy Fitzhugh comparve in lontananza, svoltò a destra in 62nd Street e si fermò accanto alla prima roulotte.

« Sbrighiamoci » disse Gabe.

Jimmy legò la moto con la catena al gancio di traino della roulotte e si accinse a salire i tre gradini davanti alla porta.

« Passamontagna » disse Gabe.

Si calarono il passamontagna sul viso e raggiunsero Fitzhugh proprio mentre apriva la porta.

Gabe lo avvicinò e lo spinse dentro. Lexi li seguì e richiuse.

Erano dentro la roulotte della produzione. Incredibile, ma ce l'avevano fatta.

Gabe puntò la pistola in faccia a Jimmy che, come previsto, non oppose la minima resistenza.

« Ho circa cinquecento dollari in tasca » disse. « Prendeteli pure. Nessun problema. »

Silenzio.

Continuando a tenere la pistola puntata alla testa di Jimmy, Gabe allungò l'altro braccio per dare una scrollatina a Lexi.

Anche con il passamontagna sul viso era chiaro che era paralizzata. Ammutolita. Era la sua prima scena importante e si era dimenticata le battute.

38

Per dieci secondi rimasero tutti e tre immobili, un muto tableau vivant in cui Gabe aspettava che Lexi recitasse le sue battute, Lexi non ricordava neppure che toccava a lei e Jimmy Fitzhugh cercava di capire che cosa stesse succedendo. Dopo un po' Fitzhugh prese l'iniziativa.

« *Yo tengo dinero* » disse. « *Cinco. Cinco* cento dollari. *No habla español*, ma ho cinquecento dollari. »

Gabe, che puntava la pistola alla testa di Fitzhugh, la spostò a indicare la scrivania e poi gliela puntò di nuovo alla testa.

« Vuoi che mi sieda? » chiese Fitzhugh.

Gabe annuì e Fitzhugh si sedette.

Era sui quarant'anni e aveva un fisico atletico. Non era uno di quei biker ciccioni che si vedono passare in autostrada, ma uno sportivo deciso a invecchiare bene, un palestrato che giocava a tennis, a squash e a softball nella Broadway League. Gabe era sicuro che, se gliene avesse dato l'occasione, Fitzhugh l'avrebbe messo KO in un attimo.

Continuando a tenere la Walther puntata su Fitzhugh, indietreggiò fino a dove si trovava Lexi e le si avvicinò il più possibile per parlarle all'orecchio.

« Di' le tue battute » bisbigliò.

« Oh merda » disse Lexi. « Mi dispiace. »

Poi si rivolse a Fitzhugh. « Caccia la grana. »

« Parli inglese? » replicò Fitzhugh.

« Certo che parlo inglese » rispose Lexi. « Che razza di domande idiote fai? Te lo ripeto: cac-cia la gra-na. Sbrigati. »

« Ho cinquecento dollari nel portafoglio. Sono tutti vostri. Lasciamelo tirare fuori dalla tasca e... »

« Credi che ci basti il tuo portafoglio? » disse Lexi. « No. Vogliamo i soldi della droga. Apri la cassaforte. »

Gabe si sentì mancare. « Apri la cassaforte » era nel copione, « Vogliamo i soldi della droga » no.

« Chi cazzo siete? » gridò Fitzhugh. « Lavorate per Monte? È lui che vi ha mandato? »

« Lavoriamo per conto nostro! » rispose Lexi gridando a sua volta. « Apri subito la cassaforte! »

« Non so la combinazione e non so niente di soldi della droga. » Fitzhugh si alzò. « E se volete un consiglio... »

Gabe gli diede una botta in faccia con il calcio della Walther. Fitzhugh cadde all'indietro e si risedette, con entrambe le mani sulla guancia sanguinante.

« Apri subito la cassaforte o sei morto! » urlò Gabe agitando la pistola nella sua direzione e sperando che, confuso dal dolore e dalla paura, Fitzhugh non lo riconoscesse dalla voce.

« Okay, okay. Non sparare, ti prego. Sono un padre di famiglia » gemette Fitzhugh.

Si inginocchiò e si pulì le mani sporche di sangue sulla maglietta.

« Controlla che non arrivi nessuno! » gridò Gabe a Lexi sperando che una frase in più non facesse differenza.

Lexi si avvicinò alla finestra della roulotte e allargò le stecche della veneziana con le dita.

« C'è gente che passa » disse. « Sbrigati. »

Fitzhugh aprì la cassaforte e si fece da parte. Gabe guardò dentro. Non c'erano armi. Era vuota, a parte una cassetta portavalori in acciaio.

« La chiave è nel cassetto della scrivania » disse Fitzhugh.

Con la pistola Gabe gli fece cenno di tornare alla scrivania.

« Sbrigati! » strillò Lexi battendo i piedi per terra. « Sta arrivando qualcuno! »

Fitzhugh aprì il primo cassetto e prese una piccola chiave, poi tirò fuori dalla cassaforte la cassetta portavalori.

« Qui ci sono i soldi per tre acquisti » disse. « Vi do un consiglio. Prendete una mazzetta soltanto, e vi garantisco che nessuno vi verrà a cercare. Se invece le prendete tutte e tre, Monte vi troverà, violenterà la tua ragazza, la sgozzerà e la metterà in una bara. E lei sarà fortunata, perché a te invece ti chiuderà nella bara con lei ancora vivo, poi vi sotterrerà e si dimenticherà di voi. »

« Apri quella cassetta » ringhiò Gabe più ansioso di togliersi di lì che preoccupato di non farsi riconoscere.

Fitzhugh girò la chiave nella serratura e sollevò il coperchio.

Tre mazzette ordinate, non molto spesse, ma dovevano essere tutti biglietti da cento.

« Datemi retta » disse Fitzhugh. « Non prendete tutto. Lasciate qualcosa. »

Il Camaleonte prese una delle mazzette, poi esitò.

« Sbrigati, Gabe! » gridò Lexi nel panico dal suo punto di osservazione alla finestra. « Giuro che sta arrivando qualcuno! »

Fitzhugh si alzò in piedi. « Gabe? Sei quello che fa la comparsa? Quello con la Kawasaki Ninja? Sei impazzito? Credi davvero di poterla fare franca? »

Il Camaleonte non ebbe scelta. Puntò la Walther al petto di Fitzhugh e premette il grilletto.

« Merda, merda, merda, merda! » ululò mentre Fitzhugh cadeva all'indietro e stramazzava sulla sedia.

Se Lexi aveva ancora un briciolo di autocontrollo, a quel punto lo perse definitivamente. « Sei pazzo? » gridò. « Fuori hanno sicuramente sentito lo sparo! Ti aveva dato i soldi, perché gli hai sparato? »

« Gli hai detto come mi chiamo! » urlò Gabe.

« No, io non ho detto niente, giuro. »

Gabe arraffò le altre due mazzette e le ficcò insieme alla prima nella tasca della giacca a vento.

Poi prese Lexi per un braccio e la trascinò verso la porta.

« Passamontagna » gridò.

Si calarono il passamontagna sul viso e scesero dalla roulotte.

Si incamminarono in direzione est, verso Broadway. Dieci minuti dopo erano seduti nell'ultimo vagone del treno della linea D in direzione sud.

« Perdonami, Gabe. Perdonami » piagnucolava Lexi con le guance rigate di lacrime.

« Fammi un favore » disse lui a denti stretti. « Chiudi quella cazzo di bocca. »

39

Trovai sulla scrivania un caffè da asporto grande e una scatola di ciambelle Krispy Kreme con un biglietto fissato con lo scotch sul coperchio.

Scusa per Spence. L'intenzione era buona. Xxx, K-Mac.

Kylie era al suo posto e stava finendo di mangiare una ciambella con la glassa. « Ne ho presa una. Le altre undici sono tutte per te » disse, e bevve un sorso di caffè.

« Apprezzo il gesto, grazie, ma offrire ciambelle a un poliziotto non ti sembra uno stereotipo? »

« Per la cronaca, non sono stata io a dare il tuo numero a Spence » puntualizzò Kylie. « Lo ha cercato sul mio cellulare. »

« Ha illustrato anche a te la sua teoria, o devo raccontartela io? »

« Me l'ha esposta stamattina » rispose Kylie. « I poteri forti di Los Angeles hanno ideato un piano diabolico per stroncare l'industria cinematografica di New York. »

« Diabolico e infido » commentai. « Una situazione dove vedrei bene anche un cameo di Lex Luthor, l'acerrimo nemico di Superman. »

« So che è inverosimile » disse Kylie. « Ma se non altro devi riconoscergli una certa dose di creatività. »

« Creatività? Ecco perché non riesco a risolvere il caso. Perché sono così idiota da limitarmi ai fatti, invece di spaziare. »

« La differenza tra il lavoro della polizia e la televisione è proprio questa » disse Kylie. « Per chi lavora in tv la realtà è sopravvalutata e non bisogna lasciarsi intralciare dai fatti concreti.»

«Ieri era solo il primo giorno che lavoravamo insieme» dissi. «Ma ora che so qualcosa di più su tuo marito, mi chiedo quante volte hai dovuto comprare ciambelle ai tuoi colleghi.»

«Che tu ci creda o meno, sei il primo a cui telefona.»

«Sono lusingato. Assonnato, ma lusingato.»

«Sai com'è. A Spence l'idea di lavorare in polizia è sempre piaciuta e pensa che tu, che fai il poliziotto e ti occupi dello show business, sia un uomo fortunato. Ieri sera mi ha detto che il tuo è il lavoro più bello del mondo, e che se potesse farebbe volentieri cambio con te.»

Spence Harrington vorrebbe essere al mio posto? Non sapevo cosa rispondere. Ma non ebbi modo di farlo.

«Zach! K-Mac!» Il comandante Cates veniva verso di noi a passo svelto, sbraitando informazioni: «Rapina con omicidio, West 62nd Street fra Columbus e Amsterdam».

Conoscevo bene quella zona, che era piuttosto tranquilla. «Cosa dobbiamo cercare?» chiesi.

Cates si fermò davanti a noi. Anche lei aveva l'aria di non aver dormito molto. «La roulotte di uno studio cinematografico» disse. «A bordo c'è un produttore esecutivo con una pallottola nel petto.»

40

Gabe e Lexi entrarono nel portone precipitosamente, rovesciando il portaombrelli di ottone comprato al mercato delle pulci per dodici dollari.

Erano stati zitti per tutto il viaggio in metropolitana e anche nel tratto a piedi fino a casa, lui furibondo e lei in lacrime.

Mentre aspettavano l'ascensore Lexi, testa bassa, occhi rossi e morale a terra, si azzardò ad aprire bocca. « Non mi amerai mai più, vero? »

Lo chiese sul serio, perché era così che ragionava. *Se sbagli, vieni punita con l'abbandono.* I suoi genitori avevano fatto così.

« Non fare la... » Gabe si morse la lingua per non concludere con la parola *stupida.* « Non fare questi discorsi. »

Le porte dell'ascensore si aprirono. Lexi entrò e si mise in un angolo, con le lacrime che scendevano a fiumi, le braccia lungo i fianchi e le mani strette a pugno.

« Lexi » disse Gabe entrando a sua volta. « Quel che è successo è successo. Sono un po' preoccupato, ma ti amo e ti amerò sempre. »

Se in questo modo pensava di consolarla, si era sbagliato: Lexi tremava tutta, in preda allo sconforto.

Gabe non l'aveva mai vista così disperata e si intenerì.

« Tranquilla » le disse e la prese delicatamente fra le braccia. Le baciò la fronte, gli occhi e le guance che sapevano di sale, cercando di confortarla come meglio poteva.

Lexi alzò la testa e lui la baciò teneramente sulla bocca. Lei sospirò, dischiuse le labbra e le loro lingue si incontrarono. Gabe abbassò le braccia e le mise le mani sul sedere. Lei rispose spingendo in avanti il bacino e premendo contro di lui, che si eccitò.

Le porte dell'ascensore si aprirono e, avvinghiati, andarono alla porta barcollando e sbattendoci contro finché Gabe non riuscì a infilare la chiave nella toppa.

Lexi cominciò a sfilarsi pantaloni e slip prima ancora che la porta si fosse richiusa, poi lo afferrò per la cintura e con mani esperte gli sbottonò i jeans mentre lui si toglieva la giacca a vento e la lasciava cadere a terra.

La camera da letto era troppo lontana. Lexi si voltò di schiena e si sporse oltre una sedia per posare le mani sul tavolo. Gabe la afferrò per le anche da dietro e la penetrò brutalmente.

« Scusa, scusa, scusa » mormorava lei a ogni spinta.

« Sst, sst, tranquilla, va tutto bene. Stai zitta. »

Fu sesso puro, intenso, primordiale, pieno di adrenalina post-omicidio. Esattamente ciò di cui aveva bisogno Gabe. Di cui avevano bisogno entrambi.

Gli orgasmi di Lexi erano sempre accompagnati da un'inconfondibile colonna sonora e Gabe si controllò finché non sentì il primo gemito caratteristico, poi la voce di Lexi salì di tono e si fece più smaniosa e alla fine anche lui raggiunse il culmine, ma si trattenne dal gridare.

Con gli occhi lucidi, Lexi si abbandonò fra le sue braccia e lui la portò di peso in camera. Finirono di spogliarsi e fecero l'amore teneramente, lentamente, senza più chiedersi scusa.

Alla fine Lexi si strinse al petto un cuscino e si rannicchiò in posizione fetale. Gabe la abbracciò e coprì entrambi con il lenzuolo.

I soldi, pensò.

Le mazzette di biglietti da cento erano rimaste nella tasca della giacca a vento. Non aveva idea di quanti fossero.

Ma poteva contarli in un secondo momento.

41

« Anche se guidi come un pazzo, quel poveraccio morto è e morto resta » disse Kylie mentre sfrecciavo a tutta velocità in 65th Street per attraversare Central Park.

« Lo so » risposi senza rallentare. « Ma fai conto che abbia una dipendenza da una brutta soap opera: non vedo l'ora di sapere cosa succede nella prossima puntata. »

« Anch'io, ma non al punto di morire in un incidente stradale. E vorrei farti notare che 'brutta soap opera' è pleonastico. »

Arrivammo in West 62nd Street in cinque minuti scarsi. Davanti alla roulotte della produzione c'era un'auto del Ventesimo Distretto. Un agente in divisa, Frank Rankin, ci aspettava davanti alla porta.

« La mia collega e io siamo arrivati qui due minuti fa » disse. « Il permesso dice che il mezzo è della casa di produzione che sta girando un film alla Fordham. La vittima, secondo la persona che ha telefonato per avvertire, si chiamava Jimmy Fitzhugh. »

« Siete saliti a bordo, tu o la tua collega? »

« Sì, io. Ma per non contaminare le prove mi sono semplicemente affacciato per accertarmi che per lui non ci fosse più niente da fare. »

« E com'era? »

« Era morto, si capiva senza bisogno di essere la Scientifica. Gli hanno sparato al petto, a bruciapelo. Ho visto anche una cassaforte aperta. Non ho guardato dentro, ma se è aperta sicuramente è anche vuota. »

« Chi ha chiamato il 911? » domandò Kylie.

« Michael Jackman, l'aiuto regista. Non ha visto né sentito nulla. Aveva appuntamento con la vittima e l'ha trovata cadavere. È sulla volante con la collega. »

« Tenetelo lì » dissi. « Adesso diamo un'occhiata. »

Fitzhugh era accasciato sulla scrivania con la T-shirt grigia macchiata di marrone scuro dal collo alla vita e un taglio sanguinolento sulla guancia destra.

« L'hanno colpito con il calcio di una pistola » osservò Kylie.

Puntai la torcia nella cassaforte aperta. « L'agente ha indovinato. La cassaforte è vuota. »

« A parte il nesso con il cinema, questo mi sembra diverso da tutti gli altri omicidi » disse Kylie.

« Sì, anche a me » concordai. « Gli altri tre erano omicidi pianificati con una cura quasi maniacale, mentre questa sembra una rapina finita male. La vittima è seduta alla scrivania a lavorare, l'assassino sale a bordo e gli dice 'Apri la cassaforte'. Fitzhugh si rifiuta e lui gli dà una botta con il calcio della pistola. Fitzhugh apre e quello si prende i soldi. »

« Se fosse andata così, la rapina sarebbe finita bene » obiettò Kylie. « Una volta presi i soldi, che bisogno aveva di sparare a Fitzhugh? Perché ha fatto il salto da rapina a omicidio? »

« Forse Fitzhugh lo ha riconosciuto » suggerii.

« Non torna, Zach: l'uomo che stiamo cercando è un mago dei travestimenti. Tanto che, pur avendolo ripreso, non siamo riusciti a identificarlo. »

« Ma se non temeva di essere riconosciuto, perché l'ha fatto fuori? »

« È quello che ti ho appena chiesto. »

« Allora siamo pari » replicai. « Brancoliamo nel buio tutti e due. »

Scendemmo dalla roulotte e andammo verso la volante dove ci aspettava la collega di Rankin, Robin Gallagher.

« Mike Jackman, che ha trovato il cadavere, è sconvolto » ci disse. « Lui e Fitzhugh non solo lavoravano insieme, ma erano anche cognati. »

« Ha detto qualcosa che può essere interessante? » domandò Kylie.

« 'Chi lo dirà a mia sorella e ai ragazzi?' » rispose Gallagher. « Il che è tutto sommato prevedibile. E poi anche un'altra cosa che invece lo è meno. »

« E cioè? »

« 'Maledetto Levinson'. Lo ha ripetuto almeno cinque o sei volte. »

« E ha detto chi è il maledetto Levinson? »

« Nossignore. »

« Chiedi al signor Jackman di scendere dalla macchina, per piacere. Se se la sente, vorremmo fargli un paio di domande. »

In quel momento arrivò il furgone della Scientifica. Sperai di vedere la bella Maggie Arnold per la seconda volta in due giorni.

Pia illusione. La portiera lato guida del furgone si aprì e scese il burbero Chuck Dryden.

« Salve, Chuck » dissi. « Ti ricordi la mia collega Kylie MacDonald, vero? »

« Dov'è il cadavere? » chiese.

Gli indicai la direzione e lui si incamminò con passo pesante.

« Che maleducato » disse Kylie.

« Avresti dovuto conoscerlo prima che il dipartimento lo mandasse a scuola di buone maniere » replicai.

42

Il Camaleonte dormì tre ore.

Quando si svegliò, Lexi era in cucina.

« Facciamo colazione? »

« È troppo tardi » gli rispose lei dall'altra stanza. « Facciamo un brunch. Sto preparando i pancake. Pancake veri, non surgelati. Sono uscita e ho preso dei lamponi freschi. Ce li possiamo permettere, a questo punto. »

Lui la raggiunse in cucina, svestito. « In che senso 'ce li possiamo permettere, a questo punto'? »

« Ho contato i soldi. Sono quarantacinquemila dollari. Pensa che sarebbero finiti nelle tasche di un pusher. Non capisco perché la gente si droghi. Io odio le droghe. »

« Sicura che fossero quarantacinquemila? » le chiese.

« Tre mazzette da quindicimila l'una. Li ho contati due volte. È pronto fra cinque minuti. »

Il Camaleonte si infilò sotto la doccia e aumentò piano piano la temperatura dell'acqua fino a scottarsi la pelle. Era pieno di rimorsi. Il giorno prima aveva ucciso due persone e ne aveva ferita gravemente una terza, e lo avrebbe rifatto senza batter ciglio.

Ma Jimmy Fitzhugh era diverso. Jimmy era una brava persona.

Non sparare, ti prego. Sono un padre di famiglia.

Lo so, lo so, hai due figli: Tracy e Jim. Ma cosa potevo fare, una volta che Lexi mi aveva chiamato per nome? Non avevo alternative.

Non dire stronzate, Gabe: sei stato tu a premere il grilletto, mica lei.

Aumentò ulteriormente la temperatura dell'acqua, già bollente. Il dolore aiutava.

Mi dispiace, Jimmy. Perdonami.

I pancake erano squisiti – vero burro, lamponi freschi, sciroppo d'acero del Vermont – e anche il caffè era una meraviglia. Sarebbe stata una scena domestica perfetta, se il suo film ne avesse prevista una.

« Davvero ti ho chiamato per nome? Sei sicuro? » gli chiese Lexi. « Giuro, non me ne sono accorta. »

« Sì, hai detto: 'Sbrigati, Gabe!' »

« Fitzhugh avrebbe dovuto far finta di non sentire. Se fosse stato zitto, tu non ti saresti accorto di nulla e non gli avresti sparato. È anche colpa sua, non soltanto mia. »

« No » ribatté Gabe. « La colpa è solo mia. Sono il regista e il produttore. Ti ho caricato di troppa responsabilità. Ti ho affidato una parte troppo grossa senza nemmeno fartela provare. Non avrei dovuto. »

« Non succederà più. Te lo prometto. »

« Per sicurezza, conviene che tu stia per un po' dietro le quinte. »

« Mi stai licenziando dalla produzione? »

« No, no. Anzi. Voglio che tu mi faccia da co-produttore. Abbiamo una o due scene nuove da scrivere. Ho più che mai bisogno di te. »

« Quali scene nuove? »

« Non ho ancora deciso, ma visto che ci servivano trentamila dollari e ne abbiamo quarantacinquemila, pensavo che potremmo comprare altri fuochi d'artificio da Mickey e aggiungere un paio di scene. Abbiamo quindicimila dollari da spendere. »

« Veramente ne abbiamo quattordicimilanovecentonovantaquattro » precisò Lexi. « I lamponi costavano sei dollari. »

43

Mike Jackman era un uomo alto e con le spalle larghe, occhi castani e intelligenti. Probabilmente quando era in buona era un ottimo professionista, ma quel giorno sembrava un cerbiatto di fronte al fucile di un cacciatore.

« La vostra collega vi ha detto che Jimmy Fitzhugh è mio cognato? » chiese.

« Sì. Condoglianze. Sono l'ispettore Jordan, e lei è l'ispettore MacDonald. Con il suo aiuto, troveremo l'assassino di suo cognato. Che cosa ci sa dire? »

« Niente » rispose Jackman. « Fitz e io ci vediamo tutte le mattine per ripassare le note di produzione della giornata: io sono l'aiuto regista e lui il produttore esecutivo. È sempre più mattiniero di me e quindi appena arrivo lo raggiungo sulla roulotte. La cassaforte era spalancata e Fitz era sulla sua sedia, morto. Ho chiamato il 911. »

« Che cosa c'era nella cassaforte? » domandò Kylie.

« Non lo so. Non era di mia competenza. »

« Lei e Jimmy eravate in buoni rapporti? »

« Ottimi. Non eravamo soltanto cognati: eravamo amici. »

« E il suo amico, con il quale prendeva il caffè tutte le mattine, non le ha mai detto di avere in cassaforte qualcosa per cui qualcuno ha pensato bene di ucciderlo? »

« No. »

« Potrebbe saperlo sua sorella. Quando andremo a informarla della morte del marito, glielo chiederemo. »

« Non è il caso. Non sa niente... »

« E lei, Jackman? È proprio sicuro di non sapere niente? »

« Mike » intervenni. « Forse lei crede di fare un favore a Jimmy non dicendoci che cosa c'era in quella cassaforte, ma in realtà lo fa al suo assassino. Qualsiasi cosa fosse, non potremo usarla contro di lui, ora che è morto. Perché non ce lo vuole dire? »

« Non è per Jimmy che mi preoccupo » rispose Jackman scuotendo la testa. « Ma per mia sorella e i miei nipoti. Se la cosa si viene a sapere, a patirne le conseguenze saranno loro. »

« Non siamo qui per infangare la reputazione di Jimmy » disse Kylie. « Ma per prendere il suo assassino. Ci aiuti, per favore. »

Jackman guardò negli occhi Kylie e dopo un po' fece un lungo sospiro. « Promettetemi una cosa » disse. « Che mia sorella non saprà mai quello che sto per dirvi. »

« Promesso » rispose Kylie.

Jackman annuì. « Okay, Fitz era... non so nemmeno come definirlo » disse. « Un mulo? »

« Nel senso di corriere della droga? » chiese Kylie.

« Forse non è il termine giusto. Faceva da intermediario fra l'acquirente e il venditore. »

« Chi era il venditore? E cosa vendeva di preciso? »

« Monte. So solo questo. Vendeva coca. »

« E chi era l'acquirente? »

« Il nostro capo, Bob Levinson. »

« Quello contro cui inveiva poco fa in macchina? »

« Fa dei bei film, gli va riconosciuto. Ma averlo come capo è una sciagura. È ricco sfondato e regala piste ai suoi amici con grande generosità, per cui compra cocaina a chili. Però non vuole avere a che fare direttamente con il pusher e usa come intermediari i suoi produttori esecutivi. »

« I quali, se si rifiutano, si ritrovano disoccupati » concluse per lui Kylie.

« Esattamente » disse Jackman. « Levinson li cerca bravi nel loro lavoro, ma vuole anche che siano sposati con figli e di specchiata integrità: senza precedenti penali o trascorsi con la droga di alcun tipo. »

« Quanto c'era nella cassaforte, secondo lei? »

« Ogni mese Jimmy riceveva da Levinson quattro mazzette da quindicimila dollari ciascuna e Monte si presentava tutti i giovedì con un chilo di coca e se ne portava via una. Siccome oggi è il nove, immagino che ci fossero tre mazzette. »

« Chi è al corrente di questi traffici, all'interno della produzione? »

« Be', la gente mormora. Le voci girano. Però non ho idea di chi lo sapesse per certo. »

« Ci serve un elenco di tutte le persone coinvolte a qualsiasi livello in questa produzione: macchinisti, elettricisti, fornitori... Tutti quanti » disse Kylie.

« Va bene. Ve lo preparo. »

Si apprestò a congedarsi, ma poi si voltò. « Una domanda: arresterete Levinson? »

« Potendo, lo faremmo » risposi. « Ma non abbiamo gli estremi per arrestarlo. »

« Meglio così, da una parte. Non infanghiamo la memoria di Fitz » disse, e se ne andò.

« Avete un minuto? »

Ci voltammo e ci trovammo di fronte Dryden il Burbero.

« Hai trovato qualcosa? » chiesi.

Mi guardò come a dire: *Domanda cretina. Per quale altro motivo dovrei interagire con gli investigatori? È ovvio che ho trovato qualcosa!*

Fece un cenno del capo verso la roulotte e noi lo seguimmo.

« Guardate qui » disse indicando la finestra sul lato sinistro. « Finestra numero uno: veneziana abbassata. »

« E ora qui » disse indicando la finestra sull'altro lato. « Finestra numero due: veneziana abbassata. Ma queste due lamelle sono girate in maniera da poter guardare fuori. »

« A un'altezza di circa un metro e mezzo dal fondo della roulotte » dissi. « Quindi si tratta di una persona bassa di statura. »

« Mentre chi ha sparato era almeno trenta centimetri più alto, a giudicare dalla traiettoria del proiettile » disse Dryden. « Vuol dire che erano in due: l'assassino e un palo. »

« Erano in due... » ripeté Kylie. « E noi non ne abbiamo preso nemmeno uno. »

Dryden si strinse nelle spalle: non era un problema suo.

44

L'arma preferita di Gabe era la Walther PPK, la pistola perfetta, quella di James Bond, che stava in una tasca. Ma a quel punto la sua scottava troppo. Prendere la metropolitana con quarantacinquemila dollari addosso e senza un'arma, però, era fuori discussione.

Andò a prendere la Glock 23 che teneva nell'armadio. Era una calibro 40, più ingombrante della PPK .380 e quindi più difficile da nascondere, ma se malauguratamente la polizia lo avesse fermato, se non altro non lo avrebbe collegato alla rapina con omicidio di West 62nd Street.

Prese la linea 6 e scese a Grand Central per prendere la 7. Fu un viaggio tranquillo, senza inconvenienti. Quasi piacevole. Non riusciva a non pensare a Lexi. Quella donna era un genio. Quando le aveva chiesto di aiutarlo a trovare un modo per spendere i quindicimila dollari extra, voleva solo farla sentire importante. Non si aspettava niente di che.

Invece lei se ne era uscita fuori con un'idea assolutamente straordinaria, che rendeva la sceneggiatura mille volte migliore.

« Vorrei aumentare l'ordine » disse a Mickey entrando nel loft.

« Che genere di armi di distruzione di massa hai in mente? »

Gabe gli fece uno schizzo per spiegargli l'idea che era venuta a Lexi. « Non sono sicurissimo del layout, ma dovrebbe essere più o meno così. Che cosa ne pensi? »

« Il proprietario chi è? »

Gabe glielo disse.

Mickey emise un fischio sommesso. « Sei cazzuto, Benoit » disse.

« L'idea è della mia ragazza. Si può fare? »

« Posso procurarti la quantità necessaria di plastico » rispose Mickey. « Che tipo di detonatori vuoi? »

« Non lo so ancora. Assortiti: a orologeria, telecomandati, con filo di inciampo. Procurami roba semplice e a prova di idiota. Ricordati che non sono un professionista. »

« Quanto pensavi di investire in questi extra? »

Gabe annuì. « Ho in mente una cifra. »

« E cioè? »

« Cosa mi dai per quindicimila in più? »

Mickey sgranò gli occhi e fu colto da un accesso di tosse. « Con quindicimila in più fai il botto. »

Gabriel prese le tre mazzette dallo zaino e le posò sul tavolo. « Quarantacinquemila. »

Mickey prese una mazzetta, sfogliò le banconote e la posò di nuovo. « Mi domandavo quanto tenesse in cassaforte Jimmy Fitzhugh. »

Gabriel si irrigidì. « Chi ha mai nominato Jimmy Fitzhugh? »

Mickey si accese una sigaretta e soffiò il fumo verso il soffitto. « Nessuno l'ha nominato. Ma gli scanner della polizia non trasmettono altro: rapina con omicidio a bordo di una roulotte durante la lavorazione del film di Bob Levinson nel West Side. Erano in due e hanno sparato a James Fitzhugh, il produttore esecutivo, che è morto. Mi prendi per fesso? Hai detto che sapevi dove procurarti i soldi ma avevi bisogno di un'altra persona. Ho fatto due più due. Chi ti sei portato dietro? »

«Tua madre. E ha fatto schifo» rispose Gabe. «Non hai altro da fare che immischiarti nella mia vita privata?»

Mickey alzò una mano. «Calma, calma, Gabe. Non mi immischio. Ho imparato a farmi i cazzi miei a Ray Brook. Dicevo per dire. Lascia perdere. Parliamo della consegna.»

«Eravamo d'accordo che avresti consegnato domani» disse Gabe.

«Va bene. Si può fare.»

«Sii puntuale, mi raccomando» disse Gabe. «Ho una tabella di marcia spaventosa.»

«Okay. Vieni qui domani in mattinata e ti porti via quarantacinquemila dollari di bum bum.»

«Mancano cento dollari, a dire la verità» precisò Gabe. «La mia ragazza li ha presi per fare la spesa.»

«No problem. Dille che per stavolta la spesa la offro io» replicò Mickey. «Affare fatto?»

Gabe non ebbe un attimo di esitazione. «Affare fatto» rispose.

Sancirono l'accordo come nei vecchi film hollywoodiani: con una stretta di mano.

45

« Mi sa che finalmente abbiamo fatto una scoperta fruttuosa » disse Kylie.

Avevamo due elenchi: quello delle persone presenti sul set quando era morto Ian Stewart, che ci aveva dato Shelley Trager, e quello di Mike Jackman, con i nominativi di tutte le persone coinvolte nella produzione di Levinson.

Effettuammo un controllo incrociato degli oltre quattrocento nominativi e scoprimmo che dodici erano presenti in tutti e due gli elenchi. Otto di loro erano maschi.

« Se ce li dividessimo con un'altra squadra, quattro per uno, faremmo prima » dissi.

« Se ce li dividessimo con altre sette e ne controllassimo uno per squadra, faremmo ancora prima » ribatté Kylie.

« Ne deduco che non sei d'accordo a dividere il lavoro. »

« Esatto » rispose Kylie. « Primo: io e te siamo stati su entrambe le scene del crimine, mentre ai colleghi dovremmo spiegare tutta la storia e sarebbe uno spreco di tempo. Secondo: sono una donna dall'ambizione sfrenata e non voglio farmi soffiare il caso più importante della mia carriera. Dimmi quale delle due spiegazioni ti piace di più e cercherò di convincerti con quella. »

« Va bene. Mi hai già convinto » risposi. « 'Donna dall'ambizione sfrenata' riassume molto bene il tutto. »

« Perfetto. Vedi di scriverlo nel rapporto che farai al comandante Cates. Lo troverà un punto a mio favore. »

*

A metà pomeriggio avevamo già fallito miseramente cinque volte. Due della rosa dei possibili assassini erano sul set di Ian Stewart dalle sette del mattino e quindi non potevano aver avvelenato Sid Roth al Regency Hotel. Altri due avevano un alibi di ferro per l'attentato al Radio City Music Hall.

Il quinto era nero. Non appena aveva capito il motivo per cui gli volevamo parlare, era scoppiato a ridere. « Non l'avete visto il video del tipo che ha lanciato la molotov sulla limousine di Brad Schuck? Era bianco. Vi consiglio di regolare i colori dei vostri monitor. »

Avevamo riso, ci eravamo scusati e avevamo tolto il disturbo.

« E adesso? » chiesi a Kylie.

« Middle Village, Queens. Furmanville Avenue, altezza 79th Street. Ho l'indirizzo preciso. Vicino, fra parentesi, c'è scritto 'Paradise Garden'. »

« Cos'è? Un ristorante cinese? »

« O un centro massaggi. Aspetta che controllo su Google. » Digitò sull'iPhone.

« Che strano! » esclamò. « È una clinica psichiatrica. »

« Infatti, quando dai la caccia a uno psicopatico assassino, l'ultimo posto in cui lo vai a cercare è il manicomio. »

Kylie mi diede l'indirizzo preciso. Era a venti minuti di macchina. Presi la Long Island Expressway.

« Che cosa sappiamo di questo signore? » domandai.

« Che ieri faceva la comparsa sul set di Ian Stewart, il che significa che qualcuno dei nostri lo ha interrogato. E la settimana scorsa ha lavorato tre giorni nella produzione di Levinson, sempre come comparsa, quindi poteva essere al corrente del fatto che Fitzhugh teneva un sacco di soldi nella cassaforte della roulotte. »

« Nome? »

« Benoit. Gabriel Benoit. »

46

Quel tratto di Furmanville Avenue, nel Queens, era tranquillo, popolare, costeggiato da piccole villette di due piani dal giardino ancor più piccolo e con un mix assurdo di utilitarie giapponesi e di enormi SUV. A metà altezza c'era un palazzo bianco di quattro piani, anni Sessanta, che avrebbe voluto essere minimal e invece era squallido.

Sulla tenda bordeaux sopra il portone campeggiava la scritta PARADISE GARDEN.

« Mi stupisce che il piano regolatore di New York permetta la costruzione di una struttura psichiatrica nel bel mezzo di un quartiere pieno di ragazzini impressionabili » disse Kylie.

« Non tirare conclusioni affrettate » ribattei. « Magari la clinica è antecedente e ci hanno costruito il quartiere intorno. »

« Sono già stata in posti così » disse Kylie. « Cliniche private, case di riposo, ospedali psichiatrici. Appena chiedi qualcosa, diventano più evasivi degli avvocati che difendono i mafiosi. A volte trovi quello che *vorrebbe davvero poterti aiutare*, ma purtroppo è vincolato dal segreto professionale e non apre bocca finché non gli sbatti sotto il naso un'ingiunzione. »

« Se lo troviamo anche qui, gli diciamo che se non collabora lo denunciamo per pubblicità ingannevole » dissi. « Il marciapiede è pieno di crepe, l'erba è secca e il palazzo è un pugno in un occhio. Altro che Paradise Garden! »

L'atrio era caldo e umido. Se ai ricoverati venivano addebitate le spese di climatizzazione, era una fregatura.

Alla reception c'era una signora di mezz'età che evidentemente comprava tintura per capelli rossa in confezioni da cinque litri. Ci guardò e ci fece un bel sorriso. Cominciavamo bene.

« Buongiorno. In che cosa posso esservi utile? » chiese con un inconfondibile accento del Queens.

« NYPD » dissi mostrandole il distintivo. « Cerchiamo Gabriel Benoit. »

« Chi? »

Ripetei più lentamente. B-E-N-O-I-T.

« Ah, Benuà! » disse scuotendo la testa come per rimproverarmi della mia pronuncia. « Non sta più qui. »

« Dove sta adesso? » chiesi.

« Vi faccio parlare con la direttrice, la dottoressa Ben-David » disse. « Prego, accomodatevi. »

La sala d'aspetto era arredata con tetri mobili che forse ai tempi di Truman erano considerati di buon gusto, ma che a quel punto avevano perso ogni charme.

Ci sedemmo. « Scommettiamo cinque dollari che è tifosa dei Mets? » disse Kylie.

Stavo per rifiutare quando sentimmo un urlo agghiacciante. Nei reparti psichiatrici c'è gente che grida giorno e notte, ma quello era un urlo molto particolare. Come di qualcuno in preda a un dolore atroce. Kylie lo capì subito e la receptionist pure.

« Ossignore benedetto! » esclamò, partendo di corsa verso il corridoio. « È la dottoressa Ben-David. »

47

Kylie e io seguimmo la receptionist lungo un corridoio che in origine doveva essere di un bel giallo allegro, ma che ormai era color ittero.

La porta dello studio della dottoressa Ben-David era aperta. Ci precipitammo dentro e ci trovammo di fronte una scena completamente diversa da quella che ci aspettavamo.

Laura Ben-David era sui trentacinque anni, molto bella e molto incinta. Stava distesa sul divano con le mani sul pancione.

« Dottoressa, tutto okay? » chiese la receptionist.

La dottoressa provò a tirarsi su a sedere. « Più o meno. Mi spiace di aver urlato, Doris, ma ho l'impressione che il bambino abbia fretta di nascere » disse. « Mancano ancora due settimane, ma ho appena avuto una contrazione di quelle toste. »

« Pensa di essere in travaglio? » chiese Kylie.

« Ne sono sicura. »

« Siamo dell'NYPD. Possiamo portarla all'ospedale, se vuole. »

« No, grazie. Ho già chiamato mio marito. Sarà qui a minuti. »

« I signori sono venuti a chiedere di Gabriel Benoit » disse Doris.

« Ero in ansia per lui » rispose la dottoressa Ben-David. « C'è qualche problema? »

« Forse » rispose Kylie. « Sono l'ispettore MacDonald, e lui è l'ispettore Jordan. Se la sente di rispondere a qualche domanda? »

« Se posso rispondere con vero o falso, forse sì. Se volete risposte aperte e circostanziate, temo che il bambino non mi lascerà il tempo. » Fece una smorfia. « Doris, torna alla reception e appena arriva Lawrence mandamelo qui. »

Doris uscì e Kylie si sedette vicino alla dottoressa.

« La signora Doris ci ha detto che Benoit è stato dimesso » disse. « Per che cosa era ricoverato? »

« Sa che non le posso rispondere. »

« Quando è stato dimesso? »

« Qualche mese fa. »

« Chi è stato a firmare le dimissioni? »

« Ha firmato lui per uscire » precisò Ben-David.

« È consentito? » chiese Kylie.

« Non a tutti » rispose la dottoressa. « Ma siccome Gabriel si era ricoverato volontariamente, era sua facoltà andarsene quando voleva. »

« Ha lasciato un recapito? »

Ben-David scoppiò a ridere. « Ahia » disse tenendosi la pancia. « Non mi fate ridere, per favore. No, uno nel suo stato mentale non lascia recapiti. Era paranoico, temeva che qualcuno lo andasse a cercare. »

« Aveva ragione » rispose Kylie. « Lo stiamo cercando. »

Un uomo aprì senza bussare e corse a inginocchiarsi vicino alla dottoressa.

« Come stai, Laura? »

Per tutta risposta, la dottoressa lanciò un grido forte come quello di qualche minuto prima, piantandogli le dita nella schiena durante tutti i trenta secondi della contrazione.

« Bene » rispose poi, appena finita. « Ispettori, lui è mio marito, Lawrence. »

« Amore, mi sa che è meglio andare, adesso. Ho la macchina qui fuori. » La aiutò ad alzarsi dal divano.

L'unica persona che in quel momento ci poteva aiutare ad arrivare a Benoit stava per entrare in sala parto. Kylie decise di fare un tentativo in extremis.

« Dottoressa Ben-David, Gabriel Benoit è sospettato di una serie di omicidi » disse.

La dottoressa la guardò stupefatta.

« Omicidi? » disse. « Oh, Signore. È terribile. »

« Sappiamo cosa dicono le leggi su privacy e segreto professionale, ma qui è in ballo la vita di persone innocenti » disse Kylie. « Può aiutarci? C'è qualcosa che ci può dire? »

Ben-David si voltò verso il marito. « Lawrence, mi aspetti fuori, per favore? Un minuto soltanto. Arrivo subito. »

« Sei sicura, Laura? Va bene, ti aspetto fuori. Ma sappi che fra un minuto esatto torno e ti porto in ospedale. »

Uscì e chiuse la porta.

« Ispettore MacDonald, la legge proibisce di divulgare informazioni di tipo sanitario sui pazienti senza l'autorizzazione di un giudice. »

« In questo modo non ci aiuta » le fece notare Kylie.

« È lei che non ascolta » ribatté la dottoressa. « Mi lasci finire: la legge proibisce di divulgare informazioni di tipo sanitario se non su specifica richiesta da parte di una corte di giustizia. Lo proibisce a me e a tutto il mio staff. Il nostro compito non è aiutare voi a catturare gli assassini, ma prenderci cura dei nostri centodiciotto ricoverati, i quali non hanno alcun vincolo di segretezza. Non so se mi spiego. »

Kylie annuì.

« Molti nostri pazienti sono curiosi » continuò Ben-David. « Alcuni sono veri e propri ficcanaso. E parlano volentieri, specie JJ. Ricordatevi però che sono fragili, delicati, si spaventano facilmente. Mi raccomando, non me li scombussolate. Capito? »

« Grazie, dottoressa » disse Kylie.

« È il minimo che possa fare » rispose Ben-David. « Purtroppo, è anche il massimo. »

Kylie la abbracciò con grande delicatezza. « In bocca al lupo per tutto. »

Aprii la porta e Lawrence accompagnò la moglie verso l'uscita.

« Simpatica » dissi a Kylie. « Lei sì che ci voleva davvero aiutare. »

48

Doris era tornata alla reception.

« Grazie » le dissi. « La dottoressa Ben-David ha detto che possiamo fare un giretto veloce per la struttura. »

« In tal caso, vi consiglio di incominciare dal soggiorno » disse senza quasi guardarci in faccia. Inclinò il capo verso destra. « Vedete se c'è uno con la maglietta di Freud. »

Evidentemente, Doris aveva capito tutto.

Non c'è niente come il soggiorno di una clinica psichiatrica a farti rallegrare di non essere ricoverato.

C'erano decine di uomini e donne, alcuni per conto loro, altri a gruppetti. Alcuni guardavano la tv, altri guardavano nel vuoto, chiacchieravano o se ne stavano in disparte a giocare ai videogiochi.

A prima vista sarebbe potuta sembrare la sala d'aspetto di un aeroporto, ma era chiaro che quei poveracci non avevano una destinazione: glielo si leggeva in faccia.

« Maglietta di Sigmund Freud a ore undici » disse Kylie.

Era un uomo più o meno della mia età, alto e magro, radi capelli biondastri e occhiali di metallo tondi. Guardava fuori dalla finestra con due sigarette spente nella mano sinistra.

« Ricordati cos'ha detto la dottoressa » mormorai a Kylie.

« Sì: che è curioso e chiacchierone. »

« Mi riferivo alla fragilità. Vacci piano, mi raccomando. »

« Sai che sono una gattina, Numero Sei. Procedo a passi felpati. »

Non c'era nulla di erotico, ma il maschio pensa subito al

sesso, anche senza bisogno di allusioni specifiche. Mi tornò in mente il nostro primo mese in accademia, prima che Spence tornasse alla carica. Kylie MacDonald era più una tigre che una gattina.

« Vedo che ti fai degli scrupoli a sfruttare biecamente le persone con disturbi mentali » disse. « Be', io no. Vienimi dietro. »

Si avvicinò a Freud, ma si fermò a un metro e mezzo di distanza.

Si rivolse a me e disse: « Credevo che Gabriel fosse qui ».

« Gabriel? Chi? » chiesi io.

« Il regista » rispose. « Sei nuovo? Credevo lo conoscessimo tutti. »

Freud si voltò verso di noi. « Scusate » disse. « Cercate Gabriel? »

Kylie sorrise con l'aria di chi si rallegra di aver trovato una persona disponibile.

« Sì. Ciao. Io sono Kylie. »

« JJ » rispose l'uomo. « Perché cercate Gabriel? »

« Sono un'attrice. E lui fa il regista, no? »

JJ rise. Mentalmente disturbato o meno, subiva il fascino di Kylie come qualsiasi altro maschio etero. « Io lo conosco » disse. « Sei in uno dei suoi film? »

« Magari! » rispose Kylie. « Faccio provini in giro. Mi puoi mica dire qualcosa su di lui, che mi serva per prepararmi? »

« Andiamo a sederci fuori » propose JJ. « Qui è vietato fumare. »

Li lasciai uscire dalla porta finestra e accomodarsi in un giardinetto striminzito con tavoli e sedie vecchi quanto quelli all'interno.

JJ si sedette su un dondolo di vimini, Kylie sulla panchina di fronte. Io rimasi in piedi, in disparte.

JJ spostò le due sigarette nella mano destra, ma non accennò ad accenderle. « Gabriel è un regista difficile » disse. « Ai provini non improvvisare niente. Dico sul serio: segui il copione parola per parola. Al minimo cambiamento si arrabbia. Tipo una sera a cena, dovevano darci il polpettone e invece c'era il pollo fritto. Si è messo a urlare come un'aquila. 'Chi ha cambiato la sceneggiatura?' »

« È un regista attento ai dettagli, quindi. »

« No, Scorsese è un regista attento ai dettagli. Gabriel è fuori di testa. »

« Vorrei comunque fare un provino » insistette Kylie. « Dove lo trovo? »

« Non c'è più. Puf, sparito. Una sera viene qui. Noi stavamo guardando quel programma con i robot giapponesi, lo guardi anche tu? »

« No. È interessante? »

« Se ti piacciono i robot, sì. Comunque, arriva Gabriel e annuncia che ha finito le riprese di noi poveri matti e che siamo stati tutti bravissimi, ma che taglierà qualcuno, non sa ancora chi, bisogna aspettare che finisca di montare il film. E la mattina dopo non c'era già più. »

« Tu hai mai letto la sceneggiatura? »

« No. Gli unici che avevano il permesso di guardarla erano Gabriel e Lexi. »

« Chi è Lexi? »

« La sua donna. »

« Come fa di cognome? Lo sai? »

JJ scosse la testa. « Non ce l'ha. È talmente famosa che si può chiamare Lexi e basta. Come Oprah. A parte il fatto che lo sanno tutti che Oprah di cognome fa Winfrey. »

« Lexi è ancora qui o è andata via anche lei? »

« No, Lexi non ha mai vissuto qui. Sarà andato da lei. Andavano dappertutto insieme. Sai cosa penso? » chiese gesticolando con le sigarette spente in mano.

« Dimmi. »

« Penso che Gabriel non abbia bisogno di stare in una clinica come questa. Secondo me, è venuto qui solo per girare il film. »

« Mi sorprende che gli lasciassero usare la telecamera » disse Kylie.

JJ la guardò come se fosse scema. « Non ce l'aveva mica » ribatté. « Lui filmava con questa » spiegò toccandosi la fronte.

« Ma quindi il film... » Lì per lì Kylie rimase confusa. « Il film è solo nella sua testa? »

JJ rispose con un'alzata di spalle. « Te l'ho detto: è fuori. »

49

Lexi aveva scoperto il nascondiglio segreto di Gabe qualche mese prima. Era nella sua scrivania, l'unico mobile che si era portato da casa quando era andato a vivere con lei.

Cercava la pinzatrice e aveva aperto il primo cassetto dal basso con troppa foga, facendolo uscire dalle guide. Era lungo la metà degli altri: dietro c'era uno scomparto segreto.

Pieno di lettere.

Lexi aveva immaginato fossero lettere d'amore. Gabe aveva avuto molte donne prima di lei. La irritava, però, che le avesse conservate. E soprattutto che gliele avesse tenute nascoste.

Aveva rimesso a posto il cassetto ripromettendosi di non leggerle: non erano affari suoi. Aveva resistito una decina di minuti e alla fine era scesa a un compromesso: ne avrebbe lette soltanto due o tre, giusto per farsi un'idea. Per capire che tipe erano, dove si situava lei. Tutto lì. A meno che non fossero successive all'inizio della loro relazione. In quel caso sarebbe scoppiato un casino.

Aveva tirato fuori il cassetto e un paio di buste. Non erano lettere d'amore, ma di lavoro. Da studi cinematografici, reti televisive, case di produzione, registi, attori. Ne aveva lette cinque o sei.

Gentile signor Benoit,
la ringraziamo per averci inviato il suo manoscritto, ma siamo spiacenti di...

Purtroppo la storia che ci propone non rientra nella linea attualmente seguita da...

Ci duole informarla che la programmazione della prossima stagione è già...

Il tono era sempre lo stesso: grazie, ma non ci interessa. Rifiuti. Centinaia di rifiuti, lungo l'arco di dieci anni se non di più. Una tristezza infinita.

Lexi non aveva detto niente per mesi. Le sarebbe piaciuto poterne parlare con Gabe e consolarlo un po', ma non voleva confessargli di averle lette.

E adesso l'aveva combinata grossa. Aveva cannato la scena della rapina. Aveva insistito tanto per avere una parte nel film, lui l'aveva accontentata e lei aveva fatto un pasticcio.

Doveva assolutamente rimediare. Avrebbe rimediato, certo. Navigando fra i migliori siti di gossip hollywoodiano, le venne un'idea. Un'idea davvero brillante, coerente con il resto del film.

Creò un nuovo documento in Word e cominciò a scrivere.

SCENA ALTERNATIVA:

50

Il comandante Delia Cates meditava in silenzio alla sua scrivania, con il gomito destro sul bracciolo della poltroncina e la mano chiusa a pugno davanti alla bocca, in una posizione non dissimile da quella del *Pensatore* di Rodin. Non a caso era uno dei suoi soprannomi: il comandante pensatore.

Quando la vedevano in quella posizione, tutti al dipartimento sapevano che conveniva stare zitti e lasciarla riflettere. Kylie e io, in quel momento, non facevamo eccezione.

« Sta girando un film » disse Cates per la terza volta. « Senza macchina da presa. »

« Nella sua testa » ribadii per la terza volta.

« È questa la parte che non mi quadra, a cui non riesco a dare un senso. »

« Quell'uomo stava in una clinica psichiatrica » replicai. « Non possiamo aspettarci che un matto si comporti in maniera sensata. »

« E l'omicidio di Ian Stewart? E la bomba incendiaria contro Brad Schuck? » chiese Cates. « Quelli sono stati ripresi dalle telecamere. Non è stato un film soltanto nella sua testa. »

« Sì, ma è stata comunque una performance live. »

« Una performance live è teatro, Zach, non cinema. »

« Sarà mia cura farlo notare al signor Benoit, quando lo arresteremo. »

« Quando lo arresterete, a proposito? » domandò Cates. « Avete nome, foto, informazioni sulla ragazza... quanto tempo vi serve? »

« Ci stiamo impegnando al massimo, comandante. Ma è in gamba. »

« No, Zach, avevi detto bene prima: è matto. Parlatene con Cheryl Robinson, vediamo se ci può aiutare a capire un po' meglio cos'ha nella testa, dove si può essere nascosto, dove intende colpire la prossima volta... Sottoponetele il caso. »

« Le ho lasciato un messaggio in ufficio e sul cellulare » risposi. « Se non mi risponde oggi, la richiamo domani mattina presto. »

Cates si rivolse a Kylie. « Tu che sei del settore che cosa ne pensi? »

« Io non sono del settore. Ci lavora mio marito » precisò Kylie. « Ma ho conosciuto centinaia di attori e quasi tutti sono pieni di insicurezze. Si sentono continuamente giudicati, e per certi versi lo sono. »

« Lo siamo tutti » replicò Cates.

« Non a quei livelli » ribatté Kylie. « Un concessionario, per esempio. Uno va, sceglie una macchina, fa un giro di prova, torna e dice: 'Questa macchina mi fa schifo. Non la compro'. Non ce l'ha con il concessionario: semplicemente non gli piace il prodotto. Nello show business, il prodotto sei tu. »

« E quindi ogni rifiuto è personale » concluse Cates.

« Esatto. Gabriel Benoit bazzica il settore da anni, sempre ai margini, e si sente svilito, sottovalutato, ignorato, respinto, emarginato. Continua a provarci, ma non riesce a far parlare di sé. »

« Be', a questo punto ci sta riuscendo » disse Cates. « Trovatelo. »

Avendo capito che il comandante ci stava congedando, Kylie e io ci alzammo in piedi, ma Cates sollevò una mano e ci fece segno di sederci di nuovo.

« Stavo pensando... » disse il comandante pensatore. « E se questo Benoit non fosse poi così matto? Se veramente stesse girando un film? » Si interruppe. « Okay, magari non lo sta proprio girando, ma si sta preparando a farlo. Sta scrivendo la sceneggiatura. E in questo momento la storia sta appassionando milioni di persone: ci sono azione, drammi, suspense, e siamo tutti con il fiato sospeso ad aspettare di vedere come andrà a finire. Dalla sera alla mattina questa comparsa sottovalutata e ignorata dai più si è trasformata in un serial killer sulla bocca di tutti. »

« Protagonista di un film di cui solo lui è a conoscenza » rimarcò Kylie.

« Per ora, sì » rispose Cates. « Ma quando avrà girato anche il finale, potrebbero arrivargli offerte multimilionarie per i diritti da case di produzione sulla East e sulla West Coast, no? »

« Lui non beccherebbe un dollaro, però. Ai sensi della *Son of Sam Law* i criminali violenti non possono trarre profitto dal racconto dei loro crimini e quindi... » Kylie non finì la frase. « Oh, merda! Come abbiamo fatto a non pensarci? »

Cates sorrise. « Ho l'impressione che l'ispettore MacDonald abbia appena avuto un'illuminazione. »

« Anch'io, sebbene con qualche secondo di ritardo rispetto a lei » dissi. « A Benoit i soldi non interessano. Non ha bisogno di attrezzature. Sta scrivendo una sceneggiatura. A fare il film ci penserà qualcun altro. »

« Il suo film » disse Cates. « Con Brad Pitt o Johnny Depp o George Clooney nel ruolo di Gabriel Benoit. Le probabilità che ciò succeda sono abbastanza elevate al momento. »

« Se è così, siamo a metà del secondo atto. Scommettiamo in un finale col botto al termine del terzo? » disse Kylie.

Nessuno accettò.

51

Kylie e io ci chiudemmo in ufficio e iniziammo a cercare tutte le informazioni possibili su Gabriel Benoit. Stavamo mangiando i panini che ci eravamo fatti portare dal Gerri's Diner quando arrivò la notizia che Brad Schuck era morto senza mai uscire dal coma.

Ai fini delle nostre indagini, non faceva differenza. Aggiornai il suo file e tornai al lavoro. Cheryl Robinson mi richiamò dopo le nove di sera.

« Zach, ho visto adesso il tuo messaggio. » Parlava forte, perché c'era rumore in sottofondo. Rumore di festa. « Scusa, sono fuori a cena e avevo il telefono nella borsa. Che succede? »

« Abbiamo un sospettato, e il comandante Cates vuole che tu ci aiuti a entrare nella sua testa. »

« Chi è? »

« Gabriel Benoit, trentaquattro anni, figlio unico, nato in Germania, a Stoccarda. Il padre era nell'intelligence militare e veniva spesso trasferito: Corea del Sud, Alabama, Georgia, e poi al Pentagono. Gabriel ha fatto le superiori in Virginia, con profitto discreto e una grande passione per il cinema. Si è iscritto all'università ma l'ha mollata dopo un anno. Non sappiamo cos'altro ha fatto finché non è approdato a New York, dove ha lavorato in centinaia di produzioni cinematografiche e televisive, usando il proprio nome e il proprio codice fiscale. Due anni fa ha modificato il recapito dal precedente indirizzo a una casella postale e poi a una clinica psichiatrica. È lì che lo siamo andati a cercare, ma ha firmato per uscire qualche mese fa. »

« O due anni fa gli è venuta la paranoia di non farsi trovare, oppure è allora che ha incominciato a pianificare gli omicidi » disse Cheryl.

« Oppure tutt'e due. »

« Mandami il materiale che avete su di lui per e-mail, così quando torno a casa lo guardo e domani mattina ne parliamo al diner. Va bene per le cinque, o è troppo presto? »

« No, va benissimo. Grazie. E scusa se ti ho disturbato. »

« Non ti preoccupare » rispose lei. « Sono con una persona che queste cose le capisce. Poliziotto pure lui. »

E chiuse la telefonata.

Lui? Cheryl è a cena fuori con uno? Pure lui è in polizia? Ha fatto in fretta a sostituire Fred, quindi. Mi chiesi se gli piacesse l'opera lirica.

Kylie e io lavorammo per altre due ore. A mezzanotte ero finalmente a letto. Quattro ore dopo mi squillò il telefono. Il display diceva KYLIE, ma ero abbastanza sicuro che non fosse lei a cercarmi.

« Ciao, Spence » dissi.

« Non sono Spence » mi corresse Kylie. « Ieri gli ho fatto una ramanzina. Ho messo bene in chiaro che, se gli viene una brillante idea nel cuore della notte, deve svegliare me e non te. »

« Ringrazialo di non avermi svegliato, allora. »

« Sta' a sentire: è importante » disse Kylie. « Mi sono portata a casa il video di Benoit che getta la molotov e l'ho guardato una dozzina di volte. Spence entrava e usciva dalla stanza. Stanotte mi sveglia e mi fa: 'Credo di aver capito'. »

« È stato il colonnello Mustard con il candelabro nella serra? »

« Senti, Zach, lo so che pensi che Spence sia un tantino troppo... creativo. Ma penso che stavolta ci abbia preso. »

« Scusa. Ti ascolto. »

« Non so tu, ma io quando guardo quel video tendo a concentrarmi su Benoit. Spence ha guardato bene la molotov, invece, e dice che non c'è stoppino. Non c'è nessuno straccio imbevuto di benzina. Non c'è fiamma. »

« E quindi? »

« E quindi, secondo Spence, è un trucco che si usa sul set, per evitare di dare fiamme libere in mano ad attori assicurati per milioni di dollari. Piuttosto che usare uno stuntman, usano molotov senza miccia. Sappiamo che nella rapina Benoit aveva un complice. Be', potrebbe essere uno che si occupa di effetti speciali. »

« Non vorrei cassare un'altra delle intuizioni notturne di Spence, ma ho l'impressione che per preparare una molotov bastino un'indole malvagia e una valigetta del piccolo chimico e che ci possa riuscire anche un ragazzetto, con o senza stoppino. La soluzione più semplice è usare liquido per freni, o un disgorgante per scarichi e poi... »

« Non è stato un ragazzetto, Zach. Spence dice che è una roba da professionisti, e lui di queste cose se ne intende. »

« Non bisticciamo, Kylie. Siamo stanchi. Ringrazia Spence per la dritta. »

« Mi ha dato un elenco di esperti di effetti speciali. Sono sei, e a suo dire sono tutti papabili. Anche se risultassero puliti, guardando il video potrebbero notare qualche particolare attraverso cui risalire all'autore. So che è una mossa disperata, ma cos'altro possiamo fare? »

« Okay. Ho appuntamento con Cheryl Robinson fra un'oretta » dissi. « Quando finisco li contattiamo. »

« Non mi avevi detto che avevi appuntamento con la profiler » disse.

« Perché è alle cinque del mattino. Credevo preferissi dormire. »

« No, figurati. E comunque ormai sono sveglia. Dove avete appuntamento? »

« Gerri's Diner. Lexington Avenue, dietro l'angolo. »

« Okay. Ci vediamo lì, allora. Ordinami un caffè e un english muffin tostato. » Chiuse la chiamata.

Insomma, stavo per fare colazione con la bellissima ex che ancora faticavo a dimenticare e la bellissima nuova fiamma che forse avrebbe potuto aiutarmi a farlo.

Presi il tappetino da yoga e lo stesi sul pavimento.

52

Decisi di presentarmi con dieci minuti di ritardo per dare a Cheryl e Kylie il tempo di familiarizzare un po' e anche perché speravo che arrivare per ultimo fosse meno imbarazzante, pur sapendo che l'unico a trovare l'incontro imbarazzante ero io.

Mi sbagliavo. Non avevo ancora fatto in tempo a entrare che Gerri Gomperts mi venne incontro e mi mise con le spalle al muro.

« Cosa succede? » mi chiese asciugandosi le mani in un grembiule che testimoniava che ai fornelli l'attività era già frenetica. « La psicologa ti stava aspettando e quell'altra è andata a sedersi al suo tavolo. »

« *Quell'altra* è una collega » spiegai. « Lavora in squadra con me. »

« Non m'interessa » tagliò corto Gerri. « Scegline una e falla finita. »

« Non è facile » risposi. « Sono entrambe intelligenti, belle e simpatiche. »

« Da' retta a me: scegli quella senza la fede al dito » mi consigliò Gerri.

Ordinai un caffè e un bagel e mi sedetti con Kylie e Cheryl, impegnate in un'animata conversazione. Le donne sono incredibili. Si conoscevano a malapena e già avevano legato.

« Ho appena illustrato a Cheryl la teoria del comandante Cates » disse Kylie.

« La trovo plausibile, purtroppo » disse Cheryl.

«Sei riuscita a dare un'occhiata al materiale su Benoit?» chiesi.

«L'ho letto due volte. Il padre nell'Esercito è un campanello d'allarme. Mi spiace, non voglio sembrare prevenuta, ma è statisticamente dimostrato che i militari tendono a impartire un'educazione severa ai figli maschi. Con ogni probabilità da piccolo Gabriel subiva le scelte dei genitori, senza aver voce in capitolo. Se ha avuto un padre padrone, ha accumulato una significativa dose di rabbia che è stato costretto a reprimere e per sopravvivere si è creato un mondo fantastico, che era in grado di controllare.»

«Credevo fosse normale fantasticare, da bambini.»

«Abbiamo avuto tutti un amico immaginario, ma nel caso di Benoit i film che si faceva nella testa erano più reali delle fantasie. Di quelli era autore e regista: aveva il pieno controllo. I problemi sono cominciati quando ha provato a entrare nel vero mondo dello spettacolo.»

«Dove non aveva controllo su alcunché» concluse Kylie.

«Esatto. È una comparsa, l'ultima ruota del carro. Non è colpa sua se non ha sfondato, ma degli stronzi che comandano Hollywood, oppressori che gli impediscono di avere successo.»

«Un po' è vero, però» osservò Kylie. «Nella vita ci sono veramente un sacco di stronzi che impediscono agli altri di avere successo.»

«E restano impuniti. Benoit invece scrive una sceneggiatura in cui li uccide tutti.»

«Chi sarà il prossimo, secondo te?» chiesi.

«Quella di Cates è una teoria sensata. Se ha ragione, la prossima volta Benoit farà un gesto ancor più clamoroso. Ha iniziato con discrezione, avvelenando una persona, poi è passato ai colpi di pistola, quindi alla bomba incendiaria con il commento in diretta di Ryan Seacrest. Non credo tornerà a sciogliere veleno nel succo di pomodoro. Sa di avere un pubblico e lo vuole stupire con qualcosa di più drammatico, più cinematografico, e magari anche con un maggior numero di morti. In termini clinici, lo definirei un caso di psicosi paranoide psicogena, ma fra di noi possiamo chiamarlo un assassino squilibrato assetato di vendetta. Quindi conviene che lo fermiate al più presto.»

«Parli come il nostro capo» le feci notare.

Partì la suoneria del cellulare di Kylie.

«È il sergente Karen Porcelli, dell'archivio centrale» annunciò.

«A quest'ora?»

«Dopo aver parlato con te, le ho lasciato un messaggio chiedendole di richiamarmi appena poteva. Voglio chiederle di controllare vita, morte e miracoli degli esperti di effetti speciali che ci ha segnalato Spence. Torno subito.»

Uscì per rispondere.

«È molto dedita al lavoro, vero?» commentò Cheryl. «Bella persona.»

«Non sei male neanche tu, dottoressa. Grazie della consulenza. E scusa se ti ho fatto lavorare anche ieri sera.»

«Non ti preoccupare. Lavoro con molti sociopatici, ma i miei preferiti sono i poliziotti dal cuore infranto» disse in tono scherzoso. «Lavorativamente parlando, tu e Kylie siete una bella coppia. Se posso fare qualcosa per aiutarti a liberarti dei fantasmi del passato, fammi un fischio.»

«Volentieri» risposi. «Potremmo cominciare con un po' di liricoterapia.»

53

Gabriel accarezzava la Walther. Era diventata un'arma troppo compromettente e non poteva più usarla, ma era come un segugio troppo vecchio per portarlo a caccia e troppo amato per potersene liberare. La rimise nell'armadio e infilò nello zaino la Glock.

« Dove vai? » gli chiese Lexi, ancora a letto.

« Esco. »

« Ti serve un complice? »

« Credevo avessimo chiarito che il co-produttore lavora alla sceneggiatura e si occupa di trucco e costumi » rispose Gabriel.

« E va a letto con il regista » continuò lei. « Speravo che cambiassi idea, visto che il sesso è stato così bello. »

Gabriel si sedette sul letto, le posò una mano sul seno e la baciò con dolcezza sulle labbra. « Il sesso è stato incredibile. Ti penserò tutto il giorno, nuda fra le lenzuola... »

« Non ci credo » ribatté Lexi. « Ma mi fa piacere che tu me lo dica. A che ora torni? »

« Fra un paio d'ore. »

Perfetto, pensò lei. *Più stai fuori casa, meglio è.*

Gabe uscì e chiuse la porta. Lexi aspettò di sentire l'ascensore che si fermava al piano, le porte che si chiudevano e il ronzio del motore quando ripartiva. Andò alla finestra in punta di piedi e guardò Gabe uscire dal portone e incamminarsi verso la stazione della metropolitana.

Sapeva che non le avrebbe mai dato il permesso di accompagnarlo da Mickey, ma aveva voluto chiederglielo lo stesso. Altrimenti lui si sarebbe insospettito. Era nel personaggio. Adesso che Gabe era uscito, però, Lexi poteva cambiare ruolo.

Non aveva ancora deciso se chiamarsi Pandemonia o Passionata, e quindi optò per entrambi. Pandemonia Passionata, la bella amante di Satana.

Aveva trovato l'abbigliamento perfetto in un negozietto vintage in Mulberry Street: un abitino di seta nero dall'aria modesta, con inserti in pizzo e nastrini di velluto, che doveva avere come minimo cinquant'anni e costava diciotto dollari. Con altri dodici si era portata a casa una collana di perle nere e un cappellino nero con veletta e piuma di struzzo. Si raccolse i capelli e si truccò con cura. Il rossetto scarlatto fu il tocco finale: rosso che più rosso non si può. L'unico elemento di colore in una scena che altrimenti sembrava girata in bianco e nero.

Guardò l'ora: aveva tutto il tempo di andare in centro e cercare la giusta postazione.

Si guardò allo specchio.

Era perfetta. Mancava solo l'ultimo attrezzo di scena.

Aprì l'armadio e prese la Walther di Gabriel.

54

Kylie e io andammo in ufficio a riflettere sui vari luoghi che Benoit poteva prendere di mira per il suo exploit.

Era soltanto il terzo giorno della Hollywood on the Hudson Week e la città pullulava di bersagli, vittime potenziali di Benoit da lì al venerdì, quando sarebbero ripartite per la California.

Chiamammo a casa Mandy Sowter, delle Relazioni Esterne, e le chiedemmo di mandarci un fax con l'elenco di tutte le varie manifestazioni e relativi invitati, segnalandoci i più importanti.

« L'Ufficio Relazioni Esterne però è a conoscenza soltanto degli eventi ufficiali segnalati dalla Film Commission » dissi. « Degli incontri privati non saprà niente, e sono almeno una cinquantina di riunioni, pranzi, cocktail. »

« Sì, ma quelli ce li facciamo indicare da Shelley Trager » disse Kylie e, senza batter ciglio, chiamò Spence e gli chiese di procurarci nomi e location di tutti gli eventi legati alla Hollywood Week di cui era a conoscenza.

Dieci minuti dopo Spence richiamò. Sentii solo quello che diceva Kylie. « Va bene, va bene. Digli che ci saremo. »

« Cosa dice? »

« Spence ha chiamato Shelley. È disposto a darci una mano, ma gli ha ricordato che stamattina c'è il funerale di Ian Stewart e la polizia dovrebbe essere presente. »

« Mi sembra una buona idea » osservai.

« Mi fa piacere. Altrimenti sarei dovuta andare da sola, in quanto signora Harrington » disse Kylie.

Dieci minuti dopo chiamò Karen Porcelli dell'archivio. Kylie la mise in vivavoce.

Poiché per lavorare con materiale esplosivo bisogna registrarsi presso l'NYPD, non aveva avuto problemi a recuperare informazioni sui sei nomi dell'elenco di Spence.

« Questa vi piacerà di sicuro » annunciò. « Uno dei sei risulta appena uscito dall'Adirondack Correctional Facility a Ray Brook. Si chiama Mickey Peltz. »

« Perché era in carcere? » chiese Kylie.

« Faceva la cresta sugli acquisti dello studio per cui lavorava. Ha comprato esplosivi di bassa qualità e un tale ci ha rimesso un braccio. Lo hanno condannato per peculato e lesioni personali, ma ha patteggiato e gli hanno ridotto la pena a quattro anni. »

« Qualche legame con Benoit? » chiese Kylie.

« Hanno lavorato assieme a una mezza dozzina di produzioni. Non risulta che Benoit sia mai andato a trovarlo in carcere. »

« Dove possiamo trovare questo Peltz? »

« Ho chiesto ai colleghi dell'amministrazione penitenziaria: Skillman Avenue 33-87, Long Island City. Quinto piano. Ti mando via e-mail i contatti del suo supervisore e l'ultimo indirizzo noto degli altri cinque tecnici, ma tenuto conto dei precedenti di Peltz, io mi concentrerei su di lui. »

« Grazie, Karen. A buon rendere » disse Kylie e chiuse la chiamata.

« Dobbiamo dire grazie anche a Spence » sottolineai. « Passiamo da Peltz di ritorno dal funerale. »

Cates arrivò dopo le otto. Era strano, perché in genere non entra mai dopo le sei.

« Scusate il ritardo » esordì. « Ma non potevo saltare manicure e pedicure. »

Era una battuta, ovviamente: doveva essere reduce da una riunione di fuoco con il sindaco e il capo della polizia.

« Che cosa pensa Cheryl Robinson? » chiese.

« Che Benoit è uno squilibrato e tu sei perspicace » risposi.

« Mi fa piacere che ci sia qualcuno che lo pensa. Perché, comunque? »

« Trova interessante la tua teoria del film nella sua testa ed è d'accordo sul fatto che Benoit stia pianificando un'operazione ancor più clamorosa » dissi. « Abbiamo un elenco dei possibili bersagli. »

« E abbiamo anche informazioni promettenti sulla persona che potrebbe averlo aiutato a confezionare quella molotov » aggiunse Kylie.

Le raccontammo di Mickey Peltz.

« Zach e io stavamo uscendo per andare al funerale di Ian Stewart » disse Kylie. « Al ritorno, passiamo per Long Island City e portiamo qui Peltz per interrogarlo. »

« Penso sia meglio accorciare i tempi » propose Cates. « A prendere Peltz mando due agenti. »

« Per noi non è un problema. Non ci metteremo molto » disse Kylie.

« Rilassati, MacDonald » disse Cates. « Lo mando a prendere e lo chiudo in una saletta per gli interrogatori. Ma non lo faccio interrogare da qualcun altro: aspetterà voi. Un po' di anticamera lo metterà nello spirito giusto. »

Kylie le fece un sorrisetto. « Scusa » disse. « Si vede tanto che questo caso mi intriga un casino e faccio fatica a delegare? »

« Abbastanza. Ma se devo scegliere fra un ossessivo e un fancazzista non ho dubbi » replicò Cates. « Ossessivo. »

« Siamo a posto, allora » dissi. « MacDonald rientra perfettamente nella categoria. »

55

Gabriel era di nuovo sul treno della linea 7. Nello zaino aveva solo la Glock, carica. Avrebbe dovuto prendere un taxi, forse, ma le probabilità che la polizia fermasse un ragazzo bianco, biondo e con gli occhi azzurri per perquisirgli lo zaino erano infinitesimali.

E poi i rumori e il ritmo della metropolitana gli piacevano. Abbassò le palpebre senza chiudere del tutto gli occhi.

Desidero ringraziare i membri dell'Academy. Miglior sceneggiatura, miglior attore protagonista, miglior regia, e adesso miglior film. Un enorme grazie alla mia straordinaria compagna, che ha sempre creduto in me, anche nei momenti più bui. Vi direi come si chiama, ma a quel punto poi dovrei uccidervi.

Gabriel scoppiò a ridere e sbirciò da sotto le palpebre per vedere se qualcuno lo aveva notato, ma non lo guardava nessuno. I newyorkesi imparano presto a non guardare i dementi che ridono da soli.

«Che brutta cera!» disse quando Mickey gli aprì la porta. Sembrava un vecchio, era curvo, aveva la faccia tirata e non si era rasato. «Sembri Shaggy di Scooby-Doo, ma con ottant'anni di più.»

«Grazie» rispose Mickey. «Ho fatto la notte in bianco per lavorare per te.»

«Hai tutto?»

«Mickey Peltz non delude mai.»

Accompagnò Gabriel al tavolo di lavoro, dove erano impilati i blocchi di C4. C'erano anche fili, due scatole di detonatori, quattro timer digitali e quattro telecomandi.

« Questo è tutto quello che ti serve, approssimato per eccesso » dichiarò.

« Mi serve un corso accelerato in demolizioni » disse Gabe.

« Un gioco da ragazzi. » Mickey prese un blocchetto di C4 e lo sbatté sul tavolo. Gabriel fece un salto.

« Regola numero uno: non aver paura di questa roba » disse, porgendogli il plastico. « Non c'è pericolo che esploda per sbaglio. Gli puoi dare la forma che vuoi, lo puoi tagliare, gli puoi persino sparare: non succede niente. Per farlo detonare, ci vuole una combinazione di calore estremo e di onda d'urto, motivo per cui abbiamo bisogno dei detonatori. Fin qui ci sei? »

Gabriel lanciò il C4 contro il tavolo. « Ci sono. »

Peltz era un bravo insegnante e gli offrì un tutorial di una quarantina di minuti sull'arte di far saltare in aria cose e persone.

« Proprio un gioco da ragazzi non è » commentò Gabe. « Ci sono un sacco di cose da ricordare. »

« Una soluzione ci sarebbe » disse Mickey. « Ti accompagno io. Ti faccio un prezzo stracciato. »

« No. »

« Perché non mi vuoi? »

« Per prudenza, Mick. Sei in libertà vigilata. Il tuo supervisore può piombare qui in qualsiasi momento e frugare dappertutto senza bisogno di mandati. Se per strada ti ferma la polizia e vuole vedere cos'hai nel borsone... Non voglio che il mio pirotecnico preferito passi i prossimi vent'anni in galera. »

« Io non ho altri vent'anni da vivere » rispose Mickey. « Non so nemmeno se ho venti mesi. Piuttosto che tornare dentro, mi faccio saltare in aria. »

« Perché vorresti correre questo rischio, allora? »

« Perché è il mio lavoro e adesso non ho più la licenza. Ti giuro, Gabriel, non so quanti anni erano che non mi divertivo come in questi ultimi due giorni. Perché finalmente posso fare quello che mi piace e che vorrei continuare a fare. »

« Non si può » ripeté Gabriel. « Mi dispiace. »

Mickey chiuse gli occhi e fece un respiro profondo. « Sì, anche a me. » Aprì un cassetto e prese un quaderno ad anelli.

« Che cos'è? »

« Immaginavo che mi avresti detto di no e quindi ti ho preparato questo, tanto per rendermi utile. Gratis. »

Gli porse il quaderno. Sulla copertina c'era scritto *L'arte di far saltare in aria cose e persone.*

Conteneva una serie di diagrammi disegnati su carta millimetrata accompagnati da istruzioni semplici, scritte a mano. Le cose che andavano fatte erano scritte in nero, quelle che non andavano fatte in rosso. Era un riassunto del tutorial, passo dopo passo, con un'appendice in fondo, oltre cento pagine di informazioni dettagliate su vari esplosivi tratte da riviste scientifiche. *Manuale di demolizione per corpi speciali*, siti di istruzioni, blog e, naturalmente, il must di ogni aspirante rivoluzionario degno di tal nome: *The Anarchist Cookbook*.

« Incredibile! » esclamò Gabe. « Hai fatto tutto questo per me? »

« No, l'ho comprato da Bombe & Noble. » E scoppiò a ridere. « Bella battuta, eh? Usala pure nel tuo film. Certo che l'ho fatto per te! Te l'ho detto: Mickey Peltz non delude mai. »

« Grazie. Allora mi porto via la roba. »

« Saranno quarantacinque chili: ce la fai? » chiese Mickey.

Lo zaino di Gabriel funzionava anche come trolley. « Così, sì. Devo solo trascinarlo. »

Uscì cinque minuti dopo, appoggiò lo zaino contro il muro e tirò fuori il cellulare.

E la vide.

Una macchina della polizia che svoltava in Skillman Avenue.

Si avvicinò il cellulare all'orecchio, fingendo di essere impegnato in una conversazione, e la osservò.

Normale pattugliamento, pensò. *In cerca di malintenzionati.*

La volante gli passò davanti e lui trattenne il respiro. *Se sapeste cosa nascondo in questo zaino...*

L'auto della polizia superò il palazzo e una decina di metri più avanti si fermò e fece retromarcia. L'agente alla guida abbassò il finestrino.

« Lei » gli gridò. « Aspetti un attimo. »

Gabriel si sentì gelare.

56

Dall'auto della polizia scesero due uomini.

Gabe li osservò: erano giovani, uno più grosso dell'altro.

Il più grosso gli si avvicinò, l'altro entrò nel palazzo.

« Questo civico è il 33-87 o il 33-97? Non si legge. »

« Non glielo so dire » rispose Gabe. « Non abito qui. »

Quello che era entrato nel palazzo tornò fuori.

« È qui, Danny. Ho visto il cognome. Sta al quinto piano. »

« Il mio collega ha risolto » spiegò il più grosso. « Buona giornata. »

« Altrettanto » rispose Gabe.

Li guardò finché non salirono in ascensore e poi si avvicinò con nonchalance alla loro auto. Sul parafango posteriore era scritto in bianco e blu: DSTR 19.

Ecco perché non trovavano il palazzo: sono del Diciannovesimo Distretto, quello di Jordan e MacDonald. Non sono qui per un controllo di routine, ma per mettere alle strette Mickey. Vogliono arrivare a me attraverso di lui.

Non poteva tornare a casa, né con lo zaino pieno di C4, né senza.

Arrivò all'angolo, attraversò Skillman Avenue e si appoggiò al palo del semaforo, in un punto dal quale poteva sorvegliare il palazzo di Mickey senza dare nell'occhio.

Lexi lo aspettava a casa. La chiamò. Nessuna risposta. Provò sul cellulare. Niente. Le scrisse un messaggino. Niente.

Maledizione! Prima mi fa ammazzare Fitzhugh e poi scom-

pare nel nulla. Ci mancava soltanto che la polizia andasse a cercare Mickey.

Aveva il batticuore. Riprovò a chiamare Lexi e stavolta aspettò che scattasse la segreteria. Il messaggio registrato era, come al solito, allegro e spiritoso.

Ciao, sono Lexi. Sto cambiando diverse cose nella mia vita. Se non ti richiamo, fai parte di queste. Bye!

« Ciao, Lexi, sono io. Sta andando tutto a puttane. Sono fuori dal palazzo di Mickey e ho visto entrare due della polizia. Sono abbastanza certo che siano andati a prenderlo. Ho quarantacinquemila dollari di C4 nello zaino e non posso fare niente per fermarli. Un'ultima cosa: *dove cazzo sei?* » Aveva alzato la voce.

I due agenti uscirono dal palazzo dieci minuti dopo con Mickey. Non era ammanettato.

Non l'hanno arrestato, quindi. Lo stanno solo portando in centrale per interrogarlo. Mickey non dirà niente, lo so. Farà finta di cadere dalle nuvole.

Poi però il suo supervisore gli darà un ultimatum: dimmi tutto quello che sai oppure torni dentro. Se ti rifiuti di collaborare e scopro che hai visto Benoit, entro stasera sei di nuovo a Ray Brook.

A quel punto lui se la farà sotto e, visto che ha dichiarato che piuttosto che tornare in galera si ammazza, mi servirà alla polizia su un piatto d'argento.

57

SCENA ALTERNATIVA:
EST. FRANK E. CAMPBELL FUNERAL CHAPEL, MADISON AVENUE ALTEZZA 81ST STREET – GIORNO

PANDEMONIA PASSIONATA, bellissima nel suo abito nero, attende pazientemente dietro le transenne che la polizia ha montato per arginare la folla di curiosi al funerale di Ian Stewart. Amici e parenti in lutto escono lentamente dalla cappella, ma Pandemonia li ignora: non le interessano i pesci piccoli. È il suo momento, la sua occasione di riscatto.

Lexi avrebbe voluto gridare.

Le facevano male i polpacci, i piedi e la schiena.

Erano anni che non portava scarpe alte, e le décolleté tacco dieci che aveva comprato al negozietto vintage erano anche mezzo numero in meno di quello che portava di solito. E tuttavia erano indispensabili, sia perché ben si adattavano al personaggio che interpretava – signora newyorkese dell'Upper East Side in gramaglie – sia perché la rendevano più alta quel tanto che bastava per vedere che cosa succedeva dentro la cappella.

Aveva una visuale perfetta, dal punto in cui si era appostata. La polizia aveva transennato l'ingresso e la folla era meno numerosa di quanto immaginasse: trenta persone scarse. Così non aveva avuto difficoltà ad assicurarsi un posto in prima fila.

Era lì in piedi da un'ora e mezzo e Gabe aveva provato a contattarla innumerevoli volte, con telefonate e messaggi. Lexi non vedeva l'ora di rispondergli, ma doveva aspettare che la scena finisse. Peccato che Gabe non avesse l'ampiezza di vedute necessaria per collegarsi a TMZ e seguirla in tempo reale. Be', pazienza. Gli avrebbe raccontato tutto lei, per filo e per segno, bevendo una birretta e magari facendosi fare un massaggio ai piedi. Era sicura che Gabe sarebbe stato entusiasta e si sarebbe dimenticato del pasticcio che aveva combinato durante la rapina a Jimmy Fitzhugh.

Le porte della cappella si aprirono e l'usciere in divisa le fissò al muro. Il primo a uscire fu il direttore dell'impresa di pompe funebri, che camminava all'indietro guidando il passaggio della bara, che era di mogano, lucidissima.

Lexi si irrigidì. La vibrazione del telefono proprio in quel momento la fece trasalire. Era Gabriel, che la stava cercando per la milionesima volta. Non poteva certo rispondere. Aprì la borsetta, prese un fazzoletto e si tamponò gli occhi. Con la borsetta aperta, in piedi, assistette in lacrime al passaggio del feretro verso il carro funebre che lo aspettava.

Dietro la bara spuntarono alcuni personaggi di poco conto. La sceneggiatura lo prevedeva: prima i pesci piccoli.

Poi comparvero il vecchio ebreo Shelley Trager e alla sua sinistra Edie Coburn, vestita a lutto da chissà quale stilista di fama mondiale. Che ipocrita! Stewart stava sulle palle a lei come a tutto il resto del mondo. Alla destra di Trager c'era il regista, Muhlenberg. Lexi aveva visto i suoi primi film e li aveva trovati stupendi, ma da quando aveva abbandonato il cinema indipendente per approdare a Hollywood, aveva girato solo porcherie.

I tre si fermarono sull'uscio, appena fuori dalla traiettoria ideale.

Lexi infilò la mano nella borsetta, impugnò la pistola di Gabriel e aspettò.

Però poi arrivò la poliziotta bella, quella che aveva visto in tv. MacDonald. Era con il marito, il produttore televisivo. Li conosceva perché su Google c'erano centinaia di foto della coppia felice.

L'idea era di sparare soltanto a Trager, ma adesso ne aveva davanti cinque. *Oddio, pensa se li ammazzassi tutti quanti! Gabriel farebbe i salti di gioia. Non soltanto rimedierei al pasticcio che ho combinato in quella roulotte, ma gli farei un regalo!*

La poliziotta e il marito raggiunsero Trager sulla porta. Chissà di che cosa parlavano. Questioni logistiche, probabilmente: chi va in macchina con chi, tipo.

Dopo pochi secondi di conversazione, Trager scese sul marciapiede di Madison Avenue, seguito dagli altri. Erano in cinque, e le stavano andando incontro. Non sapeva nemmeno quanti proiettili aveva in canna, ma si augurò che fossero almeno cinque.

Azione!

Pandemonia Passionata estrasse la Walther PPK dalla borsetta e aprì il fuoco.

58

La metropolitana era fuori discussione. Non si può viaggiare in metropolitana con uno zaino pieno di esplosivo. I cani antibomba ti beccano all'istante.

E adesso che quei due poliziotti lo avevano visto, anche prendere un taxi era rischioso. Tutti i taxi gialli di New York avevano sul finestrino la seguente avvertenza: MEZZO DOTATO DI VIDEOCAMERA DI SORVEGLIANZA.

Col cazzo che mi faccio riprendere dalle vostre videocamere!

Impiegò una decina di minuti per trovare un taxi abusivo.

Non aveva tassametro, e per portarlo a Lower Manhattan chiedeva cinquanta dollari.

Gabe aprì la portiera, infilò dentro lo zaino e si sedette sul sedile macchiato e tenuto insieme con lo scotch.

In un altro momento avrebbe contrattato. *Cinquanta dollari? Per salire su questo catorcio schifoso che puzza di pino silvestre e della merda mediorientale che stai masticando in questo momento? Per sentirti blaterare tutto il tempo al cellulare con i tuoi amici terroristi? Al massimo te ne posso dare trentacinque, e ringrazia che non sono un kamikaze perché ti farei saltare in aria da qui alla Mecca e ritorno.*

Sarebbe stata una bella scena. Ma quel giorno era meglio di no. Quel giorno aveva altro a cui pensare.

Smise di provare a chiamare Lexi. Era chiaro che non voleva fargli sapere dov'era. Avrebbero parlato in un secondo momento. Prima si doveva occupare di Mickey Peltz. Lo chiamò al cellulare.

« Pronto. »

Non ci poteva credere: Mickey aveva risposto al primo colpo.

« Ciao, Mick. Dove sei? »

« A Manhattan. È venuta la polizia, mi ha portato al Diciannovesimo Distretto, mi ha chiuso in una saletta per interrogatori e mi ha detto di aspettare i due ispettori. »

« Jordan e MacDonald? »

Mickey fece un fischio sommesso. « Bravo. Come facevi a saperlo? »

« Be', sono quelli che cercano me. »

« Comunque, sta' tranquillo: non dico niente. Non sono in arresto. Vogliono solo farmi qualche domanda. Fidati che non dico una parola. »

« Hanno chiamato il tuo supervisore? »

« Hanno voluto che lo chiamassi io prima di uscire. Siamo d'accordo che sarà presente anche lui, ma fino all'una è impegnato a Sing Sing. E così sto seduto qui ad aspettarlo con le mani in mano. »

« Scusa, Mickey, non ti sento » disse Gabe. « Prende malissimo... »

« Dicevo che sto aspettando il mio superv... »

Gabe buttò giù.

Mickey era un deficiente. Se anche fosse riuscito a intortare gli altri, il suo supervisore l'avrebbe messo alle strette in un attimo. Mentalmente, Gabe stava già scrivendo la scena.

INT. DICIANNOVESIMO DISTRETTO – NEW YORK – GIORNO

Mickey Peltz è seduto in una sala per interrogatori con gli ISPETTORI JORDAN e MACDONALD. Entra il suo SUPERVISORE.

SUPERVISORE

Ciao, Mickey. Sei pronto a giocare a palla con me?

MICKEY

Certo, Mister. Quando vuoi.

SUPERVISORE

Football o baseball?

MICKEY

In che senso?

SUPERVISORE

Football: torni dentro e ci stai dai sei ai dodici anni. Baseball: dai due ai quattro.

MICKEY

Perché dovrei tornare dentro? Non ho fatto niente.

SUPERVISORE

Sei complice di un pericoloso ricercato pluriomicida, Gabriel Benoit.

MICKEY

L'ho già detto: non lo vedo e non lo sento da anni.

SUPERVISORE

Quindi se torno a casa tua con la Scientifica non troverò il suo DNA. È così?

MICKEY

Se anche ce lo trovaste, cosa vuol dire? Che c'è stato in passato? Che ci è entrato senza il mio permesso mentre io ero via? Non potete dimostrare che ci siamo visti: non avete le prove.

SUPERVISORE

Le prove servono agli investigatori, Mickey. A me no. A me basta che tu abbia violato in qualsiasi modo le condizioni del tuo rilascio. Perciò stammi bene a sentire, perché te lo dico una volta sola: dimmi che cosa ha in mente di fare Gabriel Benoit e io lascio perdere gli esami del DNA. Però mi devi dire tutto quanto, senza tralasciare il minimo dettaglio, perché la prima chance di buona condotta te la sei già giocata.

Sarebbe andata a finire così. Mickey avrebbe vuotato il sacco.

Gli suonò il cellulare.

Speriamo che sia Lexi!

Guardò il display: Mickey.

Non rispose. Parlare con lui sarebbe stata una perdita di tempo. La cosa da fare era un'altra: metterlo a tacere.

Aveva tempo fino all'una.

59

Gabriel arrivò a casa con i vestiti zuppi di sudore. Portò lo zaino in camera da letto, si spogliò, fece una doccia veloce e incominciò a pensare a cosa indossare per la scena successiva.

Lexi avrebbe potuto aiutarlo, ma non c'era. Frugò nell'armadio e mise insieme un abbigliamento decente.

Erano le dieci e mezzo: aveva tempo prima che il supervisore di Mickey si presentasse al colloquio, e aveva bisogno di bere qualcosa. Prese una coppa da champagne e ci versò un dito di vodka, giusto per calmarsi i nervi, ma senza perdere la lucidità.

Si sedette al computer di Lexi e lo accese. Aprì Firefox e controllò la cronologia dei siti che aveva visitato per ultimi. Le solite stupidaggini: Perez Hilton, TMZ, Astrology Connection.

Controllò la posta, nel caso gli avesse scritto un'e-mail e non gli fosse arrivata sullo smartphone. Niente.

Aprì i documenti recenti. Il primo della lista era un file che si chiamava ScenaAlternativa.doc, salvato il giorno precedente.

Lex, perché hai scritto una scena alternativa?

Cliccò due volte per aprire il documento.

```
SCENA ALTERNATIVA:
EST. FRANK E. CAMPBELL FUNERAL CHAPEL, MADISON
AVENUE ALTEZZA 81ST STREET - GIORNO
```

PANDEMONIA PASSIONATA, bellissima nel suo abito nero, attende pazientemente dietro le transenne che la polizia ha montato per arginare la folla di curiosi al funerale di Ian Stewart. Amici e parenti in lutto escono lentamente dalla cappella, ma Pandemonia li ignora: non le interessano i pesci piccoli. È il suo momento, la sua occasione di riscatto.

Pandemonia Passionata? E chi è?

Continuò a leggere e, a metà scena, si alzò in piedi e andò a controllare nell'armadio.

La Walther non c'era.

Lanciò la coppa da champagne contro il muro.

« Merda! Merda! Merda! » urlò, prendendo a pugni l'anta dell'armadio.

Non gridava di rabbia, ma di dolore.

60

Sulla scena c'erano almeno trenta poliziotti, ma nessuno vide la pistola. Udito il primo sparo, però, capii subito che cosa stava succedendo. Avevamo a che fare con un *active shooter*, e cioè con un individuo che si mette improvvisamente a sparare in un luogo chiuso o densamente popolato.

Il nostro Ufficio Antiterrorismo aveva redatto un manuale sull'argomento, che avevo letto ben tre volte. Il succo era: si tratta di eventi dinamici e la risposta delle forze dell'ordine deve essere calibrata sulle circostanze particolari, volta per volta.

In altre parole, non si sa mai cosa può succedere quando cominciano a volare le pallottole. Tocca improvvisare.

Il primo proiettile colpì Shelley Trager, che si fermò, si portò le mani al petto e crollò con una smorfia di dolore contro uno dei due vasi di piante ai lati della porta.

La gente si disperse in ogni direzione e nel fuggifuggi generale ebbi modo di vedere chi era stato a sparare. Una donna vestita di nero, in piedi dietro le transenne, braccio destro teso, pistola puntata verso le persone assiepate davanti alla cappella.

Una donna? Stranissimo! Gli *active shooter* sono al novantasei per cento maschi. Stavamo cercando un maschio.

Impugnando la pistola attraversai di corsa Madison Avenue e sentii il secondo sparo. Non era una professionista: la postura era sbagliata e il rinculo dell'arma l'aveva fatta sussultare. Non sapevo a chi avesse mirato, ma colpì il regista,

Henry Muhlenberg, alla testa. Il proiettile gli trapassò il cranio, spargendo tutt'intorno sangue, frammenti di osso e materia cerebrale.

Nel frattempo era scoppiato il caos. Le persone che stavano fra le transenne e la cappella corsero verso 82nd Street, ma tutti gli altri attraversarono Madison Avenue, venendo verso di me. La donna armata, che era a tre metri da Spence e Kylie, puntò la pistola verso di loro.

Mi fermai per prendere la mira.

E caddi per terra.

Un uomo grande e grosso, con una felpa viola, mi aveva dato uno spintone, facendomi cadere di mano la pistola. Mi bloccò a terra e gridò: « L'ho preso! L'ho preso! »

Sentii un altro sparo, poi un secondo e un terzo, mentre altri aspiranti eroi mi si lanciavano addosso.

Avevo contato cinque spari in tutto. Poi silenzio. Passarono cinque secondi. Sette. Dieci. La sparatoria era terminata.

L'Ufficio Antiterrorismo aveva ragione: ogni volta è diverso. Ed essendo schiacciato a faccia in giù sul marciapiede sotto un cumulo di persone, non potevo sapere com'era andata a finire.

61

Sentii che l'NYPD accorreva in mio soccorso. « Lasciatelo andare! È della polizia! »

« È armato! » protestò il ciccione che mi stava sopra, con forte accento del Sud.

« Certo che è armato, idiota! È della polizia! Lascialo, su. »

Sentii un'altra voce che, a qualche metro di distanza, dichiarava in tono deciso e autorevole: « È morta ».

Chi? Chi è morta?

Dovevo avere quattro o cinque persone addosso. Le sentii spostarsi a una a una e mi ritrovai molto più leggero.

L'ultimo a rialzarsi fu il ciccione che mi aveva atterrato, e che scoprii essere un allenatore di football di Batesville, Mississippi. Quando fu in piedi, mi aiutò a tirarmi su.

« Chiedo scusa, agente. Ma l'ho vista correre verso quelle persone con la pistola spianata e... »

Chi è morta? Chi è la donna che è morta?

Di nuovo in piedi, mi ricomposi e tornai verso la cappella.

« Hai di nuovo dormito in orario di lavoro? »

Era Kylie, con la pistola in mano e un sorrisetto assai poco consono sul volto. Ma a me bastava che fosse lì, e che fosse viva.

« Stai bene? » le chiesi.

« Non tanto. Ma meglio di lei. »

La donna in nero era lunga distesa sul marciapiede, con due fori di proiettile nel petto e uno in fronte.

« Sei stata tu? » domandai.

Kylie annuì.

Chapeau.

« Ho visto cadere a terra Trager e Muhlenberg » dissi.

« Muhlenberg è morto » rispose Kylie. « Shelley ha qualche costola rotta, ma se la caverà. »

« Com'è possibile? Mi sembrava che l'avesse preso in pieno petto! »

« Sì, ma lui aveva il giubbotto antiproiettile. »

Trager era coricato sull'asfalto, con una giacca ripiegata sotto la testa a mo' di cuscino. Mi accucciai vicino a lui.

Mi sorrise. Aveva i denti storti di chi è nato povero. Anche se a quel punto avrebbe potuto permettersi i migliori trattamenti ortodontici, preferiva tenerseli così, a perenne memoria delle sue origini.

« Aveva il giubbotto antiproiettile? » gli chiesi con un sorriso.

« Me l'ha regalato mia moglie. Forse da Bloomingdale's facevano i saldi. »

« Sua moglie le ha regalato un giubbotto antiproiettile? » gli chiesi. « Sul serio? »

« A suo dire sono un personaggio abbastanza famoso perché qualche *meshuggener* mi prenda di mira. In genere mi scoccia doverle dare ragione. Oggi, però, no. »

« È un uomo fortunato, Shelley » dissi, e mi rialzai.

« Lo so, lo so. » Sospirò. « Mia moglie mi farà una testa così, lo so già. »

« Zach! Vieni! »

Spence Harrington era seduto sui gradini della cappella. « Hai visto? » mi chiese, indicando una scalfittura nella facciata di arenaria, colpita da un proiettile. « Per un pelo non mi ha preso in testa. Kylie mi ha spinto da una parte mezzo secondo prima che mi colpisse. Mi ha salvato la vita. »

« Non solo a te » replicai.

« Hai una compagna straordinaria » disse.

« Anche tu. »

Kylie arrivò con la borsetta dell'attentatrice. « Alexis Carter, ventotto anni » annunciò.

« Alexis » ripetei. « Lexi. La ragazza di cui ci ha parlato JJ. Indirizzo? Magari Benoit è ancora da lei. »

« La patente di guida è dell'Indiana. Non c'è nessun indirizzo di New York. Maledizione, Zach, alla ragazza di Benoit non avevo pensato. Ero convinta che stessimo cercando un uomo. »

« Stavamo cercando un uomo » ribadii. « Gabriel Benoit. »

« E ancora non lo abbiamo trovato » disse lei. « Mettiamo la zona in sicurezza. Manda gli agenti a interrogare tutti i testimoni. Ci mettano il tempo che ci vuole, non m'interessa. Zach? Il cellulare della morta sta vibrando. »

« Rispondi. »

Kylie cercò lo smartphone nella borsetta. « Guarda: sul display c'è scritto 'Gabe' » disse. « È lui. »

« Metti il vivavoce. »

Kylie accettò la chiamata. « Pronto » disse.

« Chi parla? »

« Ispettore Kylie MacDonald, polizia di New York. »

« Dov'è Lexi? »

« Ho una domanda migliore » ribatté Kylie. « Dov'è lei? »

Fine della comunicazione.

LIBRO TERZO

THE SHOW MUST GO ON

62

Quanto più grave è il reato, tanto più probabili sono le ingerenze da parte di qualche personaggio di potere. Nel nostro caso si trattava di un caro amico di Shelley Trager, che fra le altre cose era anche il sindaco di New York.

Trager era disteso su una barella, in procinto di venire portato al Lenox Hill Hospital, quando il sindaco si presentò sulla scena del crimine insieme al suo entourage. Si congratulò con il suo amico per aver avuto l'accortezza di indossare un giubbotto antiproiettile e poi si voltò verso Kylie.

« Ispettore MacDonald » disse. « Non mi aveva promesso di prendere questo psicopatico al più presto? Se è così che tiene fede alla parola data, vedo un brillante futuro davanti a lei. In politica. »

« Stan! » protestò Trager dalla barella. « Se non fosse stato per MacDonald e Jordan, a quest'ora la conta dei morti sarebbe molto più alta. Sono bravi: non fare lo stupido e lasciali lavorare. »

« Va bene » rispose il sindaco un po' risentito. « Voi però lasciate lavorare me: la Hollywood on the Hudson Week finisce qui. »

Trager provò a tirarsi su appoggiandosi sui gomiti e fece una smorfia di dolore. « Sali in ambulanza con me, Stan: ti do un passaggio fino al Bellevue e ti ci faccio rinchiudere, perché tu sei impazzito. Che messaggio vuoi far arrivare a Hollywood? Che New York si tira indietro al minimo problema o che abbiamo il dipartimento di polizia più tempestivo, preparato e coraggioso del mondo e che nessuno è in grado di proteggere e difendere l'industria cinematografica meglio del nostro NYPD Red? »

« Cosa stai dicendo, Shelley? Che se cancelliamo il resto degli eventi vinceranno i terroristi? »

« Non so chi vincerà » rispose Trager. « Ma di sicuro so chi perderà. Se adesso ti tiri indietro, il prossimo novembre a Staten Island prenderai mezza dozzina di voti al massimo. Tira fuori le palle, Stanley. »

« E va bene. Aspettiamo fino a domani. » Si voltò verso Kylie. Se qualcuno si aspettava che le chiedesse scusa per averla aggredita, o che almeno la ringraziasse per aver risolto una situazione difficile e pericolosa con grande sangue freddo, non conosceva il sindaco. « Chi è la morta? » le chiese.

Kylie glielo spiegò.

« E adesso? » domandò lui.

« Stiamo controllando il contenuto dello smartphone, messaggi di testo e vocali, per arrivare a Gabriel Benoit, l'uomo che riteniamo responsabile di questa carneficina » spiegò Kylie. « Ci siamo quasi. »

« Glielo chiedo un'altra volta » disse il sindaco. « Riuscirete a prenderlo, secondo lei? »

« Assolutamente sì » rispose Kylie pronta.

Non so come, ma suonò ancora più sicura e determinata della prima volta, due giorni e quattro cadaveri prima.

63

Delia Cates non era una che si presentava sulla scena del crimine solo perché c'era il sindaco. Era abbastanza intelligente da dare ai suoi il tempo necessario per raccogliere la giusta quantità di informazioni. Quando arrivò, il sindaco era già andato via da venti minuti e noi ci eravamo fatti un quadro piuttosto preciso della situazione. Che era decisamente inquietante.

« Ditemi tutto » esordì Cates.

« A sparare è stata la ragazza di Benoit, Alexis Carter, detta Lexi. Il suo smartphone è una miniera d'oro. Accessibile senza nessun codice » risposi. « Da una prima lettura degli scambi di messaggi fra lei e Benoit si evince che era al corrente di tutte le mosse di lui, ma non era presente né all'omicidio di Roth, né a quelli di Stewart e Schuck. »

« Ma con oggi ha più che compensato. »

« Senza dirgli niente, peraltro. Benoit non sapeva dell'attentato di oggi. Negli ultimi messaggi la cerca con tono molto preoccupato. Avevi ragione: per loro questa cosa è un film. Lexi Carter aveva una sorta di copione nella borsetta. Con due finali alternativi. »

« Uno in cui la fa franca e uno in cui muore tragicamente? » ipotizzò Cates.

« No. Uno in cui la fa franca e uno in cui viene arrestata dall'NYPD Red e si rifiuta di parlare per proteggere il suo uomo. »

«Con Tammy Winette come colonna sonora?» chiese Cates.

«Nel copione ci chiama persino per nome, sia Zach che me» disse Kylie aprendo uno dei fogli che avevamo trovato nella borsetta di Lexi. «Il suo personaggio si chiama Pandemonia Passionata. Vi leggo uno stralcio dei dialoghi.»

ISPETTORE JORDAN

Dov'è il tuo compagno? Che cosa ha in mente di fare?

PANDEMONIA

Risparmia il fiato, bello. Non dirò una parola.

ISPETTORE MACDONALD

Sei nei guai fino al collo, te ne rendi conto?

PANDEMONIA

E voi? Siete nei guai fino al collo pure voi, lo sapete?

«È così che immaginava la scena?» chiese Cates. «O l'arresto o la fuga? Non ha nemmeno preso in considerazione che andasse a finire male?»

Kylie scosse la testa. «No. Per sua fortuna, ha delirato fino alla fine.»

«Ci serve il resto della sceneggiatura» disse Cates. «Dove potrebbe essere?»

«Nel suo computer, presumo. Ma la patente è dell'Indiana e non sappiamo dove abitasse qui a New York» risposi. «Sappiamo una cosa, però. Vi ricordate che secondo Cheryl Robinson Benoit ha in mente un'escalation, un gesto ancor più clamoroso degli altri? Sentite qui.»

Cercai il messaggio vocale.

«*Ciao, Lexi, sono io. Sta andando tutto a puttane. Sono fuori dal palazzo di Mickey e ho visto entrare due della polizia. Sono abbastanza certo che siano andati a prenderlo. Ho quarantacinquemila dollari di C4 nello zaino e non posso fare niente per fermarli. Un'ultima cosa: dove cazzo sei?*»

« Quarantacinquemila dollari di C4? » Cates era sconcertata. « È un sacco di esplosivo! »

« Abbastanza da allertare la Sicurezza Nazionale e coinvolgere tutti quelli che ci possono dare una mano a rintracciarlo » dissi.

« Non voglio soltanto rintracciarlo. Voglio essere tre passi avanti a lui. »

« Zach e io abbiamo l'elenco completo degli eventi legati alla Hollywood on the Hudson Week. Sono sparsi per l'intera città: hotel, teatri, ristoranti, feste private. Non credo abbiamo abbastanza cani antibomba per metterli tutti in sicurezza. »

« Benoit è in grado di fare tutto da solo? » chiese Cates. « Un conto è confezionare una bomba molotov, ma qui la quantità di esplosivo da gestire è tantissima. Non avrà bisogno del suo esperto di fiducia? Peltz è sotto custodia. Possiamo trattenerlo per settantadue ore. »

« E questo lo potrebbe rallentare, ma non credo che lo fermerà » dissi. « Benoit è in gamba. Deve aver capito che saremmo andati dall'esperto di esplosivi appena uscito dal carcere e ha avuto l'accortezza di portare via il plastico. Secondo me, Peltz gli ha fornito il necessario e gli ha fatto un corso accelerato. Il C4 non è complicato da usare. »

« Be', se gli ha insegnato come usarlo, vuol dire che sa qual è il bersaglio » osservò Cates. « Appena avrete finito qua, andate da lui, mettetegli paura e fatevelo dire. »

« Aspettiamo il suo supervisore? » chiese Kylie.

« Il regolamento prevede che sia presente, no? » disse

Cates. « Un detenuto in regime di libertà vigilata può essere interrogato esclusivamente in presenza del suo supervisore. »

« Giusto » disse Kylie. « Questa è la regola. »

« E, come tutte le regole, può avere delle eccezioni. Se non lo sai tu, MacDonald... »

64

Tornammo al distretto mezz'ora prima del cambio turno e trovammo un gran viavai e un certo numero di persone in coda all'accettazione.

Il Diciannovesimo Distretto era uno di quelli a più alta affluenza e ci voleva una vecchia roccia come il sergente Bob McGrath per gestire il pubblico.

Lo trovammo alle prese con due ragazze di poco più di vent'anni, una delle quali era una bellissima latinoamericana. Dietro le ragazze c'erano altri quattro civili in attesa.

Kylie e io saltammo la fila.

« Scusate l'interruzione » dissi. « Il comandante Cates ha mandato un mezzo a prelevare Mickey Peltz nel Queens. È arrivato? »

« Sì, ispettore. Un attimo che cerco il modulo di accettazione » rispose McGrath. « Uno di voi due *habla español*, per caso? »

« *Un poquito* » rispose Kylie.

« Non basta » replicò McGrath. « In polizia *hablamos* tutti *un poquito de español*. La signora è colombiana e non sa una parola di inglese e la sua amica non parla spagnolo. »

« Non sono sua amica » precisò la non colombiana. « Abito semplicemente nell'appartamento accanto e l'ho accompagnata per buon cuore. Le hanno rubato il passaporto e... »

« Sì, sì » intervenne McGrath. « La parte in inglese l'ho già recepita. Datemi un secondo che cerco qualcuno che parli spagnolo. »

« Posso passare, sergente? »

Era il fattorino della Pepsi, con un carrello di lattine da mettere nei distributori automatici.

« Okay, Vernon, ma sarà meglio che il tuo camion non blocchi i mezzi che devono partire » gli disse McGrath, facendogli segno di passare.

« Sarà meglio che i tuoi non infilino proiettili nei distributori al posto delle monetine » replicò il fattorino ridendo.

McGrath gli fece un gestaccio, mentre con l'altra mano cercava il modulo di Peltz.

« Mi scusi, ma fra mezz'ora devo prendere mio figlio a scuola » disse la Vicina di Buon Cuore.

« Capisco » disse McGrath. Si voltò e gridò: « Thorson, hai chiesto a Rodriguez e Morales? Mi serve un interprete di spagnolo. »

Donna Thorson, l'impiegata nell'ufficio dietro di lui, spostò la poltroncina a rotelle verso la porta e rispose: « Sono entrambi impegnati, sergente! »

« Non ci credo » rispose McGrath, continuando a cercare nella montagna di fogli. « Saranno in pausa pranzo. Richiamali. E stavolta descrivigli la signora a cui devono fare da interpreti. »

Tutte quelle interruzioni stavano incominciando a innervosirmi e vidi che anche Kylie stava perdendo la pazienza. Aveva la mascella contratta per lo sforzo di tenere la bocca chiusa.

McGrath colse la nostra frustrazione. « Scusate. Peltz è qui da un po'. Il suo modulo dev'essere in fondo alla pila. »

Continuò a scartabellare, mentre un piccolo corteo di persone varcava il cancelletto che separa il banco dell'accettazione dalla sala d'attesa: tre agenti con sacche ingombranti, Victor, che faceva le consegne per il Gerri's Diner, un sacerdote e un uomo di una certa età con un completo blu sgualcito e la faccia stravolta, che aveva scritto in faccia « avvocato dei derelitti ».

McGrath alzava gli occhi e prendeva mentalmente nota di tutti quelli che entravano e uscivano. « Peltz, Mickey » annunciò trionfante. Sul foglio era attaccato un post-it giallo. Strizzò gli occhi per leggere che cosa c'era scritto. « Il suo supervisore ha chiamato alle 13:05. Dice che è ancora impegnato in un'udienza, se lo potete aspettare. »

« Non possiamo » disse Kylie prendendo il modulo azzurro. « Dopo quello che è successo stamattina, non possiamo perdere tempo. Dov'è Peltz? »

« Ohi, sergente. *¿Dónde està la hermosa mujer?* »

Era l'agente Morales, i cui occhi scuri si erano già posati sulla bella colombiana. Tirò indietro la pancia e si impettì, pronto a tradurre.

Arrivò anche l'agente Rodriguez. « Sergente, lui è portoricano, parla spagnolo per modo di dire. Mio padre era colombiano: le parlo io. »

« Morales è arrivato per primo ma, visto che sei libero, vammi a prendere una Pepsi Light, per piacere. » McGrath frugò nelle tasche, tirò fuori due dollari e glieli mise in mano.

« Scusa, ma abbiamo fretta » intervenni. « Dov'è Peltz? »

« Scusate, qui è una baraonda » rispose. « Peltz è... »

Si sentì un tonfo, poi la colombiana strillò. « *Dios mío...* » Indicava dietro di me.

McGrath si girò di scatto. « Cosa caspita...? »

Mi voltai e vidi un uomo avanzare barcollando e agitando le braccia, scosso da spasmi. Urtò contro il muro, vomitò e, a pochi passi dal banco dell'accettazione, cadde a terra a faccia in giù. L'agente Rodriguez fu il primo ad avvicinarsi, gli prese il polso e gli cercò il battito.

« Peltz » disse McGrath.

« È morto » dichiarò Rodriguez. Nessuno dei due mi aveva detto niente di nuovo.

« Merda » imprecò McGrath, battendo il pugno sul tavolo. Poi indicò la porta e gridò: « Qualcuno fermi quel cazzo di sacerdote! »

65

Arrivare a Mickey non era stato difficile per il Camaleonte.

Lo sbirro all'accettazione era super impegnato, e se indossi camicia nera, collarino bianco e crocifisso d'oro passare avanti a tutti è facilissimo.

« Sono padre McDougal » aveva detto Gabriel, vedendo che il tipo all'accettazione aveva scritto McGrath sulla targhetta. « Mi ha chiamato uno dei miei parrocchiani, Mickey Peltz. È in libertà vigilata e sta molto attento a mantenersi sulla retta via, ma adesso è in ansia, ha paura che ci siano problemi con la polizia. Posso chiedere di che cosa è accusato? »

« Di nulla, a quanto mi risulta » aveva risposto McGrath. « Non è in stato di arresto. È qui in quanto persona informata sui fatti in relazione a un'indagine in corso. »

« Ah, be', allora siamo a posto. È una brava persona, sa? Sono sicuro che si è ravveduto. In carcere ha trovato la fede. »

« Succede a molti, padre. »

« Non vorrei che la perdesse a causa di questo inconveniente. Posso tenergli compagnia qualche minuto, fargli da guida spirituale e magari portargli qualche genere di conforto? »

Gli aveva mostrato una bottiglietta di Poland Spring.

« È acqua benedetta, padre? » aveva chiesto lo sbirro.

« No » aveva risposto Gabriel. « Anche se a due dollari la bottiglia c'è da chiedersi se sia stata benedetta da Sua Santità in persona. »

Il poliziotto era scoppiato a ridere. *Gli irlandesi adorano i preti spiritosi.* « Donna, per favore, accompagna padre McDougal nella sala due. »

Il Camaleonte aveva regalato al poliziotto il suo miglior sorriso cristiano. *Grazie di avermi permesso di uccidere Peltz. Alleluia!*

Mickey, ovviamente, era stato contento di vederlo. Aveva giurato e spergiurato di non dire niente a nessuno.

« Non mentiresti mai a un prete, vero, figliuolo? » disse Gabe.

Mickey era scoppiato in una delle sue risate gracchianti e si era scolato mezza bottiglietta d'acqua.

« Sono qui a offrirti sostegno morale » disse Gabriel. « E a dirti che, se hai bisogno di un avvocato, non devi lasciarti convincere a prenderne uno d'ufficio. Ti do io i soldi per pagartene uno vero. »

« Grazie » aveva risposto Mickey. « Sei un amico, Gabe. »

Erano state le sue ultime parole.

Uscire dalla sede del distretto era stato un gioco da ragazzi. Gabriel si era messo alle spalle di tre agenti, era passato davanti al sergente dell'accettazione e aveva preso la porta. Trenta secondi dopo, si era tolto pizzetto, camicia e collarino da prete, li aveva appallottolati insieme con la bibbia e il crocifisso e li aveva buttati in un bidone della spazzatura.

All'angolo di Third Avenue e 67th Street c'era una bancarella che vendeva occhiali da sole, pile e « pashmine autentiche » a cinque dollari soltanto. Dietro la bancarella c'era il furgone dell'ambulante e Gabriel si posizionò in maniera da poter tenere d'occhio il portone del distretto senza farsi notare.

A quel punto indossava una maglia dei Rutgers bianca e rossa. Mentre si provava un paio di occhiali da sole vide catapultarsi fuori una decina di agenti, MacDonald in testa.

Guardò a sinistra, poi a destra e poi si batté un pugno sulla mano.

Era la stronza che aveva ucciso Lexi. Sui notiziari online il nome non era specificato, ma Gabriel aveva capito subito che « la poliziotta in borghese » era lei.

Le passò a fianco. Avrebbe potuto allungare le mani e strangolarla, ma si trattenne. La stronza doveva patire le stesse sofferenze che aveva inflitto a lui.

Te lo devo, ragazza del popcorn.

66

La sede del Diciannovesimo Distretto era una scena del crimine e Peltz non poteva essere spostato fino alla conclusione del sopralluogo della Scientifica. Siccome però un cadavere nell'atrio non è un bel biglietto da visita, sistemammo una serie di teli per nasconderlo.

« Dipendesse da me, lo riporterei nella sala degli interrogatori » disse Kylie. « Non serve la Scientifica per sapere che Benoit lo ha avvelenato, no? Probabilmente ha usato lo stesso veleno con cui ha ucciso Roth. »

Eravamo nell'ufficio dietro all'accettazione insieme a Cates, McGrath e il suo diretto superiore, il tenente Al Orton. Era l'ufficio di Donna Thorson ed era piccolo, scomodo e opprimente, come l'atmosfera di quel colloquio.

Kylie si voltò verso McGrath. « Come ha fatto Benoit a entrare? »

McGrath era un omone grande e grosso, con una gran testa di capelli grigi e un bel sorriso da irlandese. Lavorava all'accettazione e sapeva essere gentile ma anche incutere soggezione. Un professionista, insomma. Guardò Kylie e rispose lentamente, con pacatezza.

« Ha finto di essere un sacerdote. Lo sembrava proprio. Era vestito da prete e ha detto che Peltz era un suo parrocchiano e gli voleva dare sostegno spirituale. A me non risultava che Peltz fosse in arresto o che avesse violato le condizioni della libertà vigilata. Sapevo che era qui per parlare con voi e che bisognava aspettare il suo supervisore. Per tornare alla domanda, l'ho fatto entrare io. All'accettazione c'ero io e l'ho lasciato passare perché non mi sembrava che ci fosse motivo per dire di no. Se vi serve un capro espiatorio, sono perfetto.»

Intervenne Orton. «Aspetta un attimo, Bob. MacDonald, tu sei appena arrivata, ma il Diciannovesimo Distretto lavora con l'NYPD Red da quando ha preso sede qui, e i rapporti sono sempre stati ottimi. Siamo al servizio del cittadino, seguiamo dei protocolli e cerchiamo di venire incontro alle esigenze dei civili che si rivolgono a noi. Non ci sono restrizioni sulla quantità di liquidi che si possono portare all'interno dell'edificio. Non siamo la Transportation Security Administration. McGrath è pluridecorato, in servizio da diciotto anni, e non ha commesso alcuna irregolarità. Ciò che è successo esula da...»

«Al, la colpa è mia» disse Cates. «Sono io che ho sbagliato. Non volevo parlare via radio per timore di orecchie indiscrete e quindi non ho detto chi era Peltz e perché lo volevamo interrogare. Sfiga ha voluto, però, che Benoit abbia visto gli agenti che sono andati a prelevarlo. Quando l'ho saputo, avrei dovuto avvisarvi e farlo chiudere in una cella. L'idea che Benoit potesse venire qui e metterlo a tacere per sempre non mi ha nemmeno sfiorato.»

«Perché voleva metterlo a tacere? Di che cosa aveva paura?» chiese Orton.

«Benoit si è procurato ingenti quantità di esplosivo.»

«Chi vuol far saltare in aria? Lo sappiamo?»

«Noi no, ma Peltz evidentemente lo sapeva. È morto per questo.»

«Se è qualcosa di legato alla Hollywood Week, la scelta è vastissima. Quante sono le location degli eventi?»

«Sessantatré, per ora» risposi. «I cani antibomba a nostra disposizione sono soltanto diciotto. Non riusciremo a controllarne nemmeno la metà.»

« Occorre stilare un elenco di priorità » disse Cates. « Cominciamo con hotel e altri luoghi pubblici. »

« I bersagli più probabili, però, sono le feste private » osservò Kylie. « So che il Friars Club è... »

« Ispettore MacDonald » la riprese Cates severa. « Grazie di averci ricordato che più sono VIP e più rischiano. Capisco che alcuni di loro siano tuoi amici, ma noi dobbiamo pensare prima di tutto ai cittadini. Voglio che i cani comincino con gli eventi che coinvolgono la cittadinanza. Capito? »

« Sì, comandante. »

Cates non rispose. Uscì e andò verso le scale per salire nel suo ufficio. Il mea culpa era terminato. A quel punto c'era da rimboccarsi le maniche.

67

Dopo tre quarti d'ora di pesi, venti minuti di vogatore e altri tre quarti d'ora di tapis roulant, Spence Harrington era zuppo di sudore. Si spogliò e si guardò con attenzione allo specchio che occupava un'intera parete della palestra di casa.

Il suo indice di massa corporea era venti e stava cercando di farlo scendere, ma non era male, per essere ormai alla soglia dei quaranta. Uno dei tanti vantaggi del condurre una vita morigerata era la forma fisica. Non avrebbe saputo dire chi ammirasse maggiormente la sua prestanza, fra lui stesso e Kylie.

Andò nel bagno, buttò gli indumenti sudati nella cesta della biancheria da lavare, fece una doccia di dieci minuti, si asciugò e si infilò nel letto.

Aveva perfezionato l'abitudine del quarto d'ora di siesta e, impostata la sveglia dell'iPhone, posò la testa sul cuscino e prese sonno immediatamente. Un quarto d'ora dopo si svegliò con Sonny e Cher che cantavano *I Got You Babe*, suoneria che aveva scelto in omaggio al suo film preferito, *Ricomincio da capo*.

I termostati dell'appartamento erano impostati sui 18 gradi e non appena scostò il lenzuolo sentì sulla pelle nuda un soffio di aria fresca. Si sistemò con la testa sul guanciale e una mano sul ventre, che fece scendere in mezzo alle gambe con un profondo sospiro. Con Kylie non avevano più fatto l'amore, da quando era nell'NYPD Red. Chiuse gli occhi, la immaginò nuda accanto a sé e si eccitò immediatamente.

Palestra, doccia calda e aver rischiato la vita sono afrodisiaci naturali, rifletté smettendo di accarezzarsi per mettersi a sedere. Prese il telefono e chiamò la moglie.

« Come va? » gli chiese Kylie.

« Ho fatto la doccia, sono nudo e sembro uno stallone dopo un'overdose di Viagra » rispose Spence. « Tu? »

« Una meraviglia. Ho passato due ore con il mio massaggiatore. Anzi, no, con uno della Commissione Interna che voleva accertarsi che non soffrissi di disturbo da stress post-traumatico e fossi ancora idonea a prestare servizio. »

« Cos'ha stabilito? »

« Purtroppo per te, caro il mio Stallone, resto in pista finché non avremo preso il bastardo. Notizie di Shelley? »

« È contento come una Pasqua. Lo hanno imbottito di antidolorifici e quando è tornato in ufficio lo hanno chiamato da Electronic Arts, la più grande società di videogiochi del pianeta. Pare che dopo i fatti di stamattina siano improvvisamente interessati a noi. »

« Che rapidità » commentò Kylie.

« Così è il mercato. Ci hanno chiesto se possono mandare due dei loro programmatori a vedere l'episodio pilota della serie. Sai com'è Shelley. Ha detto subito di sì e poi ha chiamato la concorrenza. Così stasera ci saranno anche Sony e Nintendo. »

« Spence, Benoit sta pianificando un attentato » disse Kylie. « Non abbiamo abbastanza cani antibomba e personale per controllare tutti gli eventi, e le feste private non sono fra le nostre priorità. Raccomanda a Shelley di predisporre un bel servizio di sicurezza. »

« Gliel'ho detto. Non è preoccupato. »

« Ma se gli hanno appena sparato! » ribatté Kylie. « Come fa a sapere che non ci riproveranno? »

« Dice che la ragazza ha sparato nel mucchio: voleva far

fuori un po' di gente del mondo dello spettacolo ed è venuta a cercarla al funerale di Ian Stewart. Ma secondo Shelley quello di stasera è un incontro privato con imprenditori privi di glamour. Chi vuole grossi nomi, lustrini e musica a tutto volume andrà al Kiss and Fly, al 230 Fifth, al Tenjune... Sono quelli i posti che prenderà di mira il tipo. Scusa un secondo, stanno suonando alla porta. »

Rispose al citofono. « Chi è? »

« Signor Harrington? Sono Trevor, dei Silvercup Studios. Ho un pacco per lei. Credo siano le modifiche alla sceneggiatura. »

« Grazie, Trev. Settimo piano, per cortesia. »

E gli aprì.

« Chi era? » chiese Kylie.

« La escort che ho chiamato un paio d'ore fa. »

« Come facevi a sapere che non sarei stata a casa? »

« Non lo sapevo. Ma ho pensato che nel caso avremmo fatto una cosa a tre. »

« Sei tremendo. »

« Mi ami per questo, no? »

« Divertiti con la tua escort e i tuoi videogiochi, allora. »

« E tu sta' attenta, mi raccomando. Ti amo. »

« Anch'io. Ciao. »

Suonò il campanello e Kylie chiuse la chiamata. Spence prese il cuscino, se lo mise davanti alle pudenda e andò ad aprire.

« Scusa, Trevor, ma sono appena uscito dalla doccia » disse. « Me lo infili sotto la porta? »

« Non ci passa » rispose Trevor. « È troppo spesso. Lo lascio semplicemente davanti alla porta? »

« Grazie. »

« No problem. Buona serata. »

Spence appoggiò l'orecchio alla porta e sentì il rumore

della busta che cadeva sullo zerbino e i passi di Trevor verso l'ascensore. Essendo già al piano, le porte si aprirono subito. Poi si richiusero e l'ascensore cominciò la discesa.

Tenendosi il cuscino davanti, Spence aprì la porta e si chinò per recuperare la busta.

Il Camaleonte, che era in agguato accanto alla porta, puntò il manganello elettrico contro la spalla destra di Spence Harrington e premette il pulsante, rilasciando una scarica da un milione di volt. Spence stramazzò a terra.

« Come ti dicevo, caro Spence, ci sono state modifiche alla sceneggiatura » disse Gabriel. « La tua parte è diventata più importante. »

68

« Incredibile quanto sia facile procurarsi uno di questi manganelli elettrici » disse Gabriel trascinando Spence in casa. « Li trovi su Internet a cinquanta dollari. L'unico problema è la consegna. Pensa che taser, dissuasori e armi stordenti sono legali in quarantaquattro Stati, ma non a New York o nel New Jersey. »

Chiuse la porta con un calcio e trascinò Spence in salotto.

« Ma quelli che li vendono in rete non si fanno scrupoli a scrivere ben evidenziato, in rosso: 'Se risiedi in una zona in cui i nostri prodotti non possono essere consegnati, effettueremo la spedizione verso un indirizzo alternativo'. Mi è bastato andare a ritirare il pacco nel Connecticut, dove i manganelli elettrici sono ammessi, anche se possono essere adoperati soltanto fra le mura domestiche. Come vedi, non violo la legge: siamo fra le tue mura domestiche! » Gabriel rise.

« Ho noleggiato una casella UPS a Stamford, una settimana dopo ci sono tornato e ho trovato il pacco, 'imballato con discrezione' come promesso. Mi sono dovuto sbattere un po', insomma, ma fa parte della pre-produzione. »

Distese Spence sul pavimento, prese una sedia dal tavolo della sala da pranzo e la piazzò a tre metri dalla porta di casa.

« So che non sei ancora in grado di rispondermi, ma credo che tu mi possa sentire. Ti voglio seduto su quella sedia. Ti ci metto io, ma tu devi collaborare, altrimenti arriva la seconda dose. Questi manganelli elettrici sono dei gioiellini: ventiquattro recensioni su ventotto gli danno cinque stelle. Capisco perché.»

Gli infilò le mani sotto le ascelle e lo sollevò con un grugnito per poi sistemarlo sulla sedia.

«Mi fa piacere che tu sia nudo» osservò. «La sceneggiatura non lo prevedeva, ma è ancora meglio. Ti fa sembrare più vulnerabile. E siccome il film sarà comunque vietato ai minori, un po' di nudo ci sta.»

Spence impiegò una decina di minuti per riprendersi. A quel punto aveva caviglie e polpacci legati alle gambe della sedia con il nastro adesivo, braccia e torace legati allo schienale e un pezzo di nastro adesivo sulla bocca. Aprì gli occhi e vide Gabriel.

«Oh, il Bello Addormentato si è risvegliato. Il principe ti stava aspettando.»

Posò la punta del manganello sulla sedia, fra le gambe divaricate di Spence. «Adesso ti levo il bavaglio» annunciò. «Se provi a urlare, ti faccio alzare la voce di dodici ottave.»

Spence annuì e fece una smorfia di dolore quando Gabe strappò via il nastro. «Chi sei?» chiese con un filo di voce.

«Il Camaleonte» rispose Gabriel.

Spence lo guardò sbigottito. «Non... non capisco. Il Camaleonte? Ti chiami come il personaggio della mia serie?»

«Sì, quello che mi hai rubato» rispose Gabriel. «Ti ho mandato l'idea due anni fa. Il Camaleonte sono io.»

Spence scosse la testa: quell'uomo era pazzo. Cercò di fare buon viso a cattivo gioco. «Ho capito. Il Camaleonte sei tu. Stasera proiettiamo l'episodio pilota. Il protagonista è un detective privato capace di mimetizzarsi ovunque e perciò detto il Camaleonte. È una coincidenza. Non ho rubato nessun...»

«Non mi interessa se l'hai fatto diventare un detective, un autista di pullman o un astronauta!» protestò Gabriel, alzando la voce. « L'idea era mia, te l'ho mandata e tu me l'hai fregata. Hai tradito la mia fiducia! »

« Ti chiedo scusa » rispose Spence. « In realtà mi arrivano continuamente manoscritti che non ho neanche il tempo di leggere. Noi produttori televisivi leggiamo solo quelli segnalati da agenti che conosciamo, di solito. »

« Voi produttori televisivi siete dei grandissimi bugiardi » ribatté Gabriel.

« Ti sto dicendo la verità » insistette Spence. « Ho avuto l'idea del Camaleonte quattro anni fa e l'ho elaborata fino a... Cosa stai facendo? »

Il Camaleonte stava tirando fuori degli oggetti dallo zaino. « Guarda che cosa ho portato » disse. « Credevi che mi limitassi a quel pungolo per bovini? No, il mio film è ricco di colpi di scena. »

Spence si mise a urlare. « Aiuto! Aiuto! »

Gabriel gli mollò un pugno sul naso e al posto delle grida si sentì rumore di cartilagini spezzate. Poi gli afferrò la testa e lo zittì con tre giri di nastro adesivo.

« Non mi hai fregato soltanto l'idea » disse mostrandogli l'oggetto che tanto aveva spaventato Spence. « Mi hai portato via tutto. E adesso io mi vendico. »

69

I cani del servizio di emergenza dell'NYPD sono trentasei: metà sono antidroga, metà antibomba, e alcuni sono addestrati anche per la ricerca e il soccorso. Per quanto grande sia New York, in condizioni normali diciotto cani antibomba sono più che sufficienti.

Ma quelle non erano circostanze normali.

Chiamai il sergente Kyle Warren, coordinatore delle unità cinofile dell'NYPD, che aveva soltanto trentadue anni ma addestrava cani da quando ne aveva dieci. Gli esposi il problema e lui mi assicurò massima disponibilità.

Due ore dopo mi richiamò: avrebbe fatto arrivare altre unità cinofile dalla polizia di Stato di New York, New Jersey e Connecticut, e persino dal dipartimento dello sceriffo della contea di Ulster. Alle 17.00 potevamo contare su trentadue cani.

Kylie e io eravamo al distretto a studiare una mappa della città appesa a una bacheca di sughero, in cui piantavamo puntine da disegno colorate. Non avendo abbastanza cani per controllare tutti i potenziali bersagli, dovevamo decidere dove piazzare un'unità cinofila per tutta la durata dell'evento e dove effettuare un rapido controllo e poi passare oltre.

« Secondo me, ha ragione Spence » disse Kylie. « La zona da controllare più a fondo è il Meatpacking District, perché è lì che andranno i personaggi più famosi. In quella zona dovremmo prevedere almeno cinque o sei cani stanziali. »

« Conoscendo i tipi, potremmo portare anche qualche cane antidroga » dissi.

Le suonò il cellulare, ma con una suoneria diversa dal solito.

Kylie rimase stupita. « Mio marito dev'essere impazzito » disse. « Mi sta chiamando su Skype? Pensa che non abbia di meglio da fare che chiacchierare con lui in videochiamata? »

« Ritieniti fortunata » replicai. « A me chiama soltanto nel cuore della notte! »

Kylie prese l'iPhone e si collegò a Skype.

« Oh, mio Dio... Zach! »

Guardai anch'io lo schermo del suo smartphone. Spence era nudo su una sedia, legato e imbavagliato.

« Spence... » fu tutto quello che Kylie riuscì a dire.

Sullo schermo apparve Gabriel Benoit.

« Buongiorno, ispettore MacDonald. Vedo che sei insieme al tuo amichetto Jordan. Be', voi non avete ancora scoperto dove abito, ma io ho scoperto dove abitate voi » disse Benoit.

« Cosa vuoi? » chiese Kylie.

« Che tu soffra quanto sto soffrendo io per causa tua. Sai chi era quella che hai ammazzato stamattina? »

« Una spietata assassina » rispose Kylie. « Ha aperto il fuoco su persone inermi, che non le avevano fatto niente. »

« Lexi era innocente come una bambina » ribatté Benoit. « Se ha ucciso qualcuno, vuol dire che se lo meritava. »

« Che cosa vuoi? » chiese di nuovo Kylie.

« Sai quanto è doloroso perdere la persona che ami? » domandò Benoit.

Kylie non rispose.

« Lo scoprirai fra poco » la provocò lui.

E mostrò un panetto di C4, cui aveva fissato con il nastro

adesivo un timer digitale, con un filo bianco e uno nero, entrambi collegati al detonatore infilato dentro al plastico.

« Avete mezz'ora » annunciò. « Fra mezz'ora esatta ti toglierò quello che tu hai tolto a me. »

Premette un bottone e il timer digitale segnò 29:59. Il conto alla rovescia era cominciato. A 29:55 spostò il telefono per inquadrare il salotto di Kylie e dopo altri cinque secondi riattaccò.

Lo schermo si spense, ma l'immagine di Spence Harrington nudo e legato a una sedia in casa propria, solo e spaventato, che sapeva di avere i minuti contati, mi si era impressa indelebilmente nella memoria.

70

Kylie saltò in piedi.

Presi un walkie-talkie e la seguii giù per le scale, facendo due gradini per volta.

« Mi serve un mezzo! » gridò al sergente McGrath, passando davanti a una civile. « Due-uno-sette in corso. »

McGrath non ebbe un attimo di esitazione: se era rimasto male per quello che si erano detti, non lo diede a vedere. Due-uno-sette voleva dire aggressione con intento omicida, e non c'era tempo da perdere.

« Sessantaquattro-quarantadue » rispose. « La Chevy Caprice qui davanti. È il mezzo più veloce che abbiamo e la chiave è già dentro. »

Kylie corse fuori e si precipitò verso la Chevy. Aprì la portiera e fece per salire, ma io la presi per un braccio.

« Chiamiamo gli artificieri » dissi.

Mi scrollò via.

« No. Sai quanto tempo ci metterebbero a prepararsi, arrivare a casa mia e decidere il modo migliore per disinnescare l'ordigno? Non ce la farebbero mai in mezz'ora. Per salvare Spence l'unica soluzione è questa » disse. « O vado io, o vado io e tu mi accompagni. Cosa vuoi fare? »

Non aspettò risposta. Salì al posto di guida e mise in moto.

« Vengo con te! » gridai, e salii in macchina. Kylie partì sgommando e, con sirena e lampeggiante accesi, bruciò il rosso all'incrocio di Lexington Avenue.

« Chiamo rinforzi » dissi.

« Aspetta. Prima valutiamo la situazione » rispose lei svoltando in Fifth Avenue. « Se ci arriva un novellino che vuole fare l'eroe, siamo rovinati. »

« Lasciamo gli eroismi alla moglie della vittima, dici? »

« Piantala, Zach: abbiamo solo ventotto minuti » disse. « So dov'è Spence, so come arrivarci e non ho tempo di spiegare la situazione a eventuali rinforzi. »

Kylie svoltò in Central Park South e percorse 59th Street fra Grand Army Plaza e Columbus Circle. Lungo il marciapiede c'era una fila di carrozze pronte a portare i turisti a fare una passeggiata nel parco a botte di cinquanta dollari mancia esclusa. Kylie superò la doppia striscia gialla e si spostò nella corsia opposta, dove c'erano meno macchine.

« Abbiamo valutato tutti i bersagli possibili e ci siamo dimenticati Spence. Come abbiamo potuto? » recriminò.

« Pensavamo a un gran finale » risposi. « Invece Benoit ha deciso di vendicare la morte della sua compagna. »

« Certo. » Svoltò in Seventh Avenue, si immise nella corsia di emergenza e schiacciò l'acceleratore a tavoletta. « Se Spence muore, è colpa mia. »

Mi squillò il telefono. Guardai chi era. « Cates » annunciai. « McGrath deve averle detto che stavamo partendo per un Due-uno-sette. »

« Non rispondere » disse Kylie.

« Sei fuori di testa? » risposi. « È il nostro capo! »

« Sì, sono fuori di testa. Se le spieghi la situazione, Cates è capace di ordinarci di non andare e io... Senti, Zach, fallo per me, se non lo vuoi fare per Spence: se tieni a me, non rispondere, ti prego. »

Se tengo a te? Ho mai smesso di tenere a te? Ci tengo talmente tanto che sto per mettere a repentaglio l'unica altra cosa a cui tengo nella vita: il mio lavoro.

Il telefono squillò di nuovo.

Di nuovo Cates. Guardai i due tasti, uno verde e uno rosso: accetta chiamata e rifiuta chiamata.

In entrambi i casi, ci sarebbero state delle conseguenze.

Probabilmente lo rimpiangerò per il resto dei miei giorni.

Premetti uno dei due tasti.

71

```
EST. MOLO DI 17TH STREET, NEW YORK - GIORNO
Il Camaleonte cambia costume per l'ultima volta,
prende una macchina in car-sharing e raggiunge il
molo di South Street, dove lo aspettano i suoi col-
leghi, sei uomini e tre donne con la sua stessa di-
visa: pantaloni neri, camicia bianca, giacca
bianca e papillon blu elettrico. Lavora con loro
da tre mesi e lo accolgono con un sorriso.
```

« Armando! » Vedendolo attraversare il parcheggio a passo svelto, una collega lo chiamò. « Ero in ansia. A momenti perdevi la nave. »

Si chiamava Adrienne Gomez-Bower, capelli ricci nerissimi, molto graziosa, ed evidentemente cotta di lui. Forse non avrebbe degnato di uno sguardo Gabriel Benoit, ma di sicuro subiva il fascino di Armando Savoy, giovane attore, bel tenebroso, nato a Buenos Aires, cresciuto a Marsiglia e deciso a sfondare a New York.

« Adrienne, *ma chérie* » rispose chinandosi a darle un bacio su ciascuna guancia, alla francese. « Scusa, sono in ritardo. Ho fatto un secondo provino per la nuova pièce di Mamet. Siamo rimasti in tre. »

« Accipicchia, Armando! David Mamet? » Era strabiliata. « Che bellezza! Giuro che se ti danno la parte vengo a vederti alla prima in poltronissima, a costo di dover vendere un rene per comprare il biglietto. »

In passato, il Camaleonte avrebbe flirtato un po'. A Lexi non importava, sapeva che faceva parte del personaggio. Adesso che lei non c'era più, però, flirtare con Adrienne sarebbe equivalso a tradirla.

« Chiedo scusa, capo » le disse. « Cercherò di essere più puntuale. »

Adrienne era la responsabile del team. Sorrise. « Per questa volta chiuderò un occhio » disse. « Ma la prossima ricorrerò alle punizioni corporali. »

Gabriel ignorò l'allusione e salì sul furgone della ditta di catering. « Per chi lavoriamo stasera? » chiese.

« Shelley Trager » disse Adrienne. « È un produttore televisivo multimiliardario. Hai visto che yacht? È suo, non è a noleggio. E ha invitato centoventisette persone, quasi tutte legate al mondo dello spettacolo. Magari per uno di noi questa serata segnerà l'inizio di una sfavillante carriera. »

« La tua, spero. Te lo meriti » disse lui spingendo il carrello con i bicchieri da vino. Si sfilò la giacca bianca e la stese delicatamente sulla rastrelliera dei bicchieri. Quella giacca pesava più di trenta chili. Lexi aveva cucito sedici tasche interne in materiale impermeabile e lui le aveva riempite di C4, circa due chili ciascuna. A casa di Harrington ne aveva usato meno di dieci chili: per la nuova location una trentina erano più che sufficienti.

« Grazie, mi lusinghi » disse Adrienne. « E tu, però? Non vorresti essere scoperto? »

Gabriel spinse il carrello su per la rampa del megayacht. « Non stasera » rispose. « Stasera proprio no. »

72

Le auto si spostavano per lasciarci passare, visto che sfrecciavamo in Seventh Street come se fosse stata un'autostrada tedesca. « Grazie » disse Kylie guardando fisso davanti a sé.

Non risposi.

« Scusa. »

« Perché mi chiedi scusa? » borbottai.

« Secondo te? E dai, Zach! Cates ti ha chiesto di tenermi d'occhio e tu dopo tre giorni scappi con me senza dirglielo. Mi spiace di averti messo in questa situazione. »

« Ho scelto io di non rispondere » rimarcai.

« Okay. Grazie, comunque. A buon rendere. Io e Spence siamo in debito nei tuoi confronti. »

« Bene. Magari mi troverà un posto come guardia giurata ai Silvercup Studios. »

Si voltò e mi sorrise, rischiando di falciare un taxi che non era riuscito a scansarsi abbastanza in fretta.

Normalmente per andare a Tribeca, a casa di Kylie, ci sarebbero voluti venti minuti, ma con lampeggiante e sirena e una forsennata al volante, in otto minuti e mezzo eravamo là.

La Caprice inchiodò con grande stridore di freni all'angolo fra Washington e Laight Street, davanti all'elegante palazzo di mattoni rossi ricavato nell'ex fabbrica di sapone Pearline, che dopo una ristrutturazione da decine di milioni di dollari si era trasformata in un simbolo di quella raffinatezza radical chic che caratterizza Lower Manhattan. Con lo stipendio che prendeva in polizia, Kylie non si sarebbe potuta permettere di abitare in un posto così, ma evidentemente Spence guadagnava bene.

« Settimo piano » disse Kylie entrando nell'androne. L'ascensore era lì, con le porte aperte, ma lei prese le scale senza un attimo di indecisione.

La seguii.

« L'ascensore è lentissimo. A piedi arriviamo prima » disse, rispondendo alla domanda che non avevo formulato.

« Come pensavi di procedere? » le chiesi, arrivati al quinto piano.

« Non so ancora. Non è indispensabile avere sempre un piano preciso, Zach. Il mio obiettivo è entrare in casa, liberare Spence, allertare i vicini ed evacuare il palazzo. E poi, se deve saltare in aria, che salti. »

Aveva un senso: entrare, agire e scappare via. Non c'era il tempo per disinnescare l'ordigno.

Arrivati al settimo piano, girammo a destra. C'erano solo due appartamenti e quello di Kylie, il 7A, era sul davanti del palazzo.

Tirò fuori dalla tasca una chiave e la infilò nella toppa.

Entrare, agire, scappare. Continuavo a ripetermelo. Semplice. Ma c'era qualcosa che mi lasciava perplesso.

Capii cos'era quando Kylie stava già girando la chiave nella toppa. Gabriel Benoit aveva una mente malata e non faceva mai nulla di semplice.

Mi lanciai contro di lei e la buttai per terra.

« Cosa caspita...? » chiese.

« Se apri la porta saltiamo in aria! »

Mi guardò e capii che da una parte mi credeva e dall'altra non mi voleva credere, perché se avessi avuto ragione per salvare Spence avremmo dovuto disinnescare per forza l'ordigno, e disinnescare un ordigno richiedeva tempo che noi non avevamo.

« Come fai a saperlo? »

« Non lo so, ma conoscendo Benoit... Perché ci ha dato mezz'ora di tempo? Voleva che venissimo qui e aprissimo quella porta. »

« Non posso non aprire » disse Kylie. « Spence è là dentro! »

« Aspetta. » Mi sistemai vicino alla porta e gridai: « Spence? »

Rispose con una serie di strilli acutissimi. Durante la videochiamata avevamo visto che era imbavagliato e quindi sapevamo che non poteva parlare, ma le sue grida non sembravano richieste di aiuto, bensì un avvertimento.

« Possiamo aprire la porta, Spence? » chiesi. « Sì, un segnale. No, due segnali. »

La risposta arrivò forte e chiara: due versi soffocati ma distinti, uno dopo l'altro. *No.*

« Ha collegato l'ordigno alla porta di casa? »

Un unico verso. *Sì.*

Kylie smise di colpo di fare la spavalda. Aveva deciso tutto lei: niente artificieri, niente rinforzi, andiamo soltanto noi due e con grande efficienza salviamo la situazione. Evidentemente temeva di aver sbagliato tutto, dall'inizio alla fine.

« Zach... » disse, vulnerabile e titubante come non l'avevo mai vista.

Mi sentii sulle spalle la responsabilità di salvare Spence. Chiusi gli occhi e cercai di visualizzare le mosse successive come se fossi davanti a una scacchiera.

« Abbiamo diciassette minuti » disse Kylie.

Non era il caso di stare lì a pensare più di tanto.

« Spence? » chiamai. « Dalla finestra posso entrare? »

Un verso. Poi, silenzio.

Sì.

Era quello che speravo di sentirmi dire.

« Va bene » dissi a Kylie. « Passo dalla finestra. »

Kylie mi lanciò un'occhiata in cui lessi paura, incredulità e delusione, oltre a diverse altre emozioni negative. « Siamo al settimo piano, Zach » ribatté. « Come pensi di riuscire a passare dalla finestra? »

73

Gabriel aveva calcolato i tempi alla perfezione. Quelli del catering avevano quasi finito di portare a bordo il materiale e molti ospiti erano già arrivati. Lo *Shell Game*, il megayacht di Trager, era pronto a salpare.

Lavorava in cambusa, sistemando su neri vassoi laccati finger food a base di granchio, salmone affumicato e gamberetti.

« Sei un artista, Armando » disse Adrienne. « Mamet è fortunato a poter contare su di te. »

« Non mi hanno ancora dato la parte » le fece notare lui.

« Ma te la daranno. Nel frattempo, continua a lavorare con noi per sfamare i ricchi e famosi. Il buffet apre alle sette. » Gli diede una pacca sul sedere e gli disse nell'orecchio: « E il dessert è a casa mia verso mezzanotte ».

« Queste sono quelle che voi americani definite 'molestie sul lavoro' » rispose lui.

« Voi in Argentina come le chiamate? »

« Preliminari. »

Le strizzò l'occhio, prese un vassoio e lo portò nel salone passando con attenzione fra la folla, sorridendo agli ospiti che si servivano a uno a uno. Gli invitati erano il tipico mix di gente dello spettacolo, giovani e meno giovani, di vari orientamenti sessuali, ma con un punto in comune: sapevano tutti vestirsi per una gita in yacht, a parte due latinoamericani scuri di pelle, in giacca marrone, cravatta comprata da Kmart e scarpe da sbirro.

Il Camaleonte sorrise. *Se è questa la security che si è procu-*

rato Trager, o non ha la minima stima nei miei confronti oppure vuole darmi una mano a distruggergli lo yacht.

Si avvicinò a una delle guardie e gli mostrò il vassoio con gli stuzzichini, ma quello fece di no con la testa.

« La prego » insistette Gabriel. « Non sa cosa si perde. I gamberetti sono buoni da morire. »

Il tipo alzò le spalle, prese un tovagliolo e un gamberetto. Si voltò da una parte, poi dall'altra e ne prese altri tre.

« Ripasso fra un po' » disse Gabriel.

Avanzò verso il fondo del salone e superò la porta di teak e vetro che conduceva sul ponte. Fuori c'erano meno persone, quasi tutte intente a fumare.

Gabriel trovò un posticino tranquillo sul lato sinistro dello yacht e fece mente locale. Avevano superato il ponte di Brooklyn e si stavano dirigendo verso Governors Island e il quartiere Red Hook di Brooklyn.

La proiezione dell'episodio pilota era prevista dopo il tramonto, il che significava che il comandante li avrebbe portati fino a Sea Gate o addirittura a Breezy Point per poi tornare indietro e vedere il sole calare su Liberty Island.

Aveva un'oretta di tempo per sistemare le cariche.

Trovò una porta con su scritto VIETATO L'INGRESSO, posò il vassoio di finger food ed entrò.

Scese due rampe di scale e arrivò in sala macchine.

« Altolà » disse una voce.

Gabriel si immobilizzò.

A parlare era stato un afroamericano che dimostrava una sessantina d'anni e indossava pantaloni cachi e una camicia di jeans sbiadita con il logo dello yacht ricamato sul taschino.

« Salve » disse Gabriel.

« Salve » rispose l'altro. « Quante dita sono queste? » chiese sollevando una mano.

« Tre. »

« Allora ci vede! Com'è che non ha visto la scritta 'Vietato l'ingresso'? Glielo spiego: qui non si può entrare. Torni in coperta e ci rimanga. »

« Sono del catering » rispose Gabriel. « Mi manda il signor Trager. Devo prendere le ordinazioni per la cena dei membri dell'equipaggio. »

L'uomo scoppiò a ridere. « Ma fammi il piacere! Il signor Trager se ne sbatte altamente della cena dei macchinisti. »

« Avrò capito male io, allora » disse Gabriel. « Comunque abbiamo cibo in abbondanza. Vi porto giù un assaggio? Gamberi, pollo o filetto di manzo? »

L'uomo aggrottò la fronte. « La testa direbbe di no, ma la pancia è più possibilista. Davvero puoi portarmi da mangiare? »

« Certo » rispose Gabriel. « Voi della sala macchine siete quelli che lavorano più di tutti. Cosa preferisci che ti porti? »

« Un piattino misto e un filetto di manzo. Se ci sta, anche una birra fresca. »

« Va bene. Quanti siete? »

« Tre: io, io e io » rispose il macchinista ridendo. « Mi chiamo Charles Connor. »

« Be', Charles Connor, allora ti porto una confezione da sei » disse Gabriel. « Due birre a testa. »

« Ti ringrazio, ma quando sono in servizio non ne bevo più di una. »

« Questo è un megayacht » disse Gabriel. « Come fai a gestirlo da solo? »

« Non lo gestisco da solo. In plancia c'è il comandante Campion con il computer di bordo. Normalmente quando siamo in navigazione in sala macchine non c'è nessuno, ma siccome stasera è pieno di gente e l'alcol scorre a fiumi, il comandante preferisce che stia qui a intercettare quelli che si perdono. »

« Che non leggono la scritta 'Vietato l'ingresso', intendi? »

« Sì, ma anche quelli che la leggono e scendono apposta per imboscarsi e farsi una scopata sull'Hudson. »

« Vado a prenderti da mangiare » disse Gabriel. « Cos'è quell'affare lì alle tue spalle, che fa tanto rumore? »

Connor si voltò. « L'elica di prua. Serve a... »

Il Camaleonte azionò di nuovo il suo manganello elettrico, sottoponendo l'ignaro macchinista a una scarica di un milione di volt. L'uomo si accasciò, impossibilitato a muoversi.

« Non è vero che ti porto da mangiare » disse Gabriel rimettendo il manganello nella fondina e prendendo il rotolo di nastro adesivo.

Non sapendo quanti marinai ci fossero in sala macchine, nella sceneggiatura aveva lasciato spazio per improvvisare. Comunque, considerato che sia lui sia Charles Connor avevano recitato seguendo un canovaccio, più che un copione vero e proprio, la scena era venuta benissimo.

74

« Arrampicarsi fino al settimo piano è improponibile » dissi. « Ma scendere dall'ottavo è fattibile. Chi abita sopra di voi? »

Vidi brillare negli occhi di Kylie una luce speranzosa.

« Dino Provenzano, un artista. Lavora da casa. » Si voltò verso la porta e urlò a Spence: « Ti amo! Veniamo a liberarti! »

Tornammo alle scale. « Dino è stato il primo a comprare casa nel palazzo » spiegò Kylie, incominciando a salire. « Ha scelto l'8A, che è l'appartamento più luminoso di tutti. »

Pochi secondi dopo bussò alla porta. « Dino, sono Kylie. È un'emergenza. Mi puoi aprire? »

Nessuna risposta. Kylie continuò a bussare e a chiamare: « Dino! Coralei! C'è nessuno? NYPD. È un'emergenza! »

Trascorsero altri dieci preziosissimi secondi prima che la porta si aprisse. Dino aveva in mano uno straccio sporco di pittura.

« C'è una bomba in casa mia » disse Kylie entrando. « Dovete uscire subito, sia tu che Coralei. »

« Coralei non è in casa. È fuori con il cane. Cos'hai detto che c'è in casa tua? »

« Una bomba. »

« Oh, Gesù. »

« Suona tutti i campanelli e avverti i vicini » disse Kylie. « Dobbiamo evacuare il palazzo. Poi chiama il 911 e digli di bloccare la strada ed evacuare anche il palazzo vicino. Abbiamo solo quattordici minuti, fallo presente. Hai il cellulare? »

Dino si tastò le tasche dei pantaloni. « Sì » disse voltandosi verso l'interno dell'appartamento. « Prendo anche il portatile. »

« Non c'è tempo » replicò Kylie, spingendolo sul pianerottolo per poi chiuderlo fuori.

Nel salotto, moquette e mobili erano sui toni spenti del beige, mentre tre pareti erano coloratissime. Se i quadri appesi erano suoi, Dino Provenzano era un artista straordinario.

Kylie corse verso la quarta parete, che era occupata quasi interamente da una vetrata. La aprì, uscì su uno di quei minuscoli terrazzini tipici dei palazzi di New York e si sporse dalla ringhiera per guardare.

« Da qui al nostro terrazzo c'è un salto di quasi cinque metri » disse. « Penso di potercela fare. Oh, merda! »

« Cosa c'è? »

« Le corde. Ci servono delle corde. Guarda se trovi qualcosa. »

Non c'erano tende e nella stanza non vidi niente con cui potessimo calarci di sotto.

« Tu vai a vedere in cucina » suggerì Kylie. « Io controllo nello studio. » Partimmo verso le rispettive destinazioni.

La cucina era in acciaio inox, lineare, organizzata, in perfetto ordine. Non sembrava la stanza in cui qualcuno potesse conservare cinque metri di corda. Incominciai comunque ad aprire ante e sportelli, ma Kylie mi chiamò.

« Trovato! In camera da letto! Ma da sola non ce la faccio. »

Mi diressi verso il suono della sua voce, immaginandola già intenta a strappare le lenzuola a strisce e ad annodarle l'una con l'altra. Mi sbagliavo: era in ginocchio sul comò e armeggiava sotto un enorme televisore a schermo piatto montato a parete.

« Aiutami a tirarlo giù » disse, afferrandolo da una parte. Salii sul comò pure io e lo afferrai dall'altra. Insieme riuscimmo a sollevarlo e a staccarlo dai ganci.

Era pesante, almeno venticinque chili. Kylie lo appoggiò sul comò e, senza dire niente, lo lasciò andare. Colto alla sprovvista, non riuscii a reggerlo da solo e mi scappò di mano. Il televisore cadde sul parquet e si ruppe.

Kylie non fece una piega. Prese il cavo che usciva dalla parte posteriore dello schermo.

« I cavi coassiali dei televisori sono robustissimi » dichiarò. « Rame e plastica. Tengono ancor più delle corde, penso. »

« Pensi? »

« Lo scopriremo presto » mi rispose. « Aiutami a strapparlo via. »

Afferrò il cavo e diede uno strattone, spaccando l'intonaco.

La aiutai a tirare via il filo incassato nella parete da un capo all'altro della stanza, poi fino al soffitto e nella stanza accanto.

« Ci vuole un coltello! » gridò Kylie.

Tirai fuori dalla tasca il mio coltellino svizzero.

« Più grosso » disse lei, continuando a tirare.

Corsi a prendere un coltello dal ceppo che avevo visto in cucina. Quando tornai di là, vidi che Kylie aveva recuperato almeno dodici metri di cavo coassiale. Lo tagliai in un unico colpo.

Corremmo sul terrazzo e lo lanciammo sulla ringhiera.

« Tu resta qui e assicura questo capo » disse Kylie. « Mi calo. »

« No » la fermai. « Mi calo io. »

« Zach, io peso di meno. E Spence è mio marito. »

« Kylie, non puoi fare tutto tu! » gridai. « Come farai a disinnescare l'ordigno, una volta entrata? »

« Be', non lo so, magari... »

« Hai mai fatto un corso di demolizione controllata a Quantico? »

Scosse la testa. « No. »

« Allora taci e aiutami » dissi. « Scendo io. »

75

Piegammo il cavo più o meno a metà e lo passammo intorno alla ringhiera, facendo quattro giri. Kylie afferrò un capo, io l'altro, e li intrecciammo.

Trovai un paio di guanti da lavoro nello studio di Dino Provenzano e li infilai. Poi io e Kylie afferrammo l'estremità del cavo e indietreggiammo nel salotto, tirando più forte che potevamo. Reggeva.

« Sei pronto? » mi chiese Kylie.

Scavalcai la ringhiera con una gamba.

« Undici minuti » disse. « Vai! »

Scavalcai anche con l'altra gamba, infilando la punta dei piedi nella fessura fra la ringhiera e il terrazzo, e lasciai cadere il cavo, che scese oltre il terrazzo di Kylie di circa un metro e mezzo. Lo afferrai saldamente con le mani e me lo avvolsi intorno al piede sinistro per sicurezza, e recitai una preghiera.

Signore onnipotente, stammi vicino e veglia su di me.

Non c'era tempo per recitarla fino alla fine. Sollevai il piede destro e mi ritrovai appeso nel vuoto.

Il cavo reggeva, per fortuna, e io dondolavo all'altezza dell'ottavo piano fuori da un palazzo di Manhattan. La mia vita dipendeva dai trucchetti che mi aveva insegnato il mio prof di ginnastica, coach Coviello, vent'anni prima.

Cominciai a calarmi giù, con le ginocchia piegate e le mani basse, usando le gambe per non scivolare.

Sentii che in strada qualcuno gridava. Kylie mi disse dall'alto: « Non guardare giù, Zach! Resta concentrato ».

Ci provai. Guardai davanti a me e procedetti lentamente, mattone dopo mattone.

Finalmente scorsi un vetro: ero arrivato alla sommità della vetrata di Kylie. Pochi centimetri dopo giunsi in vista del salotto e il mio piede sinistro trovò una superficie solida su cui posarsi. Abbassai anche il destro. Contatto.

Guardai giù. Ero sulla ringhiera di un terrazzo al settimo piano.

Presi un bel respiro, espirai e, con tutte e due le gambe all'interno della ringhiera, mi calai sul terrazzo.

« Ce l'ho fatta! » gridai a Kylie.

« Ora scendo » disse lei. « Nove minuti e mezzo. »

La vetrata non era bloccata. Mi sfilai i guanti, la feci scorrere ed entrai.

Vedere Spence in videochiamata era stato terribile, ma dal vivo lo fu ancora di più: nudo, sanguinante, legato alla sedia con il nastro adesivo... Non ero sicuro che Kylie avrebbe retto allo shock e per questo le avevo mentito, inventandomi quel corso a Quantico.

« Spence? Sono Zach » dissi. « Non ti voltare. »

Spence emise un lungo gemito.

Mi avvicinai alle sue spalle e osservai la porta di casa. A destra dello stipite c'era un panetto di C4 fissato alla gamba di un tavolo a un metro e mezzo di distanza, collegato a un filo che arrivava fino alla maniglia.

Come la maggioranza dei poliziotti, avevo frequentato un breve corso di addestramento sugli esplosivi post 11 settembre e, pur non avendo imparato molto, sapevo che se Kylie avesse aperto la porta, il detonatore sarebbe scattato e tutti e tre saremmo saltati in aria.

Spence non sarebbe riuscito a uscire, a meno che non avessimo disinnescato l'ordigno. E l'unico che poteva farlo ero io.

76

Mickey aveva ragione: predisporre l'esplosivo non era difficile. Non era nemmeno un gioco da ragazzi, però. Il Camaleonte grondava sudore e aveva la camicia bianca fradicia sotto la divisa da cameriere, quando inserì il detonatore telecomandato nel C4 sulla fiancata destra dello yacht.

« Uno è fatto. Ne restano altri due » disse al macchinista, che stava riprendendo i sensi. Lo aveva imbavagliato e legato a un tubo di acciaio di quindici centimetri di diametro. « Secondo il mio amico Mickey, tre cariche ben posizionate dovrebbero bastare per affondare questa bagnarola. Spero che la buonanima avesse ragione. »

Il macchinista tentava disperatamente di liberarsi e per lo sforzo gli si erano gonfiate le vene sul collo e sulle tempie.

« Se vai avanti così, ti viene un ictus o ti scoppia una vena nel cervello » gli disse il Camaleonte. « Rilassati e goditi lo spettacolo pirotecnico. »

Connor smise di dibattersi.

« Bravo » disse il Camaleonte. « Sai, se ci fossimo incontrati in un altro momento, io e te avremmo potuto fare amicizia. Ci fossimo conosciuti in un bar, per esempio. Abbiamo tante cose in comune. Tu stai chiuso in questo buco mentre le star se la godono in coperta e anche per me è così. Io sono quello che legge il giornale nell'ultima fila di un autobus, il manager che esce dall'ascensore, il soldato morto sul campo di battaglia. Mai il protagonista. Mai la star. Capisci che cosa voglio dire? »

L'unica risposta che ottenne fu una lacrima che scese lungo la guancia di Connor, sopra il nastro adesivo, e poi per terra.

« Lo so » disse il Camaleonte. « C'è da piangere. Ci trattano in un modo vergognoso. Ma cambierà, vedrai. Domani mattina io e te saremo sulle prime pagine di tutti i giornali. »

77

Spence faceva fatica a respirare. Appena lo guardai in faccia, capii perché. Aveva la bocca tappata con il nastro adesivo e il naso rotto e sanguinante. Stavolta il mio coltellino svizzero era più che sufficiente: tagliai il nastro che aveva avvolto intorno alla testa.

Non c'era tempo per fare piano. « Brucerà un pochetto » dissi e strappai il nastro adesivo, portando via peli e brandelli di pelle.

Spence respirò a pieni polmoni. « C'è una bomba a destra della porta » disse con un filo di voce.

« Ho visto. » Mi avvicinai. « Piuttosto rudimentale. »

« Zach! Spence! Cosa succede lì? » Kylie era dietro la porta.

« Sta bene » le dissi, anche se non era propriamente così. « Adesso cerco di disinnescare l'ordigno, perciò vorrei che andassi nel vano scale... per sicurezza. »

« Credevo fossi capace! » protestò lei.

« Sì, certo. Sono capace » mentii. « Dico per precauzione. Dammi retta, vai! »

« Vado. Ma tu sbrigati. Abbiamo meno di otto minuti. »

Spence aveva una smorfia di dolore sul volto. Non credevo fosse in grado di darmi una mano, ma siccome rischiavamo di morire tutti e due, pensai che tanto valeva coinvolgerlo.

« Sei lucido, Spence? » chiesi. « Vorrei che seguissi il mio ragionamento. »

« Ci provo. »

« Okay. Senti, la porta è l'innesco. Se la apriamo, il filo si tende e fa scattare il detonatore. »

« E noi saltiamo in aria e crepiamo. »

« La logica vorrebbe che, se tengo fermo il filo e lo taglio vicino alla porta... »

« ...togli la porta dall'equazione » concluse Spence. « E cioè l'innesco. »

Presi il filo fra il pollice e l'indice.

« Sì, vai » disse Spence.

Tagliai il filo. Metà cadde per terra. Aprii le dita e mollai l'altra metà.

« Siamo ancora vivi » osservò Spence.

Aprii la porta e chiamai Kylie.

Arrivò di corsa, ma entrò in casa piano piano, gli occhi fissi sul marito.

« Non ti avvicinare più di così » dissi. « Quando ci ha chiamato via Skype, Benoit ci ha fatto vedere una carica con un timer. Quella che ho appena disinnescato non aveva nessun timer. Vuol dire che c'è un altro ordigno da qualche parte. »

« Non abbiamo il tempo di cercarlo » disse Kylie. « Portiamo via Spence. »

« Non potete » disse lui.

« Figuriamoci! » protestò Kylie. « Abbiamo sei minuti e dodici secondi e dobbiamo uscire al più presto, anche a costo di portarti fuori nudo e legato a una sedia. »

Spence incominciò a tremare. « Non potete portarmi via » ripeté.

« Perché? »

Spence abbassò lo sguardo. « Per questo motivo. »

Seguii il suo sguardo e capii. Non me ne ero accorto, forse perché aveva perso pochissimo sangue, ma Spence aveva i piedi inchiodati al parquet.

78

« Oh, mio Dio! » esclamò Kylie, inginocchiandosi davanti al marito.

« Aveva una sparachiodi » disse Spence.

« Dobbiamo liberarti » disse Kylie posandogli la mano sul piede sinistro.

Spence cacciò un urlo disumano, ritraendosi il più possibile. « Non mi toccare! Ti prego, non mi toccare! »

« Spence, dobbiamo togliere questi chiodi. »

« Non c'è tempo » rispose lui con il respiro affannoso, terrorizzato e in preda a dolori lancinanti. « Uscite voi. »

La dura realtà era inconcepibile, eppure Spence sembrava pronto ad accettarla. Io e Kylie no, però.

« Spence? » dissi. « Dov'è andato Benoit, quando ha impostato il timer? »

« Cu-cina » rispose lui a fatica.

Kylie e io corremmo in cucina.

Fu una sorta di dejà vu: soltanto cinque minuti prima avevo aperto gli sportelli della cucina dei Provenzano e adesso stavo facendo lo stesso a casa di Kylie.

« Io parto da sopra, tu da sotto » disse Kylie.

Mi accucciai e controllai dentro gli armadietti.

« Qui no, qui no, qui no, qui no » diceva Kylie ogni volta che apriva uno sportello e non trovava ordigni.

Lo trovai io. Avevo la testa all'altezza del piano di lavoro e mi cadde l'occhio su una lucina rossa come quella del timer di Benoit durante la videochiamata. Era dietro il vetro di un raffinatissimo tostapane in acciaio inox, marca Breville.

« Eccolo! » dissi, rialzandomi.

« Restano due minuti soltanto: riesci a disinnescarlo? »

« Forse, se avessi due giorni di tempo. Non sono poi così esperto, come artificiere » dissi. « Non apriamo lo sportello: potrebbe essere l'innesco. Dobbiamo sbarazzarci del tostapane tutto intero. »

« Non possiamo lanciarlo dalla finestra » disse Kylie. « Farebbe una strage. »

« Avete una cassaforte? Potrebbe contenere l'esplosione. »

Kylie scosse la testa. « E se lo portassimo nello scantinato? » suggerì. « È una specie di bunker sotterraneo. »

« Non c'è tempo. Ammesso che l'ascensore riuscisse a portarci al piano, non faremmo in tempo a uscire. »

« Perché dovremmo usare l'ascensore? » chiese Kylie. « Prendi quel tostapane e seguimi. »

Era un elettrodomestico delle dimensioni di un piccolo forno a microonde. Staccai la spina e lo presi in mano.

« Lo scivolo per la spazzatura » disse Kylie, aprendo la porta.

Il condotto per lo smaltimento dei rifiuti era appena oltre l'ascensore. Uscimmo sul pianerottolo e Kylie aprì lo sportello.

In quel momento capimmo tutti e due che non avrebbe funzionato. Lo sportello era incernierato nella parte bassa e si apriva di sessanta gradi soltanto. I sacchetti dei rifiuti si deformavano e ci passavano, ma un tostapane di acciaio non ci sarebbe mai entrato.

« Spacca lo sportello » dissi. « Staccalo dal muro. »

Kylie si sedette per terra, afferrò la maniglia e tirò forte.

« Non si muove di un millimetro » disse. « La bomba è troppo grossa e non ci passa! »

Guardai la lucina rossa. Mancavano novanta secondi.

79

« Portami un martello, o una mazza » dissi.

« Non ce l'ho... O forse invece sì. Dammi un secondo » rispose Kylie correndo in casa.

« Te ne posso dare settantadue » le gridai dietro. « Poi saltiamo in aria. »

Guardavo le cifre sul timer – 01:00, 00:59, 00:58 – e mi chiedevo quanto plastico potesse aver infilato Benoit in quel tostapane. Conoscendolo, immaginavo che non avesse lesinato.

Kylie tornò con un manubrio da dieci chili. « Meglio di così non posso fare » dichiarò. « Tienimi aperto lo sportello. »

Ero molto più forte e robusto di lei, ma non avevo intenzione di litigare: mancavano soltanto trentasette secondi ed ero abbastanza certo che Kylie avrebbe compensato con l'adrenalina.

Posai il tostapane per terra, abbassai al massimo lo sportello dello scivolo per i rifiuti e afferrai la maniglia per tenerlo in quella posizione.

« Spero che tu sappia maneggiare quel manubrio bene come la Glock » dissi. « Cerca di non fratturarmi niente. Abbiamo trenta secondi. Quando arriviamo a dieci, corriamo in casa. »

Così moriamo tutti insieme. Perché sono abbastanza convinto che l'onda d'urto arriverà ben oltre il vostro salotto.

Kylie abbassò il manubrio sullo sportello con tutta la forza che aveva, io sentii tremare tutti i muscoli del braccio, ma lo sportello restò dov'era.

« Venticinque secondi » dissi.

Kylie ci riprovò.

Lo sportello non cedette.

« Riprova » dissi. « Tre è il numero perfetto. »

Infatti lo sportello cedette. Di poco, ma era già qualcosa.

« Ancora » gridai. « Ci siamo quasi! »

Kylie abbassò nuovamente il manubrio, provocando una pioggia di calcinacci.

« Un'ultima volta. Diciotto secondi. »

Kylie sollevò in alto il manubrio e lo riabbassò con un grugnito degno di Serena Williams.

Lo sportello di acciaio cadde a terra con un clangore metallico.

Presi il tostapane, mentre Kylie continuava a colpire il muro per allargare l'apertura.

A quel punto al posto dello sportello c'era un buco da cui vedevo che il tubo dentro cui scorrevano i rifiuti era largo e rotondo.

« Spostati! » gridai.

Lanciai un'ultima occhiata al timer e buttai il tostapane ultra chic in acciaio inox nell'abisso.

Avremmo già dovuto essere fuori da quel locale.

« Sette secondi! » gridai. « A terra! »

Kylie si buttò sul pavimento.

« Sei. »

Mi venne da ridere. Se Kylie e io fossimo riusciti a riparare nel suo appartamento, avremmo avuto una chance di sopravvivere all'esplosione, ma lì eravamo troppo vicini.

« Cinque. »

L'ordigno sarebbe esploso nello scantinato e su per lo scivolo dei rifiuti si sarebbe alzata velocissima una palla di fuoco che ci avrebbe inevitabilmente investiti. Ma forse uno di noi aveva ancora la possibilità di scampare alla morte.

« Quattro. »

La morte arriva per tutti, prima o poi. Avevo creduto di vivere ancora a lungo, ma se mi fosse toccato andarmene quel giorno, ero contento di essere lì, e di essere con Kylie.

Mi buttai sopra di lei per farle scudo con il mio corpo.

« Tre. Due. Uno. »

80

« Bum! » esclamò Gabriel con tutto il fiato che aveva nei polmoni e il macchinista, intontito per la botta in testa, si svegliò immediatamente.

« Hai sentito, Charlie? » chiese Gabriel. « Giustizia è stata fatta! »

Connor lo guardò confuso.

« Tre secondi fa la stronza che ha sparato alla mia donna e quello stronzo di suo marito, che mi ha fregato il personaggio, sono andati dritti all'inferno. Avrei tanto voluto vederli saltare in aria, ma ho pesci più grossi da friggere, adesso. I tuoi amici sul ponte. »

Connor provò a dire qualcosa, ma il bavaglio deformò le sue parole trasformandole in un mugolio stridulo.

« Vuoi un paio di battute? » chiese Gabriel. « Va bene. Ma se alzi troppo la voce, ti ficco il manganello nelle mutande e ti abbrustolisco il pistolino. Sono stato chiaro? »

Il macchinista annuì e Gabriel gli strappò via il nastro adesivo dalla bocca.

Connor fece un gran respiro. « Grazie » disse con un filo di voce.

« Non mi ringraziare, Charlie. Fra meno di mezz'ora ti ammazzo. »

« Perché mi devi ammazzare? »

« Non prenderla sul personale: ho deciso di distruggere questo yacht e tu, combinazione, sei a bordo. »

« Potresti farmi scendere » propose Connor. « Mi sleghi e

io mi butto nel fiume e provo a salvarmi. Fammi questo favore, fratello. »

« Mi dispiace, ma sono truccato. Non sono un *fratello*: sono bianco come il gelato al fiordilatte. »

« Non importa. Hai detto tu stesso che abbiamo tante cose in comune. E quelli su in coperta non sono miei amici: qui io lavoro, mi faccio il mazzo per loro. Non lasciarmi crepare in questo buco. »

« Non se ne parla. Ma complimenti: mi fa piacere che non sei ricorso al solito argomento del padre di famiglia. Non se ne può più. »

« Non ho figli e la mia ex nemmeno si accorgerà se sono vivo o morto » rispose Connor. « Gli unici che sentiranno la mia mancanza sono i Gatti del Vicolo. »

« Mi spiace dovertelo dire, ma i gatti sono indifferenti a tutto. »

Connor scoppiò a ridere. « Loro no. I Gatti del Vicolo è il nome della mia squadra di bowling. Se non vuoi farlo per me, fallo per loro. »

« Sei proprio simpatico » disse Gabriel. « Resterei fino alla fine dello spettacolo, ma è meglio che adesso ci salutiamo. » Fece un passo indietro e esaminò l'ultimo ordigno. « Non male per un dilettante. »

« Lo attivi tramite cellulare, giusto? Non è roba da dilettanti. »

« Il merito è tutto del mio maestro, Mickey Peltz. Gli va riconosciuto, Charlie. Mi è dispiaciuto ucciderlo. Così come mi dispiace far fuori Adrienne, quella del catering. E te, ovviamente. È un vero peccato che brave persone come voi debbano morire prematuramente. »

« Sono commosso. Le tue parole vogliono dire molto per me, in questi ultimi istanti di vita. »

« Se ti può consolare, sarà una fine rapida e indolore.

Mickey aveva ragione: per distruggere questo yacht una trentina di chili di esplosivo sono più che sufficienti. Soprattutto vista la carica che ho posizionato sotto uno dei serbatoi del carburante. Che capacità hanno, a proposito? »

« Quasi ventimila litri ciascuno. Ma una volta che ne esplode uno, scoppiano tutti. »

« Vuol dire che ho ecceduto nella quantità. Quasi quasi ne porto un po' di sopra e lo sistemo nel salone delle feste. »

« Oppure puoi infilartelo su per il culo e poi chiamarti al cellulare » disse Connor.

Gabriel rise. « Charlie, hai dato un contributo davvero importante a questo film » disse infilandosi il resto del C4 nelle tasche della giacca. « Quando ho ideato questa scena, l'ho immaginata densa di tensione e drammaticità. Io che grondo sudore mentre sistemo le cariche, terrorizzato all'idea di sbagliare... E tu hai aggiunto la giusta dose di comicità. Sei come Quentin Tarantino, insomma, ma nero. »

« Fammi capire » chiese Connor. « Stai girando un film? »

« Sì. »

« E dov'è la macchina da presa? »

Gabriel si toccò la testa.

« Ossignore! » esclamò Connor. « E in questo film nella tua testa io devo per forza morire? »

« È un film d'azione. Muore un sacco di gente. »

« Te compreso? »

« No, no. Io sono l'eroe. Io sopravvivo. »

« E come? »

« Non faccio spoiler, Charlie. Non ti posso dire come va a finire. »

« Prima di tutto, vorrei precisare che non mi chiamo Charlie, ma Charles. Secondo, non ce la farai mai. Ammesso e non concesso che tu sopravviva all'esplosione, verrai ripescato da quelli della polizia portuale. »

« No, no. Ce la faccio: è nella sceneggiatura. Il tuo problema, *Charles*, è che ti manca l'immaginazione. »

« No, guarda, ti sbagli. Ne ho un sacco. Vuoi che ti racconti il mio, di film? Tu non sei l'eroe: sei l'ennesimo kamikaze che spera nelle settantadue vergini. »

« Non è vero » protestò Gabriel prendendo il manganello per puntarglielo contro. « Sono la star! »

« Sì, certo » lo schernì Connor. « Un bianco che minaccia un povero nero legato a un tubo con un pungolo da bovini: tipico comportamento da star. »

Gabriel rimise il manganello nella fondina e si chinò accanto a lui. « Fidati di me, Charles. Sarà un film bellissimo, con un finale straordinario. »

« Non potrò giudicare da me, visto che devo morire. »

« Non ci credi? » chiese Gabriel. « Ho la scena della fuga qui con me. È fantastica. »

« Fa' vedere. »

« Perché? Saresti in grado di leggere una sceneggiatura? »

« Lavoro per Shelley Trager, che le legge al gabinetto e le molla lì. Dove molte di loro è giusto che stiano, se vuoi il mio parere. »

« Non la mia. »

« Dimostramelo » lo provocò Connor. « Fammela leggere. Forza. »

Gabriel scosse la testa. « Non so... Di solito non le faccio leggere a nessuno. Solo alla mia ragazza. »

« Non mi hai appena paragonato a Tarantino? »

81

Avevo torto marcio e quando me ne resi conto mi sentii morire. Ma era meglio *sentirsi* morire che morire tout court.

Avevo dimostrato di capire ben poco di esplosivi e avevo sottovalutato l'efficacia delle norme sulla sicurezza degli edifici e del territorio.

Qualche burocrate, infatti, aveva previsto l'eventualità che succedesse qualcosa di simile a quello che era successo a noi, e aveva stabilito che tutti i dispositivi di smaltimento dei rifiuti di New York dovessero essere dotati di uno sfiatatoio sul tetto e di una valvola di sicurezza per evitare esplosioni.

La palla di fuoco che paventavo non si formò: l'edificio venne scosso da un'esplosione che lo fece tremare, ma l'onda di pressione provocata dai gas scatenati dalla reazione si sfogò sul tetto.

Una parte fuoriuscì dall'apertura che avevamo creato noi spaccando lo sportello, ma il locale di smaltimento rifiuti non si trasformò in un forno crematorio.

Restammo immobili per quindici secondi buoni, sotto una pioggia di cenere, fuliggine e rifiuti incandescenti.

Poi, silenzio.

Avevo la bocca premuta su un orecchio di Kylie.

« Sei viva? » chiesi in un sussurro.

« No. »

« Neanch'io. »

Mi spostai e ci tirammo su a sedere. Non ce la sentivamo ancora di alzarci in piedi.

« Non hai la minima esperienza di esplosivi, eh? » mi chiese Kylie togliendosi polvere e calcinacci dai capelli.

Mi rialzai e le sorrisi come un idiota, felice di essere vivo. « Adesso sì » risposi.

La aiutai a rimettersi in piedi e lei mi gettò le braccia al collo. Le cinsi la vita e rimanemmo lì per un po' a guardarci negli occhi, sotto una pioggia di polvere e cenere.

Non scorderò mai quanto era bella Kylie MacDonald il primo giorno di accademia. E continuava a essere bella anche dieci anni dopo, con la faccia sporca e i capelli ingrigiti dalla polvere. Era la donna più bella del mondo.

« Grazie » sussurrò. « Se non mi avessi fermato tu, avrei aperto la porta e Spence e io... e te... saremmo tutti... »

Non concluse la frase, forse perché non osava dirlo ad alta voce, o forse perché le parole non sarebbero bastate. Si avvicinò e mi diede un bacio.

Aveva le labbra più morbide e dolci che avessi mai baciato, e sentirle premere sulle mie mi scatenò le stesse emozioni di un tempo, quando quello sarebbe stato il preludio di una notte d'amore tenera e appassionata.

Ma da allora erano trascorsi dieci anni e stavolta sapevo che sarebbe iniziato e finito tutto con quel bacio.

« Prego » risposi, sciogliendo l'abbraccio.

Kylie fece un passo indietro. L'attimo era fuggito.

« Scusa se mi congedo » disse. « Ma ho un pazzo assassino da fermare e un marito ferito da soccorrere. »

« Quante volte ho già sentito questa scusa? » replicai, e la seguii lungo il pianerottolo per prestare soccorso a quell'uomo fortunato che era suo marito, nonostante i piedi inchiodati al pavimento.

82

Appena Kylie e io entrammo in casa, Spence scoppiò a piangere.

« Pensavo che foste morti » disse, pieno di gratitudine e visibilmente sollevato nonostante la terribile sofferenza fisica.

« Anche noi » replicò Kylie.

Prese un plaid dal divano e glielo stese sulle gambe, poi si inginocchiò, lo abbracciò e gli coprì di baci la fronte, le guance e infine le labbra.

Io mi chinai alle sue spalle e tagliai il nastro adesivo con cui era legato alla sedia.

Appena ebbe le mani libere, Spence abbracciò Kylie e si lasciò cullare dolcemente.

Poi di colpo sciolse l'abbraccio e disse: « Dovete fermare Benoit ».

« Certo » disse Kylie. « Prima però dobbiamo toglierti quei chiodi dai piedi. »

Spence si irrigidì. « Non è il caso, grazie » disse. « Ti amo moltissimo, Kylie, ma non ti offendere: preferisco che a liberarmi non sia una poliziotta armata di martello e piede di porco. »

« Anch'io ti amo » ribatté lei « e non posso lasciarti seduto in mezzo al salotto in questo stato. Il prossimo fine settimana viene mia madre e sai benissimo che è fanatica dell'ordine. »

L'amore che li legava era palpabile: nonostante dovesse soffrire dolori inimmaginabili, Spence sorrideva per il solo fatto di averla vicina. Ma era chiaro anche che l'ostinazione della moglie lo innervosiva non poco.

« Maledizione, Kylie, dammi retta. Sto bene. I chiodi non hanno leso nessuna arteria e non sto per morire dissanguato. Posso aspettare che arrivino i vigili del fuoco. Taglieranno un pezzo di pavimento e mi porteranno all'ospedale. Dopodiché avrò solo bisogno del miglior chirurgo del piede di New York e di una settimana di riposo al mare a Turks e Caicos. In questo momento hai cose più importanti da fare che star qui a tenermi la manina. »

« Dove potrebbe essere andato Benoit? Ha lasciato intendere qualcosa? » chiese lei.

« Non lo ha lasciato intendere: lo ha detto chiaro e tondo. Aveva uno zaino pieno di esplosivo e voleva far saltare lo yacht di Shelley Trager. »

Kylie non se l'aspettava. Era convinta che la piccola crociera al tramonto di Trager fosse un bersaglio a bassa priorità. « Ma perché ce l'ha con Shelley? » domandò.

« Ce l'ha a morte con tutti e due, con Shelley e con me. Si fa chiamare 'il Camaleonte' e sostiene che gli abbiamo rubato il personaggio per usarlo nella mia serie tv. »

« Ma è una follia! »

« Quell'uomo è completamente fuori di testa » disse Spence. « Sa che Shelley proietterà il pilot della serie stasera e ha intenzione di salire a bordo, aspettare che lo yacht sia al largo e farlo saltare in aria. »

« Sei riuscito a convincere Shelley a prevedere un servizio di sicurezza? » chiese Kylie.

« Sai quanto è testardo... Alla fine, per farmi contento, ha assoldato due bodyguard, ma scommetto che sono buoni soltanto a proteggere i bambini che attraversano la strada per andare a scuola. »

« Dobbiamo avvertirlo » disse Kylie. « Forse dovremmo chiamare via radio il comandante dello yacht. »

« Non ve lo consiglio » disse Spence. « Lo conosco. Si chiama Kirk Campion. È un pensionato della marina mercantile. Era comandante in seconda su una portacontainer Maersk. E sapete perché lo conosco? Mi ha proposto di fare un film su uno yacht che viene sequestrato da una banda di pirati somali, e il comandante e l'equipaggio riescono a sgominarli. Se lo chiamate e gli dite che il pazzo cui tutta New York sta dando la caccia è a bordo, indovinate cosa farà? »

« Spence ha ragione » disse Kylie. « L'ultima cosa di cui abbiamo bisogno è un cowboy che vuol fare l'eroe. Dobbiamo salire su quello yacht. Spence, dov'è ormeggiato, e a che ora parte? »

« South Street Seaport. Molo 17. Che ore sono? »

« Le sei e qualche minuto. »

« Troppo tardi. Avranno già levato l'ancora e Gabriel Benoit sarà sottocoperta a piazzare le cariche. Aveva con sé abbastanza esplosivo da farlo volare fino alla costa del New Jersey. »

« E come pensa di fare per scendere in tempo? » domandò Kylie.

« Non ne ho idea » rispose Spence. « Ma essendo riuscito a sfuggire a mezzo NYPD al Radio City, scommetto che un modo lo troverà... »

Qualcuno stava bussando alla porta.

« Polizia! » disse una voce dall'altra parte. « Aprite! »

Aprii e mi vidi davanti una decina di persone, tutte in divisa NYPD tranne una: il comandante Cates.

83

« So che avrei dovuto rispondere al telefono... » dissi a Delia Cates.

« Delle eventuali ripercussioni parleremo in un altro momento, Jordan » tagliò corto lei. « Adesso fatemi soltanto un riassunto di quello che è successo. Un riassunto breve. »

La accontentai in meno di sessanta secondi. Kylie, in piedi al mio fianco, non aprì bocca.

« E siete sicuri che Benoit sia a bordo dello yacht? » domandò Cates.

« Abbastanza. Ma non sarebbe la prima volta che ci frega. Perciò non richiamerei le unità che stanno presidiando gli altri eventi. »

« Okay. Come facciamo a catturarlo, però? »

« Prendiamo un'imbarcazione, raggiungiamo lo yacht e ci saliamo » proposi. « Kylie ci è già stata in altre occasioni e sa orientarsi a bordo, e sia io che lei siamo in grado di riconoscere Benoit. Andiamo noi due. »

« Voi due, più un artificiere » ribatté Cates. « Senza un artificiere, non vi lascio andare da nessuna parte. »

« Agli ordini, comandante. »

« Se vedete del C4, lo mostrate all'artificiere e ci pensa lui. Siete stati fortunati una volta, ma non dovete assolutamente – ripeto, assolutamente – cercare di disinnescare alcun ordigno. Disinnescatemi Benoit, piuttosto. Chiaro? »

« Chiarissimo, comandante. »

« Ora andate. Vi chiamerò per darvi ulteriori ragguagli. »

Stavo per partire a razzo quando Delia Cates mi fermò con un gesto della mano. Mi guardò serissima e disse: « E Jordan... telefono sempre acceso, mi raccomando ».

84

Qualche minuto dopo, Kylie e io eravamo di nuovo a bordo della Chevrolet e viaggiavamo a centocinquanta all'ora verso il South Street Seaport.

La task force NYPD Red è composta da settantacinque persone soltanto, ma ce ne sono altre trentacinquemila, uomini e donne in divisa blu, pronte a guardar loro le spalle e, all'occorrenza, a fare da apripista. Quando imboccammo il South Street Viaduct, che passa sotto Battery Park, avevamo due agenti motociclisti che ci facevano strada.

« Fantastico! » esclamò Kylie. « Abbiamo una scorta di polizia! »

Il comandante Cates poteva disporre di tutto il personale e i mezzi del Dipartimento di polizia di New York e, quando sbucammo dal tunnel, capimmo che non aveva esitato a usare il suo potere.

La strada davanti a noi era libera. Anzi, completamente vuota. Lungo FDR Drive, che nei bollettini sul traffico è sempre preceduta dalle parole « forti rallentamenti su », non c'era un solo veicolo, né nella carreggiata nord né in quella sud.

Con una rapida occhiata capii che i « forti rallentamenti » dovevano essersi semplicemente spostati altrove, perché le rampe di accesso erano bloccate da mezzi della polizia con i lampeggianti accesi.

Cates telefonò. La misi in vivavoce.

« Siamo fortunati. Gli artificieri sono dislocati in tutta la città e Jeff Ordway, che è uno dei migliori, era in standby nei pressi del South Street Seaport. Jim Rothlein della polizia portuale vi aspetta tutti e tre al molo 17. È a bordo di un'imbarcazione senza contrassegni, con equipaggio in borghese, in modo che possiate avvicinarvi allo yacht senza destare sospetti. Ho allertato anche i sommozzatori e gli SWAT, ma li sto tenendo nascosti. Benoit non deve sapere che c'è un intero esercito pronto a saltargli addosso. La cosa va gestita come un'operazione speciale.»

«E Campion, il comandante dello yacht?» chiesi. «Secondo Spence, il sogno della sua vita è mettere fuori combattimento un pirata in alto mare. Non vorrei che decidesse di emulare Steven Seagal.»

«Rothlein ha parlato con Campion sulle frequenze NYPD e gli ha detto che dobbiamo salire a bordo per un supplemento di indagine dopo la sparatoria al funerale di Ian Stewart che non può aspettare il rientro in porto dello yacht. Un'operazione di routine, che non dovrebbe fargli scattare i riflessi da cowboy.»

«MacDonald dice che lo yacht ha una plancetta di poppa» dissi. «Possiamo salire a bordo da lì?»

«Secondo Rothlein, è troppo in vista» replicò Cates. «C'è un portellone sulla fiancata destra che dà accesso alla stiva ed è meno visibile dal ponte. Quando sarete vicini, lo yacht rallenterà, ma non troppo per non insospettire Benoit. Due membri dell'equipaggio vi apriranno il portellone e vi metteranno a disposizione una passerella. Dovrete saltare da una barca all'altra con tutte e due le imbarcazioni in movimento.»

Saltare lateralmente su una passerella era decisamente meno facile che spiccare un salto in avanti per atterrare sulla piattaforma a poppa dello yacht, ma Cates aveva ragione: la cosa andava gestita come un'operazione speciale.

«Non sarà un problema» dissi.

«Quando sarete a bordo, il sergente Ordway andrà subito

nella sala macchine. Benoit è furbo: sa che è lì che vanno piazzate le cariche per fare il massimo dei danni. Molto probabilmente ha intenzione di abbandonare la nave e poi far esplodere gli ordigni con un telecomando. Il vostro compito è impedirgli di scendere, perché vi garantisco che appena riuscirà ad allontanarsi a sufficienza farà saltare in aria lo yacht e resterà a guardarlo bruciare ridendo. Ho previsto mezzi navali dei vigili del fuoco e di soccorso che saranno pronti a intervenire, e anche elicotteri e una squadra specializzata per inseguirlo, ma solo voi due potete impedirgli di premere quel pulsante. »

« Ce la faremo, comandante » dissi.

« Contiamo su di te, Jordan. Io e le cento persone a bordo dello *Shell Game* » disse. « Passami MacDonald. »

Avvicinai il telefono a Kylie. « Sono qui, comandante. »

« Ho un messaggio di tuo marito. Ha detto di dirti che i vigili del fuoco hanno staccato un pezzo di parquet, che lo stanno portando all'NYU Medical, e che ti ama. »

« Digli che lo amo anch'io » rispose Kylie.

« Sai una cosa? » replicò Cates. « Fa' in modo di tornare indietro sana e salva e diglielo tu personalmente. »

85

EST. FIUME HUDSON - NEW YORK CITY - CREPUSCOLO

Vista dall'elicottero del megayacht di SHELLEY TRAGER che risale tranquillamente il fiume. Sullo sfondo del cielo al tramonto si staglia alta e fiera la STATUA DELLA LIBERTÀ.

MUSICA: Sentiamo il RAT-A-TAT-TAT DI TAMBURI MILITARI, seguito da CORNI, e a poco a poco riconosciamo il sound inconfondibile del Più Grande Genio Musicale di Tutti i Tempi, il fu RAY CHARLES, che canta la versione migliore mai registrata in assoluto di AMERICA THE BEAUTIFUL.

RAY CHARLES (COLONNA SONORA)

O beautiful, for heroes proved,
In liberating strife,
Who more than self, their country loved,
And mercy more than life.

La macchina da presa si avvicina allo yacht e a poppa vediamo una rampa abbassarsi lentamente, come il portellone di un gigantesco pickup. Avvicinandoci ancora, vediamo il Camaleonte che si prepara a scendere dallo yacht in navigazione.

RAY CHARLES

America, America,

May God thy gold refine,
Till all success be nobleness
And every gain divine.

La macchina inquadra il Camaleonte che slega uno dei due Zodiac Bayrunner, i gommoni di quattro metri e mezzo che Trager usa come tender quando ormeggia alla fonda.

RAY CHARLES
O beautiful, for spacious skies,
For amber waves of grain,

Il Camaleonte cala in acqua lo Zodiac, salta a bordo e mette in moto.

RAY CHARLES
For purple mountain majesties,
Above the fruited plain.

Lo Zodiac si allontana lentamente dallo yacht.

RAY CHARLES
America, America,
God shed his grace on thee.

Campo lungo: vediamo lo Zodiac che si allontana sempre di più dallo yacht condannato all'affondamento.

RAY CHARLES
He crowned thy good,

In brotherhood,
From sea to shining sea.

Stacco su primo piano della Statua della Libertà che osserva con benigna approvazione la scena ai propri piedi.

RAY CHARLES
You know, I wish I had
somebody to help me sing this.

Entra il CORO e crescono il volume della musica e l'emozione.

CORO
America, America.

RAY CHARLES
America, I love you, America.

CORO
God shed his grace on thee.

Stacco su primo piano del Camaleonte che estrae dalla tasca il CELLULARE.

RAY CHARLES
God shed his grace on thee.

Stacco su totale. Lo Zodiac esce lentamente dall'inquadratura.

RAY CHARLES

He crowned thy good,
With brotherhood,

Stacco su primo piano mentre il Camaleonte digita sul cellulare.

RAY CHARLES

From sea to shining sea.

Stacco su totale. La Statua della Libertà, simbolo di indipendenza ed emancipazione, domina l'inquadratura. Lo yacht, simbolo di avidità, ricchezza e ingiustizia, in confronto appare insignificante.

CORO (CONCLUSIONE MAESTOSA)

... shining sea.

Si sentono le note tonanti dei timpani e quelle metalliche e argentine dei piatti, in un crescendo che si conclude con lo yacht che ESPLODE in un inferno di fuoco.

«Allora, che te ne pare, Charles?» chiese Gabriel, ancora in ginocchio accanto a Connor.

«Sapevo che potevi abbandonare la nave con uno degli Zodiac» replicò Connor. «Ma speravo che tu non lo sapessi.»

Gabriel si alzò e fece un piccolo inchino. «Ho studiato. Quello che mi interessa però è: che cosa pensi della Statua della Libertà con *America the Beautiful* che fa da contrappunto all'esplosione imminente, in cui perderanno la vita un centinaio di persone?»

« Penso che mi piacerebbe molto di più se fra quelle cento persone non ci fossi anch'io. »

« Charles, mi hai chiesto di leggere la sceneggiatura e io ho fatto un'eccezione alla regola. Sforzati di mettere da parte il tuo personale conflitto di interesse e dammi un parere più professionale, non un semplice 'Non voglio morire'. »

« Okay » disse Connor. « Sbaglio, o c'entri qualcosa con la molotov che ha ucciso Brad Schuck al Radio City? »

« Non sbagli. Sono stato io. »

« Ho visto il video. Bello. L'esplosione, la fuga dalla polizia... Ha funzionato. Ma questa sceneggiatura è da dilettanti. La Statua della Libertà, 'simbolo di indipendenza ed emancipazione'? Lo yacht, 'simbolo di avidità, ricchezza e ingiustizia'? Dove hai pescato dei cliché così scontati? »

« Sono solo indicazioni per la regia » rispose Gabriel. « Il pubblico non le vede, servono solo per aiutare il produttore a capire il pensiero dell'autore. »

« Ti assicuro che, a leggerle, l'impressione è che tu abbia ben poca stima del produttore, oppure che tu sia così insicuro da sentirti in dovere di esplicitare tutto quanto. E non si capisce se vuoi fare un film-popcorn con bombe che esplodono e mucchi di cadaveri oppure un film d'essai di critica allo star system. »

« Wow, certo che hai del coraggio » replicò Gabriel. « Avrei scommesso che mi avresti leccato il culo per cercare di convincermi a lasciarti vivere. »

« Non sei il tipo. Tu sei uno che, se gli conti delle balle, se ne accorge da lontano un miglio. L'unico modo per rapportarsi con te è parlare chiaro. »

« Grazie. L'ho detto fin dall'inizio: mi stai simpatico. Se ci fossimo conosciuti in un altro momento, in circostanze diverse, saremmo diventati amici. E saresti piaciuto da matti anche a Lexi. »

« Però mi ammazzerai lo stesso. »

« Charles, ne abbiamo già parlato. Sono stato molto flessibile nella lavorazione del film, ma questa è una scena cruciale. Non posso cambiare il copione. Ho le mani legate. »

« Veramente quello con le mani legate sono io, ma non stiamo a sottilizzare. »

Gabriel sorrise e si mise in tasca i fogli della sceneggiatura. « Non ti dimenticherò mai, Charles Connor. »

« Nemmeno io » replicò Connor. « Avrei un'ultima domanda da farti. Rispondi, ti prego. »

« Certamente. Chiedimi quello che vuoi. »

« Nel film il Camaleonte è chiaramente il tuo alter ego. Come ti chiami veramente? »

« Gabriel. Gabriel Benoit. Perché me lo chiedi? »

« Perché un giorno o l'altro finirai all'inferno, Gabriel. E voglio poterti ritrovare subito per dartele di santa ragione per l'eternità. »

86

I newyorkesi dotati di spirito di osservazione in genere sono in grado di riconoscere subito un'auto civetta. Anche perché, a parte il fatto che non sono bianche e blu e non hanno il logo del dipartimento e la sigla NYPD a lettere cubitali sulle portiere, di solito sono uguali identiche a quelle di servizio.

Nel caso delle imbarcazioni, il discorso è diverso. Quella che ci aspettava al molo 17 era l'equivalente acquatico di una Ferrari Testarossa. Si chiamava *Kristina*, era un motoscafo di quindici metri immatricolato a Tenafly, New Jersey, ed era magnifico.

Kylie e io saltammo a bordo e il pilota si staccò dal molo prima ancora che avessimo posato i piedi sul ponte.

Jim Rothlein, biondo, abbronzato e con un fisico da robot Transformer, mi accolse con un gran sorriso. « Zach, non mi avevano detto che eri tu! »

Jim e io avevamo già lavorato insieme in altre due occasioni, un omicidio e un suicidio. In entrambi i casi i cadaveri erano stati ripescati nel fiume dal suo team. Gli presentai Kylie.

« Da quando in qua vi occupate di operazioni navali? » chiese Rothlein mentre salivamo in plancia.

« Oggi è il primo giorno. E da quando in qua l'NYPD si può permettere una barca così bella? »

« È in prestito dalla task force dell'Autorità Portuale. Era di un gestore di hedge fund del New Jersey che, quando il mercato è crollato, ha deciso di arrotondare con il traffico di cocaina. Lo hanno beccato alla prima consegna e gli hanno sequestrato il motoscafo. Andrà all'asta il mese prossimo, ma nel frattempo lo usiamo noi. »

« Cates ti ha spiegato la situazione? » chiesi.

« Mi ha detto quanto basta per capire che siete due pazzi scatenati, completamente fuori di testa » replicò Rothlein. « Conoscete lo yacht su cui vi accingete a rischiare la pelle? »

« Io ci sono stata tre o quattro volte » rispose Kylie.

« E sei stata anche in sala macchine? » ribatté Rothlein. « Te lo chiedo perché dubito che il nostro uomo piazzi una bomba nel secchiello dello champagne sul ponte di passeggiata. »

« Non avete idea dei posti dove piazza le bombe certa gente » intervenne una voce. « Salve, sono Jeff Ordway e, come vedete dalla tenuta, per stasera sono il vostro artificiere di fiducia. »

Ordway era alto e magro e aveva un sorriso cordiale che contrastava con lo sguardo serissimo. Indossava un'uniforme di robusta tela nera e un gilet tattico con più accessori e gadget della cintura multiuso di Batman. Per quanto ingombrante, era molto meno goffo di quanto mi aspettassi.

« Dov'è la tuta antiesplosione in kevlar? »

« Il comandante Cates ha parlato di un bombarolo dilettante » rispose Ordway. « Così ho pensato che era inutile mettermi addosso cinquanta chili di roba in un'uscita in mare per disinnescare un ordigno che potrei disattivare a occhi chiusi. »

« Venite che vi mostro dove dovrete cercare » disse Rothlein, facendoci strada verso una console. Accese uno schermo e vedemmo comparire il rendering di un grande vano pieno di attrezzature high-tech che assomigliava al centro di controllo della NASA, ma che immaginai fosse la sala macchine dello yacht di Shelley Trager.

« Come hai fatto a procurartelo? » chiesi.

« Dal sito del cantiere navale » rispose Rothlein. « Questi megayacht da sessanta metri sono personalizzati, ma solo nella parte abitabile. La sala macchine è sempre la stessa. »

« Se il nostro uomo ha intenzione di far saltare tutto in aria, secondo me i punti dove è più probabile che piazzi le cariche sono questi » disse Ordway indicando cinque o sei aree vulnerabili.

« Ora facciamo un rapido giro di tutta la barca » disse Rothlein.

Ci illustrò una serie di planimetrie che raffiguravano i vari ponti dello yacht con le scale e le porte di comunicazione.

« È complicato da memorizzare in così poco tempo » osservò. « Siete sicuri di non volere che venga anche qualcuno di noi? È il nostro mestiere. »

« Jim, se ci vede arrivare in massa, quello fa immediatamente saltare in aria tutto quanto. Cates ci ha autorizzato a fare a modo nostro. »

« Non so quale sia il modo vostro, ma fatemi un favore » disse Rothlein. « Non andate con quelle Florsheim ai piedi. Lasciate almeno che vi dia un paio di scarpe adatte. »

« E delle radio » suggerì Kylie.

« E già che ci siamo anche un po' di Xamamina, per favore » aggiunsi. « Soffro il mal di mare. »

Dal posto di guida una voce disse: « Obiettivo in vista, tenente. Comunico al comandante dello yacht di ridurre la velocità. Li affiancheremo fra tre minuti ».

« Siete mai saltati da un'imbarcazione a un'altra in navigazione? » chiese Rothlein mentre mi infilavo un paio di Sperry Top-Sider. « È più facile a farsi che a dirsi. È come prendere le scale mobili da Bloomingdale's. La parte più difficile tocca al nostro pilota, che deve avvicinarsi abbastanza da permettervi di saltare, ma non tanto da costringerci a risarcire l'Autorità Portuale per i danni allo scafo di questo gioiellino. »

« Be', allora a noi resta la parte più facile » ribatté Kylie. « Dobbiamo solo fare in modo che Benoit non trasformi in una palla di fuoco il sessanta metri di Shelley Trager con i suoi cento e passa invitati. »

87

Tre minuti dopo il *Kristina* aveva ridotto la velocità e procedeva affiancato allo *Shell Game*.

Rothlein disse via radio al comandante Campion: « Siamo in posizione ».

Nella fiancata d'acciaio del megayacht, molto simile alla fusoliera di un jet, si aprì un portellone e, invece della scaletta, spuntò una rampa telescopica in alluminio di circa due metri.

« Questo è il massimo della lunghezza? » chiese Kylie.

« La passerella è fatta per essere appoggiata a una banchina » spiegò Rothlein. « Non per cambiare cavallo in corsa. »

La passerella che sporgeva dalla nostra barca era ancora più corta. Aspettai che le due estremità fossero allineate.

« Zach, è inutile che aspetti che si aggancino come due mattoncini Lego » disse Rothlein. « Più di così non ci possiamo avvicinare. »

Il salto era meno di un metro, la metà della mia statura. Sulla terraferma non avrei avuto difficoltà, ma con il punto A e il punto B che dondolavano e ondeggiavano come due ubriachi che cercano di attraversare Broadway con il rosso, lo trovavo un po' più complicato.

« Vai! » esclamò Rothlein.

Osservai le due rampe che andavano su e giù, avanti e indietro, sperando di individuare un ritmo, una regolarità. Niente da fare. Le onde erano troppo disordinate.

« Non stare a pensarci su, Numero Sei » disse una voce ben nota e un po' sfottente alle mie spalle.

Nel momento in cui spiccai il salto, il *Kristina* prese un'onda e quello che era cominciato come un balzo di una certa eleganza si trasformò in un disperato annaspare a mezz'aria. Per fortuna riuscii ad atterrare con entrambi i piedi sull'orlo della passerella del megayacht e finii tra le braccia di due uomini dell'equipaggio, che frenarono la mia corsa e mi depositarono sul pavimento di acciaio della stiva.

Pochi secondi dopo Kylie era al mio fianco.

« Hai mai provato a prendere le scale mobili di Bloomingdale's la vigilia di Natale? » chiese. « Ho fatto meno fatica adesso. »

« Ti odio » le dissi.

Ordway avanzò fino al bordo della passerella del *Kristina*, calcolò la distanza, fece qualche passo indietro e prese la rincorsa.

Proprio quando stava per spiccare il salto, il motoscafo si inclinò di lato per uno scherzo della corrente e la punta della passerella finì in acqua. Ordway si lanciò in avanti, ma andò a sbattere con il petto contro la passerella di fronte e, inevitabilmente, cadde nel fiume.

Lo vidi che si sbracciava per non affondare trascinato dal peso delle attrezzature che aveva nel gilet.

Sentii Rothlein che gridava « Uomo in mare! Ferma le macchine! ». Lo *Shell Game* riprese velocità lasciandosi dietro il *Kristina*.

Chiamai Rothlein via radio. « Riuscite a ripescarlo? »

« Uno dei miei uomini si è buttato immediatamente » disse lui. « Fra due minuti lo riporteremo a bordo e, se se la sente, possiamo fare un altro tentativo. Massimo cinque minuti. »

Se se la sente? Altri cinque minuti, nei quali Benoit poteva fare di tutto? Un altro tentativo, con il rischio di essere scoperti?

Attivai il microfono. « Negativo. State indietro. Vi chiamo appena avremo arrestato Benoit. »

Mi voltai verso i due marinai e dissi: « Chiudete ».

Mentre ritiravano la passerella, guardai un'ultima volta il *Kristina* che si allontanava.

Il portellone di acciaio si richiuse.

Kylie mi guardò. « Bravo, Zach » disse. « Andiamo a cercare Benoit. »

88

Gabriel, sul ponte principale, guardava il cielo a ponente tingersi di rosso e arancione. « L'ora magica » mormorò. Era il termine che si usava nel campo del cinema e della fotografia per designare le condizioni di luce di un tramonto come quello.

Nessun regista avrebbe potuto chiedere di meglio. E in lontananza si stagliava la protagonista della scena. Per il momento era ancora una sagoma grigia, ma Gabriel cominciava a intravedere la torcia nella mano destra, sollevata ad accogliere le masse di poveri stanchi e sofferenti che sbarcavano anelando alla libertà.

« Mi dispiace deluderti » disse, « ma questa volta dovrai accontentarti di una massa di ricchi arroganti e avidi. »

Lo yacht aveva virato ed era appena passato sotto il ponte di Verrazzano, che collega Brooklyn a Staten Island. Mancavano circa dieci minuti all'entrata in scena della Statua della Libertà e quindi c'era tempo più che sufficiente per piazzare l'ultimo ordigno nella cambusa, prendere lo Zodiac e prepararsi al gran finale.

Gabriel si appoggiò alla battagliola per guardare un'ultima volta il panorama, ammirando in silenzio i riflessi dorati all'orizzonte, quando sentì la prima lacrima che gli scorreva lungo la guancia.

Non posso piangere, non è nella sceneggiatura. Stava andando tutto alla perfezione, come da copione, tranne quella lacrima, che lo colse di sorpresa.

« Maledizione, Lexi, mi rovini il trucco » esclamò ridendo con il vento tiepido della sera che gli soffiava sul viso. « Mi manchi tanto, amore mio. Ti avrei dovuto assegnare una parte più importante. Forse allora non ti sarebbe venuto in mente di andare da sola a... E questi chi sono...? »

Stava arrivando un motoscafo.

Nel fiume c'erano imbarcazioni di ogni tipo, da pesca e da diporto, ma quel motoscafo si distingueva fra le tante perché puntava dritto verso di loro. Il riccastro al timone doveva essere ubriaco o stupido, o tutte e due le cose.

Il motoscafo si avvicinò, ma il tipo al timone non era un riccastro: era un professionista e Gabriel osservò la manovra con cui affiancava il megayacht.

Si guardò intorno per vedere se qualcun altro si era accorto dell'abbordo, ma dovevano aver aperto il buffet perché sul ponte erano rimaste pochissime persone, tutte troppo prese dagli affari loro per notare alcunché.

Gabriel osservò il motoscafo procedere affiancato allo yacht, onda su onda, con precisione militare. Poi, come per magia, dalla fiancata dello *Shell Game* spuntò una passerella che si protese sull'acqua. Per far salire a bordo qualcuno.

Era poco sopra la linea di galleggiamento. Dopo pochi secondi si protese una passerella anche dal motoscafo.

Impossibile, pensò Gabriel mentre i due ispettori, Zach Jordan e Kylie MacDonald, compivano una prodezza degna di Evel Knievel attraversando il ponte improvvisato fra le due imbarcazioni e sparendo nella stiva dello *Shell Game*.

Im-pos-si-bi-le. Lungi dall'essere morti, erano lì a cercare di fermarlo.

Un terzo sbirro, in uniforme nera e appesantito da un gilet pieno di attrezzature, si preparava a passare da una barca all'altra. *Un artificiere che vuole mettermi i bastoni fra le ruote.*

Ma l'uomo in nero fu meno fortunato degli altri due. Proprio quando stava per spiccare il salto, il motoscafo si inclinò e lui finì in acqua.

Uno sbirro in meno cui pensare, ma a quel punto il tempo per piazzare l'ultimo ordigno non c'era più. Doveva farsi bastare i tre nella sala macchine.

Gabriel non aveva idea di come avessero fatto i due ispettori a non saltare in aria a casa di Spence Harrington e ad arrivare fin lì, ma non importava.

Non più in lacrime, bensì in preda a un'ira funesta, si precipitò giù per la scala di metallo. « Benvenuti a bordo, ispettori » disse. « Morirete prima che tramonti il sole. »

89

« Dov'è la sala macchine? » chiesi ai due marinai che ci avevano aiutato a salire a bordo.

« Vi accompagniamo » rispose uno dei due.

« Fateci solo vedere dov'è » dissi.

Evidentemente erano abituati a non mettere in discussione gli ordini, perché uno dei due ci indicò la direzione e subito si allontanarono.

« È la prima volta che salgo su uno yacht di lusso » dissi a Kylie. « Spero che non si aspettassero la mancia. »

Tirammo fuori la pistola e individuammo la porta di metallo della sala macchine: un cartello in cinque lingue vietava l'accesso ai non addetti ai lavori.

La disposizione degli spazi era esattamente la stessa del disegno che ci aveva mostrato Rothlein, ma c'era molto meno rumore del previsto. Mi aspettavo un fracasso assordante, come nei film, invece il motore girava con un rombo sommesso, come un'auto di grossa cilindrata.

Andammo subito verso prua e, fissato allo scafo, nel punto esatto previsto da Ordway, trovammo un blocco di plastico grigio con le impronte di Benoit ancora impresse, da cui spuntavano quattro fili elettrici, uno rosso, uno bianco, uno blu e uno giallo, collegati a un cellulare in attesa del segnale inviato da un altro cellulare.

« È innescato » mormorai.

« Allora sarà meglio che troviamo Benoit prima che scenda dalla nave » disse Kylie. « Dividiamoci. Tu vai di sopra e io... »

Il tonfo fu forte, chiaro e del tutto fuori tempo rispetto al ritmo costante del motore.

Kylie sillabò senza emettere suono: « È lui ».

Altro tonfo.

Si sa che l'acustica in una sala macchine lascia parecchio a desiderare. Non riuscendo a capire da dove venissero quei rumori, io andai a sinistra e Kylie a destra e lentamente procedemmo entrambi nella direzione da cui ci era sembrato di sentirli arrivare.

Poi udimmo un rumore nuovo, diverso. Un suono umano, ma smorzato, soffocato. Ebbi un déjà vu. Era lo stesso verso che avevo sentito fare a Spence meno di un'ora prima. Solo che questa volta non potevo fidarmi.

Benoit era furbo e, per quel che ne sapevo, poteva averci teso una trappola. Forse ci aveva sentito arrivare e aveva pensato di farci uscire allo scoperto con una finta richiesta di aiuto.

Feci cenno a Kylie di tenersi bassa.

« NYPD! » gridai. « Vieni fuori con le mani sulla testa! »

La voce si fece risentire più forte di prima, con mugolii disperati, rabbiosi e del tutto inintelligibili. Mi voltai in quella direzione con la pistola puntata. E vidi un uomo di una certa età imbavagliato e legato con il nastro adesivo a un tubo. Era chiaramente un membro dell'equipaggio.

« Da questa parte! » gridai a Kylie, poi mi chinai e tolsi il nastro adesivo dalla bocca dell'ultima vittima di Benoit.

« NYPD » ripetei.

« Siete artificieri, spero » disse l'uomo.

« No. »

« Allora liberatemi e fatemi scendere da quest... Oh Madonna santa! Kylie? Kylie Harrington? Sei tu? »

« Salve, Charles. Sono io, ma in questo momento sono l'ispettore MacDonald » rispose Kylie mentre io gli toglievo il nastro adesivo da gambe e braccia. « Stai bene? »

« Starò bene appena sarò sceso da questa cazzo di nave. Ci sono tre bombe qui sotto, e su in coperta c'è un pazzo scatenato con un cellulare che vuole farle esplodere. »

« Benoit... Quanto tempo fa se n'è andato? » dissi.

« Saranno cinque minuti. È completamente pazzo. Nella sua testa sta girando un film. Senza macchina da presa, solo nella sua testa. »

« Finché è a bordo, non farà esplodere un bel niente » dissi. « Come pensa di scendere dalla nave? »

« Vuole prendere uno degli Zodiac, allontanarsi un po' e poi farci saltare in aria con una telefonata. »

« Ma noi lo fermeremo » disse Kylie, aiutando il poveraccio a rimettersi in piedi.

L'uomo barcollò e si afferrò a un grosso tubo cromato.

« Scusaci, Charles, ma ti dobbiamo lasciare » disse Kylie. « Dove sono gli Zodiac? Qual è la via più breve per arrivarci? »

« Scala D. La porta rossa » rispose lui indicando la direzione.

Partimmo a razzo.

« Kylie, aspetta! » le gridò dietro. « C'è ancora una cosa che dovete sapere. »

Ci fermammo.

« Benoit mi ha fatto leggere la sceneggiatura. Vuole far esplodere lo yacht con la Statua della Libertà sullo sfondo » disse.

« E cioè? »

« E cioè appena scende dallo yacht e vede la statua sullo sfondo, noi siamo morti. »

90

Ricchi e potenti hanno sempre una strategia d'uscita, pensò Gabriel mentre scendeva di corsa le scale verso poppa. Nel caso di Shelley Trager, si chiamava Zodiac Bayrunner ed era un tender di quattro metri e mezzo con carena in vetroresina e motore fuoribordo Yamaha da quaranta cavalli. Costava sui ventimila dollari, era molto apprezzato e Trager ne aveva una piccola flotta.

Gabriel ne trovò due pronti sulla piattaforma di poppa. Ne calò uno in acqua e saltò a bordo, stando attentissimo a non bagnare il cellulare.

La luce era perfetta, gli ultimi raggi di sole si riflettevano sulla scia del megayacht che si allontanava lentamente. Ma la Statua della Libertà era ancora troppo lontana. La voleva più vicina.

Mise in moto e seguì lo yacht tenendosi a una distanza di circa trenta metri, con una mano sulla fronte per ripararsi gli occhi dal sole. Sguardo fisso sulla Statua della Libertà, aspettò l'inquadratura perfetta.

« *O beautiful, for spacious skies* » canticchiò. Ma era talmente concentrato sulle immagini che quasi non si accorgeva della colonna sonora.

Il primo sparo lo riscosse dalle sue fantasticherie. La detonazione fu seguita dal rumore dell'impatto sullo scafo rigido. Il proiettile rimbalzò contro la vetroresina.

« È un gommone a scafo rigido, cretini! » gridò ai due poliziotti in piedi sulla piattaforma di poppa dello yacht di Trager. « Credete di poterlo affondare come se fosse un materassino gonfiabile? »

Un altro sparo. E ancora un altro.

Gabriel si accovacciò sul fondo dello Zodiac e gridò: « Continuate a sparare, idioti! Sarà una scena ancora più emozionante ».

91

Quando arrivammo alla piattaforma a poppa, Benoit era già su uno degli Zodiac e ci stava seguendo a una distanza sufficiente a permettergli di sopravvivere all'esplosione dello yacht, ma non fuori dalla portata delle nostre armi.

« Mira alla parte gonfiabile! » gridai. « Affondalo! Se il cellulare si bagna non può far detonare l'esplosivo! »

La prua dello Zodiac era sollevata per la velocità e i tubolari rosso fuoco che sporgevano dall'acqua offrivano un bersaglio perfetto.

Kylie e io sparammo contemporaneamente e centrammo entrambi un tubolare. Ed entrambi ci aspettavamo che lo Zodiac si sgonfiasse come un palloncino.

Purtroppo ci intendevamo di imbarcazioni tanto quanto di esplosivi: i nostri proiettili avevano colpito il tender, ma senza causare alcun danno.

« Merda, tutto lo scafo è rigido! » imprecò Kylie. « Anche i tubolari! È come sparare nel polistirolo. »

Benoit si mise a sedere e ci urlò qualcosa, ma l'unica parola che riuscii a distinguere era « idioti ».

« Sta rallentando » disse Kylie mentre la distanza fra lo yacht e lo Zodiac aumentava. « Resta indietro per non farsi sparare addosso. »

« Non ci lasceremo fregare! » esclamai slegando il secondo Zodiac e calandolo in acqua. « Sali. Guido io. »

Saltai a bordo, tirai la cordicella e il motore Yamaha si accese al primo colpo. Con la destra sulla leva del gas, allungai il braccio sinistro per aiutare Kylie a salire.

Lei mi prese la mano, posò un piede sul gommone e io mi inclinai all'indietro per tirarla a bordo. Fu un classico esempio di mano destra che non sa che cosa faccia la sinistra, perché quando mi protesi all'indietro la mia mano destra mosse la leva, lo Zodiac si spostò di colpo in avanti e Kylie, invece che a bordo, finì in acqua.

Riemerse sputacchiando dopo meno di cinque secondi. « Ho perso la pistola. »

Feci manovra per tornare indietro e girarle intorno e, quando le fui vicino, spensi il motore per essere sicuro di non prenderla nell'elica.

Kylie tentò di aggrapparsi alla fiancata in vetroresina, ma era scivolosa. Io la afferrai per le mani e cercai di issarla a bordo, ma non potevo puntellarmi da nessuna parte per far leva. Allora mi sporsi con le braccia oltre il tubolare e la presi per le ascelle.

« Uno, due, tre. » Kylie si diede una spinta verso l'alto e io mi buttai indietro. Con i vestiti fradici, mi parve che pesasse cinquanta chili più del solito, ma riuscii a trascinarla per metà dentro il gommone. Continuai a tenerla stretta finché lei non riuscì ad aggrapparsi a una barra cromata e a issarsi del tutto.

« Ho perso la pistola » ripeté.

« Colpa mia. Sono un cretino. Scusa. »

« Dov'è Benoit? » chiese lei mettendosi a sedere e scostandosi i capelli bagnati dalla faccia.

Chiunque altro avrebbe invertito la rotta e sarebbe scappato. Benoit, invece, era ancora lì con il motore in folle e ci guardava. Aveva assistito da un posto in prima fila a tutti gli omicidi commessi fino a quel momento e non aveva nessuna intenzione di perdersi il gran finale.

Si mise a sedere e alzò la mano in cui teneva il cellulare.

Come un mimo sotto i riflettori, sollevò il dito medio e rimase fermo, controluce nel crepuscolo, a provocarci, a sfidarci a fermarlo ben sapendo che non potevamo farlo.

Poi abbassò il dito e toccò lo schermo del telefono.

Non ero sicuro che Kylie e io fossimo abbastanza lontani dallo yacht per sopravvivere all'esplosione.

Ci sdraiammo sul fondo dello Zodiac e io le rotolai addosso per farle scudo con il mio corpo.

« E due! » commentò lei.

« Speriamo finisca qui » le bisbigliai in un orecchio.

92

Gli stavano rovinando il film. Lo stavano ridicolizzando.

In un altro momento, in altre circostanze, il Camaleonte l'avrebbe anche potuto trovare divertente. Ma era la scena finale, la più importante di tutte e, invece di comportarsi da degni avversari, MacDonald e Jordan annaspavano nell'acqua come due poliziotti delle comiche.

Liberty Island era meno vicina di quanto gli sarebbe piaciuto, ma pazienza. Doveva sbrigarsi. Aspettò che Jordan avesse issato MacDonald sullo Zodiac. Non voleva che si perdessero la scena.

« Azione! » gridò.

Sollevò in alto il cellulare, con lo schermo inclinato in modo che riflettesse gli ultimi raggi di sole e che quei due lo vedessero bene. Così avrebbero capito che cosa stava per fare.

Sollevò anche l'altra mano e mostrò loro il dito medio, poi lo riabbassò e lo tenne sospeso sopra il tasto 1.

I due sbirri capirono immediatamente che cosa stava per succedere e si buttarono sul fondo del tender per mettersi al riparo, ma a quel punto al Camaleonte non interessavano più. Alzò lo sguardo. Era tutto esattamente come lo aveva immaginato con Lexi: il megayacht condannato all'affondamento, la statua che nella sua infinita saggezza osservava tutto dall'alto, il disco arancione del sole che si apprestava a sparire oltre l'orizzonte.

Premette il tasto 1, sentì partire la composizione automatica del numero, poi uno squillo e...

« Bum! »

A quella parola seguì una risata profonda, di gola.

« Bum! » ripeté la voce beffarda dall'altra parte. « Mi dispiace, ma devi accontentarti di questo. Ho tagliato i fili dei cellulari collegati ai detonatori, tutti e tre. Che c'è, caro il mio Camaleonte? Sei rimasto senza parole? »

« Charles? » disse dopo un po' Gabriel.

« Sembri sorpreso. Non hai visto le ultime modifiche alla sceneggiatura? È arrivata la cavalleria, mi ha liberato e mi ha promosso al ruolo di eroe. »

« Che figli di puttana » esclamò Gabriel.

« È lo show business » replicò Connor. « I film non sempre vengono come te li aspettavi... »

« Il mio film sarà bellissimo! » urlò Benoit, e chiuse la chiamata. Charles Connor era una comparsa. Non era degno della sua attenzione. Non gli voleva parlare più. Quello era un film d'azione, e l'azione stava per cambiare radicalmente.

Accelerò a manetta ed estrasse la Glock.

« Scena alternativa! » gridò mentre volava sulle onde puntando dritto verso l'altro Zodiac.

93

Kylie e io eravamo sdraiati sul fondo dello Zodiac ad aspettare che accadesse l'inevitabile.

Kylie teneva il tempo contando: « Mille e uno, mille e due, mille e tre... »

Arrivò a mille e quindici e l'inevitabile ancora non era accaduto.

« Dev'essere andato storto qualcosa » disse. « Prova a guardare. »

Alzai la testa e sbirciai oltre il tubolare.

« C'è stato un imprevisto » dissi riabbassandomi velocemente. « Mi sa che non riesce a far detonare l'esplosivo. Sta parlando al cellulare con qualcuno. »

« Avrà chiamato l'assistenza tecnica » ironizzò Kylie. « Non diamogli il tempo di capire cosa deve fare. Fermiamolo. »

Mi tirai su a sedere e afferrai la cordicella per rimettere in moto l'imbarcazione.

La prima pallottola colpì il motore Yamaha e io mi ributtai sul pagliolato. Altri tre colpi ci sfiorarono la testa.

Sentii che Benoit ci stava passando accanto a tutta velocità. Mi girai, presi la pistola e risposi al fuoco, ma senza prendere la mira, e feci solo un gran rumore. Benoit eseguì una virata di centottanta gradi e tornò indietro puntando di nuovo verso di noi. Diedi uno strattone alla cordicella, ma il motore era fuori uso.

Benoit ricominciò a sparare e io mi ributtai sul fondo.

« Zach, non ho la pistola » disse Kylie.

« Ne ho una di riserva nella fondina alla caviglia. » Sentivo lo Zodiac di Benoit che accelerava venendo di nuovo verso di noi. « Appena è passato, te la do. »

Benoit, però, non ci passò accanto.

Ci speronò.

Urtò la prua del nostro Zodiac con l'angolazione perfetta per sollevarla verso l'alto e farmi finire fuoribordo. Volai all'indietro e caddi di testa nel fiume. Fu come se qualcuno mi avesse preso alle spalle e dato una botta con una mazza da baseball: vidi chiazze azzurre in campo nero e mi sentii affondare.

Non sono un nuotatore provetto, ma a furia di dibattermi riuscii a tornare a galla sputacchiando. Mi guardai intorno in tutte le direzioni in cerca di Kylie. Il nostro Zodiac si era raddrizzato e lei era ancora a bordo, ma a una decina di metri da dove mi trovavo io. Benoit fece un'altra inversione a U, vide lo spazio che ci separava e vi passò in mezzo a tutta velocità, sparandomi. Non so come, ero riuscito a non perdere la pistola. La tenni fuori dall'acqua e sparai alla cieca, sperando di colpirlo.

Ma i tiri di Benoit erano molto più precisi e arrivavano alla mia sinistra, alla mia destra, e uno anche davanti, a meno di mezzo metro dalla mia testa. Benoit proseguì a tutta velocità e descrisse un cerchio per ripassarmi vicino e fare un nuovo tentativo. Sapevo che era solo questione di tempo. Ero un pesce in un barile e Benoit era deciso a centrarmi.

Poi, più forte del rombo dei motori, sentii Kylie che gridava: « Zach, fai finta che ti abbia colpito! Metti la testa sott'acqua! »

Benoit puntava di nuovo verso di me, ma molto più lentamente, in modo da prendere la mira per bene.

Sparò un colpo. Io mi afferrai la spalla destra con la mano, smisi di battere i piedi per tenermi a galla e mi inabissai. L'ultima cosa che vidi prima che il fiume mi inghiottisse fu Kylie, in ginocchio sullo Zodiac in posizione di tiro, con le due braccia tese in avanti che mirava a Benoit.

Sì, ma con cosa?

Fino a due minuti prima, la sua pistola era in fondo all'Hudson...

94

Al cinema Gabriel aveva visto centinaia di inseguimenti ad alta velocità in cui l'auto della polizia sperona il veicolo in fuga e gli fa fare un testacoda che lo manda fuori strada.

Usò esattamente lo stesso sistema per far impennare lo Zodiac dei due sbirri e far volare in acqua Jordan.

L'ispettore finì nel fiume di schiena e, quando riemerse e ritrovò l'orientamento, era lontano dalla sua collega. A quel punto Gabriel dovette decidere chi far fuori per primo.

E scelse Jordan. Si avvicinò sparando ripetutamente. A un certo punto si trovò a meno di tre metri dal bersaglio, ma le acque del fiume erano agitate e i colpi andarono tutti a vuoto.

Più piano, gli suggerì una voce.

Era Gabriel il regista a dargli quel consiglio.

Gabriel il protagonista del film d'azione ridusse la velocità e fece un giro per tornare all'attacco.

Calma, calma, calma, disse il regista. *Adesso.*

Gabriel l'eroe sparò.

Jordan si portò una mano alla spalla e si inabissò.

« E uno » disse Gabriel, soddisfatto. Poi si voltò verso MacDonald. Doveva avere il motore fuori uso, perché altrimenti lo avrebbe inseguito. Non poteva sfuggirgli.

Gabriel rallentò fino a fermarsi a cinque o sei metri da lei.

Era quasi buio, ma la sua sagoma si distingueva ancora chiaramente in controluce. Era in ginocchio in posizione di tiro.

« NYPD! » gridò. « Getta la pistola e alza le mani! »

« Non fare la furba! » ribatté lui. « Sei disarmata, altrimenti mi avresti sparato prima che facessi secco il tuo amico. »

« Ultimo avvertimento! » urlò MacDonald. « Getta l'arma e mani in alto! »

Sparale, disse la voce dentro la testa di Gabriel. Ma questa volta non era il regista.

Era Lexi. Era venuta per la scena finale. Senza che lui l'avesse invitata, ma naturalmente si era presentata lo stesso. Rise. Lexi era fatta così... Non era mai riuscito a controllarla.

Fallo per me, Gabe. Sparale.

Premette il grilletto.

Clic.

Il caricatore era vuoto.

Speronala. Investila. Falla a pezzi. Uccidila.

Gabriel accelerò. Lo Zodiac era sulla sua traiettoria e MacDonald continuava a tenerlo sotto tiro.

Controluce, Gabriel vide che cosa impugnava.

Era un oggetto tozzo, con la punta quadrata e strisce gialle sul fianco.

MacDonald premette il grilletto.

95

Riemersi appena in tempo per assistere allo scontro. Kylie e Benoit, a cinque o sei metri di distanza l'uno dall'altra, entrambi immobili.

Poi sul fiume si udì un boato terrificante, da spaccare i timpani, come di un vulcano in eruzione, che interruppe la quiete della Upper Bay e riecheggiò da Brooklyn a Bayonne. Per un attimo il mondo si tinse di un arancione abbagliante. Poi un geyser di acqua e schiuma ribollente schizzò verso il cielo, seguito da pennacchi di denso fumo nero da cui piovvero nel fiume pezzi dello Zodiac in fiamme e brandelli di un corpo umano.

Di Benoit, che si trovava al centro dell'esplosione, non rimaneva più nulla. Era stato disintegrato. Kylie era a cinque o sei metri soltanto e lo tsunami causato dall'esplosione sollevò in aria la sua barca. Un attimo prima era in ginocchio che prendeva la mira su Benoit e quello dopo volava in aria descrivendo un lungo arco.

Finì nel fiume a quasi venti metri da me e la vidi sparire sott'acqua.

La chiamai e cominciai a nuotare fra chiazze di olio e pezzi di vetroresina bruciata che sfrigolavano nell'acqua, controllando per vedere se riemergeva. Ma o era svenuta, o peggio.

Il peso dei vestiti e delle scarpe mi trascinava giù e mi sembrava di nuotare come succede a volte nei sogni: per quanto mi sforzassi, non mi avvicinavo di un millimetro alla meta.

Quando finalmente arrivai nel punto in cui avevo visto

Kylie inabissarsi, mi immersi. L'acqua era scura e torbida e l'unica cosa che potevo fare era cercarla a tentoni agitando disperatamente le braccia davanti a me. Dopo un minuto tornai su, presi fiato, la chiamai di nuovo e guardai in tutte le direzioni.

Niente.

Poi vidi venire a galla qualcosa. Una scarpa. Mi tuffai e nuotai sott'acqua per tre metri. Sei metri. Ancora niente. Ero completamente disorientato. Non sapevo più dov'ero, né dov'era caduta Kylie.

E all'improvviso vidi volteggiare nell'acqua nera dei fili dorati. Capelli biondi.

Battei i piedi con così tanta forza che le finii addosso, poi la afferrai e cominciai a nuotare verso l'alto. Arrivato in superficie, presi fiato e tentai di farle la respirazione bocca a bocca.

Lei rovesciò la testa all'indietro ed emise un rantolo. La aiutai a rimanere a galla mentre sputava l'acqua che aveva bevuto.

« Respira » le dissi.

E lei si sforzò diligentemente di respirare.

« Brava, continua così. Non cercare di parlare. »

E lei ovviamente parlò. « Cos'è successo? » chiese.

« Ti ho salvato la vita. Per la seconda volta in un giorno. »

« No, intendevo: cos'è successo a Benoit? »

« L'hai fatto saltare in aria. Si è praticamente disintegrato. »

« Volevo solo stordirlo. »

« Doveva avere del C4 in tasca. E se è bastata una scarica di taser, vuol dire che aveva anche un detonatore. »

Sentii un ululato di sirene, mi guardai attorno e vidi convergere verso di noi da tutte le direzioni unità della polizia portuale, dei vigili del fuoco, della Guardia Costiera e, in testa, Jim Rothlein al timone del *Kristina.*

Gli ultimissimi raggi di sole si stavano spegnendo e in lontananza, avvolta nel crepuscolo viola e rosa di New York, si scorgeva la Statua della Libertà.

« The end » dissi.

L'acqua era fredda e Kylie, tremando, si strinse a me. « Come dicono i registi, dissolvenza al nero » aggiunse.

La abbracciai forte e le sussurrai all'orecchio: « Titoli di coda ».

EPILOGO

TITOLI DI CODA

96

Ai newyorkesi piacciono gli eroi e, quando si svegliarono quel giovedì mattina, ne avevano ben due. Il *Daily News* titolava in prima pagina « Coppia eroica mette KO il killer delle star ».

La notizia era accompagnata da una foto di Kylie al capezzale di Spence Harrington ricoverato in ospedale.

A pagina 3 un articolo parlava di un « attentato ai danni di un famoso produttore tv, sequestrato e inchiodato al pavimento da un pazzo criminale inchiodato a sua volta, metaforicamente parlando, dalla moglie della vittima ». La foto ritraeva Kylie in abito da sera e Spence in smoking ed era stata scattata pochi giorni prima davanti al Radio City Music Hall.

C'era anche una mia foto, ed era quella del mio tesserino di riconoscimento. La didascalia era: « L'altro uomo nella vita di Kylie MacDonald-Harrington, il suo compagno di squadra, ispettore Zachary Jordan ».

Incredibile. Fino a pochi giorni prima mi chiedevo se accettare di lavorare in squadra con Kylie MacDonald fosse per me un suicidio professionale e di colpo lei era un'eroina e io « l'altro uomo nella sua vita ».

Arrivai in ufficio alle 7.30 e la trovai già lì che mi aspettava.

« Zach, sono mortificata » disse mostrandomi il giornale.

« Non ti preoccupare » replicai. « Hai fermato tu sia Lexi sia Benoit ed è giusto che i giornali parlino di te. »

« Ma noi due lavoriamo insieme. Eravamo presenti entrambi. Sono tre anni che lavori all'NYPD Red, mentre io sono arrivata tre giorni fa. Non capisco perché i giornali abbiano presentato la cosa in questi termini. »

« Semplicissimo: tu e Spence siete una coppia famosa e una foto di voi due in prima pagina fa vendere più copie di una di me che scendo da una barca della polizia bagnato come un pulcino. »

« Mi dispiace » disse lei. « Posso dire a Spence di chiamare la PR dello studio e chiederle di preparare una rettifica per spiegare alla stampa... »

La interruppi. « Assolutamente no. Faccio il poliziotto. Non ho una PR, né voglio averla. »

« Posso fare qualcosa per farmi perdonare? » chiese.

« Be', veramente una cosa ci sarebbe, se non ti scoccia » risposi.

« Dimmi. »

« Vorrei un autografo tuo e di Spence sulla mia copia del *Daily News*. »

Kylie mi diede un pugno a una spalla. « Cretino. »

« A proposito » dissi « come sta l'altra metà della coppia eroica stamattina? »

« È sotto antibiotici e lo terranno in ospedale ancora un paio di giorni, ma il chirurgo dice che la prognosi è buona. Dovrà usare le stampelle per un po', ma fra sei mesi sarà come nuovo. »

Mi squillò il telefono. Era Cates.

« Tu e MacDonald » disse. « Nel mio ufficio. Abbiamo una faccenda in sospeso. »

Era giunto il momento della resa dei conti.

« Ho appena finito di guardare la conferenza stampa del sindaco » esordì Cates quando entrammo. « Le ha sparate grosse come al solito, per ingraziarsi quelli di Hollywood.

Ha detto cose tipo 'potete avere dei problemi ovunque giriate un film, ma se lo girate a New York, avrete a disposizione il dipartimento di polizia più tempestivo, preparato e coraggioso del mondo. Nessuno è in grado di proteggere e difendere l'industria cinematografica meglio del nostro NYPD Red'. »

« Sono esattamente le stesse parole che gli ha detto ieri Shelley Trager, quando minacciava di annullare il resto degli eventi della Hollywood on the Hudson Week » osservò Kylie.

« Nessuno ha mai detto che il nostro sindaco fosse un politico con idee originali. Comunque, a prescindere da cosa ha detto o non detto, dubito che sia riuscito a convincere qualcuno dei big di LA a portare più lavoro qui a New York. Ma sono sicura che gli incentivi fiscali ideati da Irwin Diamond faranno meraviglie. Morale della favola, il sindaco è contento. E il capo della polizia anche. Ha detto di farvi le congratulazioni per lo 'straordinario eroismo dimostrato nello scontro diretto con un avversario armato'. »

« Grazie » dissi.

« Parole sue, non mie » puntualizzò Cates. « Io non sono affatto contenta di voi, invece. Non mi piacciono i poliziotti che escono dal seminato. Cosa diavolo credevi di fare, quando non mi hai risposto al telefono? »

Prima che potessi aprire bocca, Kylie disse: « Zach non c'entra niente. Sono stata io ».

« Io non ho chiamato te » ribatté Cates. « Ho chiamato lui. »

« Sì, ma io gli ho praticamente strappato di mano il telefono » disse Kylie prendendosi più colpa di quanta ne avesse veramente. « Non so cosa credevo di fare, ma mio marito era in pericolo e l'unica cosa che mi interessava era salvarlo. »

« Pensavi che io te lo avrei impedito? » replicò Cates. « Sono pronta ad appoggiare chiunque dimostri di avere coraggio, fiuto e spirito di iniziativa sul lavoro. Voi due avete molta autonomia, ma solo perché io ve la concedo. Se vi azzardate a tagliarmi fuori un'altra volta, non mi importa su quante prime pagine finite: vi caccio immediatamente dall'NYPD Red. Chiaro? »

« Chiaro » rispondemmo Kylie e io all'unisono.

« Detto questo, non posso negare che avete fermato un serial killer e impedito una strage a bordo di quello yacht. »

« Ci siamo riusciti anche grazie al macchinista » disse Kylie. « Charles Connor. »

« Connor è un uomo coraggioso e che sa vendersi bene » disse Cates. « E per quel poco che capisco di pubbliche relazioni, sono pronta a scommettere che prossimamente lo vedremo ricevere dal sindaco la medaglia di bronzo al valore civile. Ma parliamoci chiaro: a quest'ora, se non foste intervenuti voi due, Connor sarebbe bell'e morto. Gli eroi siete voi. Avete fatto onore al distretto e sono sicura che quando l'ispettore Shanks tornerà al lavoro capirà perché ho deciso che d'ora in avanti voi due lavorerete in squadra definitivamente. »

« Definitivamente? » disse Kylie. « Davvero? »

« Nella misura in cui si può parlare di cose definitive in questo dipartimento » replicò Cates. « Io stessa mi guardo continuamente le spalle per capire chi ambisce a prendere il mio posto. E mi è molto più facile farlo se la mia concorrente lavora qui e posso tenerla d'occhio. Congratulazioni, ispettori. Potete andare. »

Uscimmo dall'ufficio del comandante e Kylie mi diede il cinque. « Hai sentito cos'ha detto, Zach? Siamo definitivamente in squadra insieme. »

« Finché non la fai incavolare un'altra volta » dissi, con un pizzico di rimorso al pensiero di Omar, che si sarebbe visto assegnare un altro compagno di squadra.

« Io? Sei stato tu a non risponderle al telefono. Attento a

come parli, compagno di squadra.» Mi diede un altro pugno alla spalla, questa volta ridendo, e disse: «Fantastico, eh?»

Sprizzava gioia e soddisfazione da tutti i pori. La bellissima, preparatissima e imprevedibile allieva dell'accademia di cui mi ero innamorato il primo giorno di scuola adesso era una bellissima, preparatissima e imprevedibile superpoliziotta. Lavoravamo insieme.

E io ero ancora innamorato di lei.

«Fantastico, sì» dissi.

97

Kylie e io passammo tutto il giovedì e il venerdì fra stesura di rapporti e colloqui con la psicologa del distretto. Avendo ucciso una persona con la pistola di servizio e avendone disintegrata un'altra con il taser, Kylie ebbe l'onore di passare parecchio tempo più di me in compagnia di Cheryl Robinson, ma io avevo la prospettiva di rivederla per motivi più piacevoli nel fine settimana.

« Sei ancora disposto a venire all'opera sabato? » mi chiese quando ci incrociammo in ufficio.

« Certo. A proposito, come ci si veste per andare al Met? »

« Smoking e cappello a cilindro, e magari anche un paio di occhialini da teatro come quelli di Mrs. Lovey Howell nell'*Isola di Gilligan* » rispose.

« Neanche tu hai idea di cosa ci si mette per andare all'opera, o sbaglio? »

Cheryl alzò le spalle. « Mi vestirò come per venire a lavorare. E pensavo di abbinare a Verdi un ristorante cinese: se ci vedessimo allo Shun Lee Café di 65th Street, di fronte al Lincoln Center, alle sette? »

« Perfetto » dissi. *Evvai con la ripartenza post-Fred.*

Il sabato pomeriggio andai a trovare Spence a casa. In Laight Street e Washington Street c'erano camion e furgoni parcheggiati in doppia fila.

« Lavori di ripristino urgenti » spiegò Spence. Era in carrozzina e aveva il naso incerottato, ma nel complesso era abbastanza in forma. « Le vere riparazioni cominceranno solo quando l'assicurazione avrà stabilito chi paga che cosa. »

« Secondo te l'assicurazione pagherà anche un nuovo televisore a schermo piatto al vicino del piano di sopra? » domandai.

« Se non ci pensa l'assicurazione, glielo pago io » disse Kylie. « Insieme al rifacimento della parete della camera da letto e a una cena per Dino e Coralei in un ristorante a loro scelta. »

« Zach, le dispiace se approfitto della sua intelligenza e le chiedo un consiglio? » Era Shelley Trager, che era seduto in disparte insolitamente silenzioso, con ogni probabilità perché le costole rotte gli facevano parecchio male.

« Non mi sento particolarmente intelligente in questo momento, ma volentieri » risposi.

« Ora che Benoit è morto, in mancanza di eredi i diritti sulla sua storia sono liberi e chiunque può utilizzarla e adattarla, giusto? Spence vorrebbe farci un film. »

« È una storia perfetta per un film » intervenne Spence. « E nella parte di Benoit vedrei benissimo Kevin Spacey. Non c'è nessuno che faccia le parti da pazzo meglio di lui. »

« Io sono contrario » disse Trager. « La massima aspirazione di Benoit era che qualcuno facesse un film con la sua sceneggiatura e, in questo modo, gliela diamo vinta. Lei cosa ne pensa? »

« Dipende da chi metterete a recitare la mia parte » replicai.

« Dicevo sul serio! » protestò Trager.

« Shelley, io non sono un produttore, ma una cosa gliela posso dire: gente che andrà a vedere un film del genere, se lo fate, ne troverete tantissima. »

Trager si strinse nelle spalle. « Immagino di sì. »

« Ma io non ci andrò di sicuro. »

Sorrise. « Nemmeno io. Grazie. »

98

Decisi che i capi più adatti per una serata all'opera che avevo nel guardaroba erano pantaloni grigi, blazer blu, camicia a quadretti Tattersall e cravatta gialla. Presi la linea 1 fino a Lincoln Center e andai al ristorante.

Cheryl era già lì che mi aspettava, con un vestito nero senza maniche che metteva in risalto la pelle perfetta color caramello. Lo scollo a V rivelava quel tanto che basta per far impazzire un uomo.

« Sei bellissima » le dissi.

« Grazie. Anche tu stai piuttosto bene » replicò.

« Però hai mentito » protestai. « Non ti sei vestita come per venire a lavorare. Se ti presentassi con abiti del genere, davanti al tuo ufficio ci sarebbe la fila di colleghi bisognosi di counseling. »

Lo Shun Lee Café è il locale perfetto per cenare prima del teatro. Le cameriere, giovani e carine, passano di tavolo in tavolo con carrelli carichi di *dim sum* cotti a vapore. I clienti prendono uno o più cestini da dividere fra loro, poi il carrello si allontana e ricompare, come per miracolo, quando si è pronti per la portata successiva.

« I ravioli di pesce con l'erba cipollina sono una delizia » disse Cheryl prendendone uno con le bacchette e porgendomelo per imboccarmi. Dovetti sporgermi sul piatto per non sbrodolarmi il mento e non macchiarmi la cravatta.

« Quella coppia di anziani laggiù ci guarda e sorride » disse. « Secondo me, ci trovano adorabili. »

« Lo siamo » dissi.

Quando arrivò il conto, feci per prenderlo, ma Cheryl mi fermò posando la mano sulla mia e disse: « Offro io ».

« Hai già pagato i biglietti. »

« No, me li hanno regalati. »

« Non importa » ribattei. « Io sono all'antica. Al ristorante è l'uomo che offre. »

« Mio padre è un uomo. E stasera offre lui. »

« Credevo che i padri smettessero di offrire la cena ai ragazzi delle figlie dopo la festa della maturità. »

« Abbiamo scommesso cento dollari che non saresti venuto all'opera » disse Cheryl. « Ha perso, quindi paga lui. »

« Tuo padre ha scommesso che non mi sarei presentato? Come mai? E perché parli con i tuoi degli uomini che frequenti? »

« Ero a cena con lui martedì sera quando mi hai chiamato » rispose.

« Mi hai detto che eri con un poliziotto. »

« Mio padre faceva il poliziotto. Non lo sapevi? »

Scossi la testa.

« Comunque sia, è un tradizionalista e secondo lui un poliziotto non può sentire gli acuti di una donna senza saltare sul palco e arrestare qualcuno. Gli ho detto che tu sei molto più evoluto, e la scommessa gli è costata cento dollari. »

Ritirai la mano che avevo posato sul conto. « Ringrazialo per la cena e digli che mi dispiace averlo deluso. »

La Traviata era stata affascinante.

« Davvero ti è piaciuta? » chiese Cheryl mentre uscivamo dal teatro.

« Scherzi? Certo che sì. È la classica storia d'amore. Un uomo incontra una donna, la perde, la ritrova e lei muore di consunzione nel terzo atto. Più romantico di così... »

Cheryl mi prese a braccetto, attraversammo la piazza e ci fermammo davanti alla Revson Fountain, uno dei monumenti più noti della città.

« Voltati » mi disse.

Ubbidii e vidi la facciata del Metropolitan in tutto il suo splendore. Sembrava una cattedrale, con i lampadari di cristallo che illuminavano i *murales* di Chagall nel foyer e le vetrate scandite dai cinque grandi archi. La fontana dava spettacolo, con effetti di luci colorate e giochi d'acqua perfettamente coreografati.

« Mi rimangio quello che ho detto poco fa » dissi. « Questo è ancora più romantico di Violetta che muore di consunzione. »

« C'è gente che viene da tutto il mondo per vedere questo posto » disse Cheryl.

Mi voltai verso di lei e le cinsi la vita con le braccia.

« È possibile che sia il posto migliore di tutta New York per un primo bacio. »

Cheryl si strinse a me e mormorò: « È possibile che tu abbia ragione ».

Le nostre labbra si incontrarono e indugiarono a lungo mentre gli zampilli della fontana danzavano avvolgendoci in una nebbiolina leggera.

« Abito qui vicino » disse Cheryl. « Ci si arriva tranquillamente a piedi. »

« Gradiresti essere scortata dalla polizia? »

« Certo. Alcuni di questi melomani hanno l'aria pericolosa. »

Ci incamminammo verso le Lincoln Towers, un complesso residenziale composto da sei grattacieli in West End Avenue, un'altra zona di New York dove la maggior parte di chi lavora in polizia non si può permettere di vivere.

« A me è toccato l'appartamento, a Fred l'amante giovane » spiegò Cheryl, leggendomi nel pensiero.

Ci fermammo nell'ombra, fuori dall'alone di luce dell'atrio del palazzo. La abbracciai. Era bellissima, di una bellezza esotica, aveva la pelle morbida e calda e il profumo che portava risvegliò tutti i miei ormoni maschili. Il nostro secondo bacio fu più lungo, più dolce e ancora più elettrico del primo.

« Grazie » mi disse poi. « È stata una magnifica serata. »

« Anche per me. A parte il fatto che non sono riuscito a offrirti la cena. »

« Facciamo così » propose. « Puoi offrirmi la colazione domani. »

« Domani? Sei sicura di voler venire fino nell'East Side per fare colazione al Gerri's Diner con un branco di poliziotti la domenica mattina? »

« No » disse prendendomi per mano e guidandomi verso il portone. « Ho un'idea migliore. »

Dovetti ammettere che era davvero un'idea migliore.

Ma questa è tutta un'altra storia.

Ringraziamenti

Gli autori desiderano ringraziare il vice sceriffo Frank Faluotico e Jerry Brainard del dipartimento dello sceriffo della contea di Ulster, New York, l'ispettore NYPD Sal Catapano, il dottor Lawrence Dresdale, Michael Jackman, Jim Rothlein, Gerry Cuffe e Jason Wood per averli aiutati a rendere realistica quest'opera di fantasia.

Questo libro è stampato col sole

Azienda carbon-free

Finito di stampare nel mese di luglio 2024
per conto della TEA S.r.l.
da Grafica Veneta S.p.A. di Trebaseleghe (PD)
Printed in Italy